M.S. FAYES

APENAS um toque

1ª Edição

The GiftBox
EDITORA

2018

Direção Editorial:	**Arte de Capa:**
Roberta Teixeira	Gisely Fernandes
Gerente Editorial:	**Preparação de texto:**
Anastácia Cabo	Cristiane Saavedra
Modelo:	**Revisão:**
Vincent Azzopardi	Martinha Fagundes
Fotógrafo:	**Diagramação:**
Shane Crommer	Carol Dias

Copyright © M. S. Fayes, 2018
Copyright © The Gift Box, 2018
Todos os direitos reservados.

Nenhuma parte do conteúdo desse livro poderá ser reproduzida em qualquer meio ou forma – impresso, digital, áudio ou visual – sem a expressa autorização da editora sob penas criminais e ações civis.

Esta é uma obra de ficção. Nomes, personagens, lugares e acontecimentos descritos são produtos da imaginação da autora. Qualquer semelhança com nomes, datas ou acontecimentos reais é mera coincidência.

Este livro segue as regras da Nova Ortografia da Língua Portuguesa.

DADOS INTERNACIONAIS DE CATALOGAÇÃO NA PUBLICAÇÃO (CIP)
Bibliotecária responsável: Aline Graziele Benitez CRB-1/3129

F291

Fayes, M.S

  Apenas um toque / M.S. Fayes - 1. ed. - Rio de Janeiro : The Gift Box, 2018.

  247 p.

  ISBN 978-85-52923-04-6

  1. Literatura brasileira. 2. Romance. I. Título.

CDD: 869.93

CAPÍTULO 1
Mila

Se aquele ali não fosse um dia de merda, eu com certeza não saberia definir o que era. Definitivamente. Como todos os dias da minha vida, tive que acordar cedo, muito cedo, criar coragem para tomar banho, me enfiar em um milhão de roupas e sair para o vento congelante de pleno mês de janeiro em Nova York. Some a este fato, ter que enfrentar um metrô lotado, vestindo aquele mesmo milhão de roupas para me aquecer, que se tornava um martírio por causa do calor humano infernal dentro do vagão.

Quando desci na minha estação, percebi tardiamente que tinha esquecido a papelada necessária para um requerimento de novo aluguel. Droga. A rua estava belíssima. Uma visão simplesmente de tirar o fôlego. Literalmente. O vento gelado que bateu no meu rosto foi como um tapa dolorido de uma mão de ferro. Levei um pequeno escorregão numa poça de gelo derretido. Sim. Estava nevando. Mais um item para o meu dia *sensacional*.

Precisava admitir que estava com um humor do cão. Meu último semestre de faculdade estava acabando. Até aí, tudo ótimo, isso era maravilhoso. Mas com ele acabava também a boa vida de alojamento e aluguel irrisório. Eu estava naqueles dias em que toda mulher quer e necessita assassinar alguém, e ainda vinha acompanhada de uma puta cólica. A única parte boa de tudo aquilo é que, com o desejo absurdo de comer chocolate, poderia se dizer que eu era uma garota privilegiada. Eu trabalhava numa *delicatessen* supercharmosa em plena Wall Street, em Manhattan. Logo, chocolate eu tinha à minha disposição...

Quando entrei na loja superquentinha, *obrigada, aquecimento central,* imediatamente comecei a me desfazer de todo o meu equipamento externo que me protegia do frio do lado de fora. Depois de tudo retirado, ainda assim eu mantinha as curvas acentuadas que faziam parte de mim desde que me conhecia por gente. Embora deva admitir que com todo aquele agasalho, eu mais parecia um grande boneco de Marshmallow caminhando pela cidade. Mas como eu, outros milhares de pessoas – naquela época do ano –, pareciam todas iguais e no mesmo barco.

— Sra. Doodley! — gritei entusiasmada.

Sim. Eu estava entusiasmada agora. Toda a chateação do dia, do momento em que saí de casa até chegar ali, havia sido esquecida. Porque aquele lugar, para mim, tinha "cheiro" de lar. Vivia uma sensação de acolhida, como há muito tempo não sentia. A Sra. Doodley era como a avó que nunca tive o prazer de ter. Stevie e Marylin, os outros dois funcionários, eram adoráveis e mais parecíamos um belo trio de mosqueteiros do açúcar. E Lilly, a doceira, era fabulosa porque sempre separava pra gente, aquilo que cada um mais amava. Eu era fanática compulsiva por Donuts: recheados, açucarados, pequenos, grandes, de qualquer sabor.

E para completar, ainda tinha a presença sempre ilustre do meu visitante anônimo. Ele era de tirar o fôlego, e qualquer garota, mulher ou idosa do pedaço quase desfalecia na presença dele. Seu charme permanecia na *delicatessen*, mesmo quando ele saía e horas já haviam se passado. Moreno, alto, com olhos tão azuis que tudo o que você via era a profundeza da sua alma refletida neles, tal qual um espelho. Os olhos daquele homem eram absurdamente fabulosos e magnéticos. A barba bem aparada no rosto lhe conferia um aspecto peculiar, como se ele fosse um leopardo perigoso. Eu imaginava que por baixo daquelas roupas que ele usava, devia haver muitos músculos ocultos.

E para maior surpresa e alegria de Mila, a garçonete mais eficiente da *deli*, no caso, eu, ele gostava de ser atendido por mim. Somente por mim, já que fazia questão de sempre sentar-se na área em que eu atendo. E claro que gosto de subir minha autoestima imaginando que ele realmente fazia questão da minha presença.

— Olá, Sr. Adam — eu disse ao me aproximar da mesa onde ele acabara de se sentar. — Em que posso servi-lo?

Essa era sempre nossa primeira conversa.

— O de sempre, gracinha — ele disse, um sorriso com covinhas aparecendo em seu rosto.

Ah, meu Deus... tenho certeza de que algum dia eu me derreteria como uma poça de sorvete no chão. Porque sempre uma piscadinha vinha acompanhada daquele sorriso.

Eu não tinha ilusões concretas e firmadas de que ele estava flertando comigo. Éramos de ligas completamente diferentes. Eu não era feia. Minha autoestima era bem resolvida quanto à minha humilde pessoa. Era uma pessoa comum, mas me achava bonita e conseguia ficar até surpreendentemente *sexy* quando me arrumava bem.

Meus cabelos caíam logo abaixo dos ombros e brilhavam num tom castanho com algumas mechas um pouco mais claras, por conta do sol e não artificialmente. Minha pele era clara, branca até demais, mas culpem o sol ou a falta dele, por favor. Meus olhos eram o meu grande trunfo. Eram num tom castanho-esverdeado que ganhavam tonalidades de verde fulgurante quando eu chorava. Quando eu era mais nova, fazia questão de chorar sempre antes de alguma festinha só pra causar efeito. Ainda havia os relatos de que quando eu ficava furiosa, a cor dos meus olhos ganhava uma tonalidade assustadora. Achava hilário. Era raro eu ficar puta, então esperar meus olhos atingirem a tal tonalidade somente com aquela *vibe*, seria como esperar a passagem do cometa Halley: a cada 75 anos.

Quando cheguei à bancada, apenas pisquei freneticamente para a Sra. Doodley.

— Aquele pedaço de pão quente quer o mesmo, queridinha? — ela perguntou.

— Sim, senhora. — Eu ri e olhei por cima do ombro para ele, mas quase caí dura porque ele me flagrou no ato.

Fiquei quieta e tentando me concentrar em respirar para não morrer ali em pé, enquanto eu aguardava a bandeja.

Tentei não tropeçar quando levei o pedido à mesa.

— Aqui está, Sr. Adam — eu disse colocando as coisas à sua frente. — Um *cappuccino* delicioso, um brownie quentinho e um copo d'água gelado.

Ele sorriu lindamente para mim e, antes que eu pudesse me retirar, segurou minha mão.

— Por que você não me chama apenas de Adam, Mila? — ele perguntou e meu coração deu um salto. Eu tive que fechar a boca com medo de que ele saltasse por entre meus dentes.

— Ahn... não sei. Acho que por força do hábito, Sr... Adam.

— Adam.

Olhei meio sem saber o que falar.

— Diga apenas isso: Adam — ele instigou. — Vamos... você consegue. Tenho certeza.

Engoli em seco por alguns instantes e coloquei uma mecha de cabelo atrás da orelha.

— Vamos lá. Sente-se aqui.

Okay. Agora era oficial. Eu ia desmaiar. Olhei para o balcão e vi que a senhora Doodley estava ocupada e a *delicatessen* estava num movimento tranquilo para o horário.

Acabei convencida pelo brilho magnético daqueles olhos pidões e me sentei à sua frente.

— Você percebe que esta é uma situação estranha, certo? — perguntei, rindo meio constrangida.

— Não vejo nada de estranho — ele falou calmamente. — Eu sou um cliente, que pode ser considerado amigo de longa data. Vamos lá. Basta apenas conversar tranquilamente.

Engoli a saliva bruscamente. Não foi *sexy*, mas era melhor que babar loucamente.

— Então... Adam.

— Ahá! — ele gritou me assustando. — Viu? Foi fácil, não?

Eu sorri pela sua espontaneidade.

— Foi. Se você imaginar que quase engoli as palavras.

Ele riu deliciado. E tomou o seu café como se fôssemos amigos de infância.

— Você trabalha aqui há um bom tempo, não é?

Minha nossa... eu estava acompanhando o movimento do pomo de Adão dele. Até aquilo era *sexy*. Céus... Adam... o nome tinha tudo a ver.

— Ahn... sim. Acho que uns dois anos.

— E eu a conheço há quanto tempo?

— Bem, não sei... você vem aqui já faz um tempinho, né? — perguntei incerta. É claro que eu sabia daquele detalhe, mas não ia dizer o prazo certo, sob o risco de ele achar que eu fosse uma espécie de perseguidora louca.

— Acredito que já faço ponto aqui há uns oito meses, gracinha.

Senti meu rosto corando. Muito provavelmente, eu estava com a cor de um tomate ultramaduro.

— Ahn... se você diz... — tentei desconversar.

Ele apenas bebericou o *cappuccino* enquanto me olhava atentamente pela borda da xícara.

— Acho que podemos trocar as formalidades, já que somos amigos há tanto tempo — disse calmamente. — Acho, inclusive, que você poderia me falar um pouco da sua vida.

Fiquei completamente estática. Como assim? Falar um pouco da minha vida? Minha tão patética vida? Tá! Não era tão *patética*, mas não achava que tinha tanto conteúdo interessante assim para passar numa conversa informal.

— Nossa... será totalmente enfadonho pra você.

— Por quê?

— Porque minha vida não é lá cheia de tantas coisas empolgantes que poderiam render histórias e risadas — admiti e engoli rapidamente. — Quero dizer, eu estudo e trabalho. Muito, por sinal. Mas tudo bem, já que o futuro deve ser forjado no suor.

— Quem disse isso? — ele perguntou rindo.

— Eu.

Senti meu corpo esquentar quando ele riu e simultaneamente agarrou minhas mãos.

— Você realmente é uma gracinha, sabe? — ele disse, ainda me analisando.

Minha vontade era arrancar as mãos das dele, pois minhas unhas, muito provavelmente, estavam lascadas e descuidadas. Eu não queria que ele tivesse essa visão do inferno.

Como eu não sabia o que mais falar naquele instante embaraçoso, senti que deveria achar uma desculpa para sair e fugir correndo para os fundos da loja. Assim eu poderia sentir minha vergonha em mal conseguir me comunicar com o cara, sozinha.

— Ah... acho que devo ir. Mais clientes podem chegar...

Ele olhou em volta e retornou a olhar para mim.

— Não vejo clientes em potencial no local.

— Ahn... eu devo ir checar a cozinha. — Estava sentindo um calor subindo pelo meu pescoço. — Você não gostaria de mais uma xícara de *cappuccino*?

Por Deus... ele tinha que me deixar sair.

— Não, obrigado.

Quando comecei a me levantar, ele segurou minha mão novamente.

— Mila... você não se sente à vontade comigo? — ele perguntou assim, à queima-roupa.

— Ah... não é isso. Eu sou um pouco retraída em conversas...

Era uma mentira deslavada. Eu era retraída apenas com ele. O cara mexia com meus brios femininos. E já tinha um tempo que eu não me envolvia com ninguém. Logo, eu estava fora de forma sobre assuntos e bate-papos de paqueras. Isso, se ele estivesse realmente me paquerando... o que eu duvidava veementemente.

Sacudindo a cabeça, para afastar aquelas ideias errôneas, consegui me desculpar rapidamente e saí dali, deixando-o estupefato. Corri para a cozinha na tentativa de conseguir um pouco da paz de espírito que o Sr. Adam conseguira me roubar.

No dia seguinte àquela primeira conversa sem pé nem cabeça, voltei ao trabalho temendo, pela primeira vez, em muito tempo, reencontrar meu visitante diário. Da mesma forma que queria vê-lo, sentado no mesmo lugar de sempre, meu coração disparou, em igual medida, somente em ter que atendê-lo novamente. Eu deveria chamá-lo pelo nome como ele pediu? Deveria tratá-lo formalmente como sempre fiz? De maneira cordial? Ou deveria ser mais espontânea, já que ele me deu uma abertura que nunca imaginei receber?

Entrei na *deli* e me surpreendi por já encontrar o local vazio, sem ninguém atrás do balcão. A Sra. Doodley estava enfurnada em sua sala, então sequer percebeu minha chegada, mas não me fiz de rogada e anunciei que já estava a postos:

— Sra. Doodley! Já estou aqui, okay? — gritei da cozinha enquanto colocava o avental.

Marilyn me lançou um olhar furtivo e acenou com a cabeça para que eu olhasse para fora, mas não entendi sua mímica louca.

— Olha quem está lá! — sussurrou nada discretamente.

Olhei e lá estava ele. Novamente. Mais bonito a cada dia.

Oh. Céus. Eu estava muito ferrada com aquela minha estranha obsessão pelo cliente sedutor. Engoli em seco, pensei em pedir que Marilyn atendesse em meu lugar, mas estapeei a garota covarde que queria sobressair na minha personalidade e saí com meu bloquinho.

— Olá, Adam — cumprimentei cordialmente. Quase me dei os parabéns, já que não o chamei pelo título empostado que ele havia refutado no dia anterior.

Adam ergueu os olhos azuis para mim, lançou um sorriso de lado, mais *sexy* do que o do próprio Henry Cavill, no papel de parede que eu mantinha no meu celular e falou:

— Ora, ora... vejo que resolveu aceitar nossa amizade e reconhecer que os termos formais podem ser deixados de lado, não é?

Sorri meio encabulada, mas não deixei que o embaraço dominasse a situação.

— Pois é. A política da nossa loja é que o cliente tem sempre razão e temos que fazer de tudo para agradá-lo — falei. E, aí sim, quase senti vontade de me dar uns tabefes, porque aquilo poderia ter uma interpretação totalmente errada.

O homem galantemente se recostou no assento, colocou um braço forte sobre o apoio dos bancos e foi custoso não acompanhar o movimento da camisa social que ele usava, imaginando os possíveis músculos que a preenchiam. E o caso era meio grave, porque eu estava quase usando meu bloquinho de anotações para me abanar.

— Gostei imensamente dessa política, gracinha — disse ele com a voz rouca. Aquilo foi mais perturbador ainda. — Isso inclui algum tipo de tratamento diferenciado fora desse estabelecimento?

— Como assim? — perguntei sem compreender.

Adam cruzou os braços à sua frente, na mesa, e olhou atentamente para mim, como um falcão deve olhar para sua presa.

— Estou perguntando se você estaria interessada em me agradar, aceitando um convite para sair, quem sabe? — perguntou de supetão.

Acho que abri a boca e, pode ser que eu tenha ficado daquele jeito por alguns segundos, até que senti que estava acumulando saliva e corria o risco de babar na frente do homem. Seria o maior mico da história. Meu Deus! Mila! Concentre-se!

— O quê? — perguntei de novo. — Espera... não responda. Eu entendi. Parece que sou meio burra, mas não sou, sério — justifiquei rapidamente. — Estou sem entender... quer dizer... Você me chamou pra sair? É isso?

Eu estava estupefata. Adorava aquela expressão para classificar alguém que estava muito admirado com alguma coisa. Completamente tomado de surpresa. Eu podia dizer que estava. Muito.

— Sim.

— Mas... por quê? — Eita. Eu estava como hoje? A rainha das perguntas estúpidas? — Quero dizer... eu?

Adam teve a misericórdia de rir naquele momento. E digo isso, não porque foi um riso de deboche e me senti ridicularizada pela minha pergunta infame, mas, sim, porque ele conseguiu aliviar o clima totalmente.

— Sim, você. Por que não?

Eu estava com uma vontade louca de me sentar, já que minhas pernas estavam meio moles. Mas mantive a firmeza e o aperto no bloquinho. Aquele que, no momento, era a vida que me segurava e não me deixava ir à deriva naquele instante.

— Ahn... honestamente?

— Sim. Honestamente. Por que não?

Olhei para trás checando se tinha algum tipo de plateia atenta em nossa pequena interação, e suspirei aliviada ao perceber que era como se nem estivéssemos ali.

— Eu não acho que seja material para o tipo de garota com quem você sai, Adam — falei baixinho, quase me abaixando para ninguém ouvir.

Ele arregalou os olhos e exalou meio chocado:

— O quê? Como assim?

Agora quem estava confuso, não é mesmo?

— Sei lá... Hummm... você é... todo — movi as mãos abarcando o físico dele —, entende?

— Não. Não entendo.

— É... Hummm... eu estou mais atrapalhada do que já sou. Desculpe.

— Você...

Naquele momento Marilyn me chamou da cozinha e fui salva pelo gongo. Eu adorava aquela expressão.

— Com licença. Me desculpe. — Eu me afastei, mas voltei o corpo imediatamente quando percebi que não havia confirmado seu pedido. — O mesmo pedido de sempre, certo?

Estava com medo de ele se levantar e ir embora dali, revoltado com minhas palavras, mas ele apenas sorriu.

— O mesmo de sempre, gracinha.

Voltei correndo para a cozinha e me recostei à porta, tentando reencontrar um pouco do equilíbrio perdido naqueles poucos minutos.

Meu Deus! Ele tinha me chamado para sair? Tipo um... encontro?

CAPÍTULO 2

Adam

Quando apenas um olhar é o suficiente...

Era muito estranho dizer que eu esperava por um *determinado* momento do dia, somente para ir a um *determinado* local, para ver *determinada* pessoa? Aquilo parecia muito obsessivo? Às vezes parecia, até mesmo pra mim.

Mas aguardava o momento em que Mila, a adorável garçonete com os olhos mais doces que já vi na vida, adentrasse na *delicatessen*, para *eu* entrar, minutos depois. Observando de um ângulo torto, aquele comportamento parecia realmente o de um perseguidor de merda. Mas o que eu podia fazer se estava meio fascinado pelo sorriso fácil que ela dava, pela forma como tratava todos os clientes, a cordialidade e delicadeza com que atendia a cada um? Pelo franzir dos olhos quando sorria. O nariz enrugava um pouquinho e eu sentia a intensa vontade de beijar aquele ponto estratégico.

Estava me sentindo um adolescente apaixonado pela garota mais bonita da escola. Nem bem sabia explicar a razão de tudo isso. Eu vivia rodeado de mulheres belíssimas, isso era fato. Então não era só aquele atrativo que ela exercia em mim. Era algo muito maior.

Desde a primeira vez em que entrei naquela confeitaria em busca de um café para acalmar os ânimos – já que estava mais do que irritado com a perspectiva do dia intenso que teria no trabalho –, eu simplesmente não consegui desviar o olhar. Ela era linda, de um jeito singelo. Quando um cliente esbarrou sem querer, despejando quase um litro de café em sua roupa, qualquer pessoa esperaria ao menos uma cara feia ou um tratamento mais brusco. Mila Carpenter sorriu, disse para o senhor não se preocupar de forma alguma, que ela adorava o cheiro de café da sra. Doodley e que tinha certeza de que atrairia os viciados em cafeína, como um chamariz. Todos os frequentadores que estavam ali aplaudiram sua atitude e riram. Eu, inclusive.

Conseguir fazer com que ela ficasse mais à vontade comigo levou bastante tempo. Foram meses frequentando o mesmo lugar, sentando sempre à mesma mesa, solicitando o mesmo pedido. E a cada vez, eu mendigava um sorriso que fosse. Queria aqueles sorrisos, exclusivamente...

Em minha abordagem para chamar uma mulher para sair eu estava tirando nota zero. Nunca fui de persegui-las, sempre conquistei as que queria, bastando apenas uma simples sugestão. Na verdade, eu fugia mais do assédio brutal do que outra coisa. Então não conseguia entender minha neura em ir com calma e nem mesmo minha própria timidez em já usar de uma abordagem mais contundente.

Eu queria aquela garota. Isso era um fato. Para que aquilo acontecesse, eu precisava convidá-la para sair comigo.

Ao tê-la duvidando da veracidade das minhas intenções, ou pior, não acreditando que ela pudesse ser alvo da minha atenção, acabei ficando mais abismado do que ofendido pela recusa sutil em si.

Eu precisava encontrar uma forma de tê-la, sem dividi-la com ninguém mais, ou ter que esperar que ela passasse pela minha mesa. Aqueles encontros fortuitos estavam acabando comigo.

A sorte era que minha mente era extremamente conhecida pela sagacidade e um plano surgiu, me trazendo um sorriso satisfeito.

Mila

Eu estava recostada no balcão, com o queixo apoiado na mão, quando fiquei chocada com a realização de algo que havia me perturbado o dia inteiro: meu visitante não aparecera naquela manhã. Será que minha recusa em seu convite para sair o havia afastado de vez? Na verdade, eu precisava admitir que no dia em que recebi o tão surpreendente pedido, fui para casa assombrada, como se estivesse flutuando em uma nuvem cósmica e surreal, ainda sem crer que um homem como aquele pudesse realmente ter me chamado para um encontro.

Aquilo aconteceu na sexta-feira passada. E passado o final de semana, onde refleti que talvez tenha entendido errado, ou talvez tenha superestimado suas intenções, acabei deixando arrefecer os sonhos perturbadores que tive, onde aceitei e vivi momentos tórridos com ele. Nos sonhos, claro. Assim mesmo. No plural.

Então a segunda-feira chegou e ele apareceu como se nada tivesse acontecido. E assim aconteceu nos dias seguintes. Agimos normalmente, mesmo que meu coração sempre estivesse em um ritmo trovejante e preocupante, mas o conforto do sorriso tranquilo do "meu visitante" sempre estava lá, marcado por aqueles lábios bem contornados e adornados pela barba bem-feita. Até essa manhã.

— Que pedido peculiar e extravagante...

A Sra. Doodley estava com a sobrancelha arqueada no modo mais inquisitivo possível. Algo havia perturbado seu semblante sempre pacífico.

— O que houve, Sra. Doodley? — perguntei solícita.

Ela olhou para mim e de volta para o papel que segurava entre os dedos.

— Eu recebi um pedido de encomenda de alguns doces e afins para ser entregue no Edifício St. James, no fim da esquina a dois quarteirões daqui, sabe qual é? — ela perguntou.

Acenei afirmativamente com a cabeça.

— Aqui eles pedem exclusivamente que *você* vá fazer a entrega.

Agora ela havia conquistado minha atenção por completo. Eu? Como assim?

— Hã?

Ela passou o papel para mim e me resignei em silêncio por alguns minutos, apenas olhando aquele estranho pedido. Mais de duas dúzias de doces, entre brownies, donuts e bagels. A serem entregues em um determinado horário, no endereço específico. Uau. Provavelmente, alguém estava dando uma festa no escritório.

Ao final do bilhete, uma pequena nota:

> *Favor solicitar que a entrega seja feita por Mila Carpenter.*

Uau. Estranho.

Olhei para a adorável Sra. Doodley e acredito que minha sobrancelha arqueada também tenha sido um fator comunicante entre nós. Ela apenas remexeu os ombros. Nosso diálogo corporal foi lindo.

— Vou preparar os doces, querida — ela simplesmente disse. — Você apenas termine seu serviço para que possa ir imediatamente à hora que foi solicitado. Depois você está liberada e pode ir para casa.

Okay. Aquilo foi uma benção. Eu estava começando a me sentir exausta pelo ritmo que eu mesma imprimia a mim. Muito provavelmente, estava me resfriando porque sentia dores por todo o corpo e calafrios malucos que me assolavam a todo instante.

Depois de uma hora de trabalho, Marylin me chamou ao balcão.

— Aqui está, Mila — ela informou, organizando tudo nas caixas que eu deveria levar. — Os pedidos estão certinhos e bem acomodados. Pelo amor de Deus... não vá tropeçar por aí e jogar fora o nosso trabalho.

Ela disse aquilo e piscou para mim de maneira marota. Era nossa piada interna. Tudo porque uma vez tive que levar duas caixas de *cupcakes* para o quarteirão à frente e simplesmente escorreguei em uma poça maravilhosa e brilhante de neve derretida. Tudo foi pelos ares. Claro que comi os *cupcakes* desfeitos. De forma alguma eu deixaria que aquelas guloseimas deliciosas fossem jogadas fora por um simples descuido meu.

— Certo, Marylin. Prometo passar longe de poças.

— Stevie arranjou um carrinho pra você levar, sem correr o risco de receber um esbarrão. Além do fato de estar um pouco pesado.

Agradeci novamente pela consideração e dei um beijinho em Stevie. Ele sempre era legal comigo, pensando nas minhas aventuras de entregadora. Nem sempre era eu, mas quando era escalada, como naquele dia fatídico, coisas surpreendentes aconteciam.

Ajeitei meu agasalho antes de dar as caras na rua gélida e segui rumo ao Edifício St. James. Era um complexo lindo de escritórios, pertencentes a um conglomerado chique e que ostentava todo o poder aquisito dos donos. Todo espelhado, ele brilhava em meio aos prédios antigos de Wall Street.

Foi uma breve caminhada de dez minutos, mas contando com o frio intenso e com o mal-estar que eu sentia, parecia que estava caminhando há décadas.

Cheguei à entrada imponente do edifício e retirei minhas luvas. O porteiro abriu a porta de maneira cavalheiresca e apenas segui para dentro do prédio aquecido.

— Olá, tenho uma entrega para fazer no décimo oitavo andar.

A atendente checou algo no computador e digitou algumas coisas em uma velocidade vertiginosa.

— O Sr. St. James a aguarda — ela disse.

Segui a direção dos elevadores e caminhei calmamente, arrastando o carrinho nada luxuoso, por todo aquele lugar onde a palavra ostentação ganhava vida própria.

Um ascensorista estava a postos, apenas esperando que eu dissesse o andar. Acredito que meu queixo ainda estava aberto depois de passar por tanto luxo, mas consegui me recompor e dizer:

— Décimo oitavo, por favor.

Ele apenas acenou e me olhou de canto de olho.

— Vai à presidência, hein?

Levei uns dois segundos para perceber que ele falava comigo.

— O quê?

— Você. Está indo à presidência.

— Ah... bem... eu não sei. Só faço a entrega e este é o local que me mandaram vir.

Ele espiou por entre o casaco que eu segurava nas mãos, para ver se identificava que entrega seria aquela.

Como não conseguiu desvendar o mistério, que eu imaginava estar na cabeça dele, o homem desistiu.

Quando o *bip* indicou que eu estava em meu destino, saí e agradeci ao senhor gentil.

Uau. O andar era totalmente diferente de qualquer lugar que eu já tivesse estado. Era todo revestido em mármore branco, uma mesa enorme de mogno estava mais à frente, e uma secretária ruiva apenas esperava a minha aproximação.

Confesso! Eu estava esperando um andar de escritório dividido em baias, onde todos trabalhavam lado a lado, e onde os doces seriam muito bem-vindos para finalizar um dia exaustivo de trabalho.

— Pode seguir em direção àquelas portas duplas — a mulher informou. — O Sr. St. James a espera.

Segui o rumo indicado e fiquei pensando se deveria bater na porta imensa que se estendia à minha frente. Antes que eu pudesse processar, as portas se abriram automaticamente.

Puxei meu carrinho, olhando para baixo, tomando todo o cuidado para não tropeçar em nada. Só levantei o rosto quando ouvi uma voz conhecida dizer:

— Até que enfim você chegou, gracinha. Achei que eu mesmo teria que ir buscá-la.

17

CAPÍTULO 3

Mila

Não sei como consegui disfarçar meu choque evidente. Senti as pernas falharem momentaneamente e ainda bem que eu estava próxima a um sofá, pois me sentei sem classe alguma.

Ninguém mais, ninguém menos que o *meu* Adam, estava sentado à mesa gigantesca que gritava *Presidência* pelos quatro cantos do país. Segurei meu próprio riso louco diante dos pensamentos insanos que passavam pela minha cabeça. E posso dizer que eram muitos...

— O... A... Ahn...

Sim. Minha habilidade de falar estava comprometida.

Ele riu e levantou calmamente, vindo em minha direção e sentando-se exatamente ao meu lado, onde nossos joelhos poderiam se tocar.

— Desculpe. Não achei que fosse causar uma apoplexia em você.

Engoli em seco e apenas acenei a cabeça, tentando clarear as ideias.

— Ahn... — Acho que arranquei meu cachecol, na tentativa de ganhar um pouco de oxigênio. Senti um calafrio imediatamente. Franzi o cenho porque sentia que algo não estava bem. A calefação do local estava ligada, então por que razão eu ainda sentia frio? Poderia ser por conta do homem maravilhoso que me encarava sem nenhum pudor?

— Mila, Mila... sempre tão falante... — ele disse e deu um pequeno sorriso. — Será que o frio congelou sua língua? — Ele franziu o cenho e falou em seguida: — Agora percebo que eu deveria ter enviado um carro para trazê-la aqui. Lá fora deve estar congelando... porra...

O palavreado brusco acabou com meu torpor.

— Não... tudo bem, Sr. Adam...

— Adam.

— Está bem, Adam... eu vim deixar seus doces antes de ir para casa, ou seja... eu teria que enfrentar o frio de qualquer maneira. — Tentei sorrir para apaziguar o clima tenso.

Eu estava ainda meio abobalhada diante da magnitude do lugar e tentando obrigar meus neurônios selvagens a fazerem sinapse corretamente, clareando o fato de que o *meu* Adam era o dono daquilo tudo ali.

Senti o pequeno fio de esperança que ainda teimava em brilhar em minha mente se apagar por completo. Enquanto ele era apenas Adam, o costumeiro cliente da *delicatessen*, eu poderia sonhar acordada com aqueles braços e aqueles olhos magnéticos olhando apenas para mim, em alguma situação claramente perturbadora para pessoas pudicas.

Mas a partir do momento que ele agora era o Adam, não, o Sr. Adam St. James, o dono daquele prédio, presidente daquela empresa que eu sequer sabia a quê se destinava, então... agora ele era altamente inalcançável e nem sonhos eu poderia mais me dar ao luxo de ter.

— Mila? — ele chamou meu nome e percebi que eu devia estar meio divagando.

— Oh, desculpe, Sr... Adam... só Adam... mas agora é muito difícil eu chamar o Senhor apenas de Adam... entende? — eu estava falando atropeladamente.

— Não. Não entendo. Por quê? — Ele me olhava inquisitivamente.

— Ahn... bem... veja... o senhor...

— Mila! Pelo amor de Deus! Adam! — falou bruscamente.

— Certo. Adam... enquanto você era apenas o cliente misterioso da *deli*, eu podia realmente trocar algumas palavras com você, sem compromisso algum, sem formalidade — eu disse e olhei ao redor —, mas agora... oh... uau... você é o presidente deste lugar? — Eu nem mesmo sabia se estava perguntando ou atestando, em choque.

— Você está me perguntando isso ou o quê? — O cara pareceu ler minha mente. Aquilo foi meio aterrador, porque meus pensamentos muitas vezes vagavam por caminhos tortuosos quando concernentes a ele.

— Acho que estou. Não sei. Espera. Eu acho que cheguei a esta conclusão sozinha — falei com certo tom de rebeldia.

Ele sorriu descaradamente.

— Aí está a pequena Mila falante... — ele disse e passou as mãos pelos cabelos escuros. — Então, Mila... eu sou sim, o presidente. A empresa é da minha família há gerações. Meu pai aposentou-se de todo o trabalho e eu assumi. Satisfeita?

Arqueei as sobrancelhas, porque na verdade eu sequer estava cobrando uma explicação e não era a impressão que queria passar.

— Eu sei que você não perguntou isso, mas fiz questão de esclarecer — ele disse e sorriu diante da minha cara de choque.

Caramba. Ele lia mentes.

— Eu apenas deduzi que você estava pensando algo assim.

— Pare! — falei e coloquei as mãos nos ouvidos. Porquê, eu não faço a menor ideia.

— Parar com o quê, gracinha? — ele perguntou, ainda sorrindo.

— Você está lendo meus pensamentos? — perguntei e ergui as sobrancelhas com suspeita.

Ele riu alto e recostou-se ao sofá. Olhei espantada para aquele homem de terno e gravata, mais parecido a um exemplar de revista de moda, rindo como se não houvesse amanhã.

— Não, pequena. Eu não leio pensamentos... é apenas que seu rosto e olhos delatam praticamente tudo o que está passando nessa sua cabecinha.

Abaixei os olhos, rapidamente e completamente, envergonhada. Eu não imaginava que eles poderiam ser assim tão explícitos e, pelo amor de Deus, meus olhos não podiam delatar o fascínio que eu sentia por aquele homem.

— Eu... eu trouxe a encomenda que você solicitou. — Comecei a mexer no carrinho, disposta a liberar as caixas e finalmente poder ir embora. Quando me abaixei, senti uma onda de vertigem acometer meu corpo. Segurei com força no assento do sofá e na alça do carrinho, evitando cair de cara no chão.

— Você está bem? — Adam perguntou preocupado e seu rosto agora estava bem próximo ao meu.

Sorri falsamente e apenas afirmei com a cabeça. O movimento não foi muito bem-vindo, porque a onda de tontura voltou e minha cabeça parecia prestes a explodir. Definitivamente eu não estava bem.

— Aqui estão... suas caixas... com todas as guloseimas que você mais gosta... — falei e senti meu rosto ficar quente, tamanho meu embaraço, diante da admissão de que eu sabia que doces ele preferia.

— Obrigado, gracinha — ele disse e levantou-se, pegando o telefone à sua mesa.

— Margareth, traga duas xícaras de café para minha sala, por favor.

Fingi não perceber que ele havia solicitado duas xícaras. Eu precisava dar o fora dali antes que sua visita chegasse.

Quando consegui desembalar todas as caixas, eu me levantei do sofá e imediatamente caí sentada novamente. Comecei a ofegar, porque o mal-estar foi geral. Eu precisava ir embora mesmo... antes que passasse muito mal na frente daquele homem.

Graças a Deus ele estava virado para a mesa, então muito provavelmente não viu meu desconforto e o prenúncio daquele mico épico. Meus olhos estavam fechados e quando resolvi abri-los, qual não foi minha surpresa ao perceber Adam exatamente à minha frente, com as mãos em seus bolsos e me encarando de maneira insistente.

— Você não está passando bem, gracinha. Acabo de ter certeza disso. Agora me diga o que está sentindo — ele pediu. Não. Ordenou.

Eu apenas engoli em seco. Como poderia admitir a derrota assim? Adam fez um movimento inesperado e colocou a mão na minha testa. Foi um alívio momentâneo. Em seguida tive que encarar seus olhos duros e frios voltados para mim.

CAPÍTULO 4

Mila

— Você está ardendo em febre, Mila! — ele disse, bravo. — Como não percebeu isso?

Oi? Eu não entendia porque ele estava tão bravo. E, sim... eu estava me sentindo muito mal desde cedo... Meu corpo estava realmente reclamando em alguns momentos, mas não associei que o frio eterno que meus ossos estavam sentindo fosse ligado ao calor dentro do corpo. Eu realmente tinha achado que o frio exterior fosse o culpado por todos os meus calafrios e tremores. Quase nunca ficava doente. Nem me lembro de quando foi a última vez que tive febre.

— Eu... eu... achei que estava com frio, por conta... do... você sabe... do frio — gaguejei. — Desculpa... olha... eu preciso realmente ir agora. A Sra. Doodley me liberou, então vou pra casa tomar algum remédio e me enfiar embaixo das cobertas.

— Não. Você não vai.

Respirei fundo. Certo. Eu era uma menina meiga na maioria do tempo. Mas odiava ser mandada.

— Não vou? — perguntei irritada. *Ooopa! Olha o temperamento "Cometa Halley" querendo surgir! Raro isso, senhoras e senhores. Por favor, gravem este momento para a posteridade!* — Veja bem, aqui está a encomenda que você pediu e foi entregue no prazo certo, diga-se de passagem, e que muito provavelmente vai ser degustada por você dentro em breve. Nesse meio tempo, vou sair por aquela porta lindamente esculpida, descer por aquele elevador superbrilhante e ir embora para a minha casa.

— Você não vai.

— Vou! Vou, sim! E vou agora. — Tentei levantar, mas meu corpo parecia pesar toneladas ao invés de quilos. — Oh, céus... eu vou conseguir ir embora... nem que seja a última coisa que eu faça hoje — disse e fechei os olhos.

Pela dor que senti no corpo, parecia realmente que aquela seria a última coisa que eu faria na vida. Comecei a rir diante dos pensamentos fúnebres de que minha morte era iminente.

— Mila?

Abri os olhos assustada. Minha nossa... será que eu havia cochilado?

— O quê? — perguntei um pouco alto demais.

— Estou chamando o serviço médico da empresa. Em breve eles estarão aqui e veremos o que fazer com você.

Naquele instante, a porta se abriu e a secretária ruiva escultural entrou com uma bandeja alinhada e duas xícaras elegantes de café. Eu podia ver de onde eu estava sentada, o fumegar do líquido glorioso.

— Margareth, acione a Dra. Bauer imediatamente pra mim — ele disse e acenou para que ela saísse.

Olhei ao redor e nem sequer os dedos eu conseguia mexer. Que merda! Estava me sentindo completamente paralisada.

— Eu realmente preciso ir... — disse com a voz fraca. — Ou posso esperar em outra sala, enquanto você atende sua visita, Adam.

Ele ergueu o rosto para mim, de onde estava parado junto à bandeja de café, sem entender o que eu falava.

— Que visita? Você está delirando agora? — ele perguntou brincando, mas não achei graça, porque eu bem poderia estar delirando em breve. E Deus sabe o que sairia da minha boca.

— A... a que você vai receber para este café e... seus bolinhos... — eu disse.

Adam chegou perto de mim e senti sua mão pousar em minha testa de novo. Ouvi quando ele amaldiçoou bruscamente, mas meus ouvidos agora estavam completamente obstruídos e tudo o que eu podia ouvir eram sinos.

— Meu Deus, garota.

Não sei quanto tempo se passou, mas quando abri os olhos novamente, eu estava deitada no grande sofá do escritório de Adam e ele, de pé, conversando com uma mulher de meia idade, loira e elegante. Ela vestia um jaleco branco, então deduzi ser a médica. Que bom, meu cérebro ainda estava funcionante. Tentei levantar meu corpo pesado mais uma vez, mas acho que o gemido saiu alto o suficiente para atrair as duas figuras, bem como a minha incompetência para concretizar o ato.

Eu estava mole, não tinha forças, mas ao menos a dor havia praticamente desaparecido.

— Você está um pouco sedada, querida. Os medicamentos que administrei na sua veia te deixarão fora do ar por um bom tempo, o suficiente para que recupere suas forças — a médica gentil disse. — Sua febre já reduziu, mas estava realmente alta. Não sei como você ainda estava de pé.

— E... o que eu tenho? — Que pergunta imbecil. Mas já que ela era a médica, poderia me dar as respostas. Eu aproveitaria e faria um *check-up* rápido. Ri sozinha da besteira.

— Um forte resfriado, pedindo para se tornar uma pneumonia — respondeu, sutilmente. — Você vai precisar de repouso por uns dois dias, antes de pensar em sair de casa, entendeu? Ou corre o risco de desencadear um quadro mais agudo e precisar de internação.

Uau. Aquilo foi assustador. Primeiro, porque eu não poderia me dar ao luxo de adoecer naquela etapa da minha vida. Segundo, porque eu não teria condições de arcar com nenhum custo medicamentoso alto, que dirá uma porra de internação. Depender da *Medicaid* era uma droga.

Quando tentei me sentar novamente, sem sucesso, ela disse:

— Não tente se esforçar, querida. — Seu tom de voz era gentil. — Você realmente precisa descansar.

— Mas eu... eu preciso ir pra casa.

— Eu vou levar você em casa, Mila — Adam disse seriamente.

— O quê? Não! Não precisa! É sério! Eu posso ir de táxi...

Pensar em pagar o táxi doeu meu bolso. Foi uma dor quase física. Mas eu não teria forças realmente para ir de metrô.

— Não há discussão sobre isso, Mila — ele afirmou categoricamente.

Merda. Eu estava tentando me lembrar de como deixei meu quarto. Mas espera... por que eu estava tentando visualizá-lo como se eu tivesse segundas intenções com o cara?

— Sr. St. James, aqui está meu telefone e a receita dos medicamentos que ela necessita, como o senhor solicitou — a médica disse, prestativa. — Qualquer intercorrência, basta ligar no meu celular.

— Obrigado, Dra. Bauer — Adam agradeceu e a levou até a porta.

Tentei virar a cabeça para acompanhar seus movimentos, mas eu realmente estava me sentindo letárgica. Nenhum músculo respondia aos meus comandos.

Quando Adam entrou na minha linha de visão novamente, ele estava me olhando com seriedade e as mãos nos bolsos. Sua postura era inquietante.

— Como você pôde descuidar tanto de sua própria saúde assim, Mila? — ele perguntou e estava aborrecido.

Passei a língua pelos meus lábios ressecados e pensei no que responder.

— Eu estou estudando e trabalhando muito. Apenas isso. Nem parei pra pensar que o ritmo frenético acabaria me derrubando. Eu praticamente não fico doente — afirmei, tentando manter meu orgulho. — Me perdoe por todo esse trabalho, Sr. Adam.

Ele sentou-se na borda do sofá e nossos corpos acabaram se encostando.

— Vamos começar com "Sr. Adam" de novo? — ele perguntou cansado.

— Des... desculpe.

— Tudo bem. Vou levá-la para casa.

Suspirei profundamente, sabendo que realmente aquele dia havia sido mais um dia de merda, como tantos na minha vida, recentemente, por uma razão justificada. Agora eu precisava apenas encarar o restante do dia para finalizar meu martírio.

CAPÍTULO 5

Mila

Eu estava abismada diante do que Adam queria fazer.

— É sério, Adam. Não precisa me carregar... eu posso caminhar... — argumentei, tentando afastar suas mãos do meu corpo. Embora eu não quisesse que ele afastasse nada.

— Fique quieta, Mila — ele retrucou em tom de comando. — Kirk, apanhe estas caixas de doces para mim, sim? E não se esqueça da bolsa da Srta. Carpenter — ele falou para o brutamontes que estava parado à porta. — E siga na frente, deixando a passagem livre.

Ele abaixou e me pegou no colo como se eu não pesasse absolutamente nada. Respirei bruscamente quando ele ajeitou as mãos e simplesmente marchou para fora da sala. Eu sentia meu corpo rígido e os olhos loucos, olhando para todos os lados, tentando ver se havia pessoas presenciando minha vergonha.

Claro que ser carregada daquela maneira era um sonho que praticamente toda mulher acalentava dentro de si. Um homem másculo, forte, um cavaleiro errante, salvando uma donzela em apuros. Mas eu não era uma donzela. Eu poderia até estar em apuros, vinculados à minha saúde, mas nada que justificasse aquele gesto tão cavalheiresco e viril.

Fora que eu achava que meu peso poderia trazer algum problema às vértebras do Adam. Não que eu pesasse muito, mas também não era um peso leve. Eu tinha curvas distribuídas em áreas muito peculiares e que deixariam uma supermodelo chocada.

Como minha cabeça estava pesando uma tonelada, acabei recostando-a no ombro de Adam. Enquanto ele caminhava, acredito que o ritmo da marcha acabou fazendo com que eu caísse no sono. Só acordei quando ele me acomodou no que parecia ser um carro luxuoso.

— Ops... desculpa... eu dormi, não é? — perguntei o óbvio.

Adam apenas sorriu.

— É compreensível. A Dra. Bauer disse que bombardeou seu corpo com remédios suficientes para adormecer um cavalo.

Comecei a rir da cena que minha própria mente criou. Um cavalo branco caindo desmaiado em plena cavalgada.

— Do que está rindo? — ele perguntou.

— De nada. Bobeira, só.

O silêncio acabou instalando-se entre nós.

— Ahn... eu moro nos alojamentos da NYU — eu disse quando percebi que ele não estava indo na direção correta.

— Eu sei. Liguei para a Sra. Doodley e ela me informou — ele afirmou. — Mas estou levando você ao meu apartamento primeiro.

Um sinal de alerta apitou no meu cérebro. Mesmo chapada, pude sentir o sinal do perigo. Não o tipo de perigo "oh, socorro, este homem pode ser um estuprador terrível!", mas algo do tipo: "Oh, minha nossa... sozinha no apartamento dele? Com ele? Tão próximo assim?". Esse tipo de alerta mental disparou em ondas por mim.

— O quê?

— Relaxe, Mila. Eu apenas preciso passar lá para apanhar algumas coisas, já que tenho um compromisso logo mais — ele esclareceu e me olhou de soslaio. — Além do mais, precisamos comer alguns daqueles doces, ou estarão desperdiçados mais tarde.

Eu assenti, mas fiquei preocupada. Meu Deus... o que eu estava fazendo ali?

Quando chegamos a um complexo de prédios luxuosos em Upper East Side, o carro deslizou suavemente por uma garagem subterrânea e eu apenas apertei as mãos em meu colo.

Minha ideia ridícula era pedir que eu pudesse esperar no carro, enquanto ele resolvia o que tinha que resolver.

— Vamos.

Abri a boca para falar o que eu queria, mas seu olhar duro me cortou.

— Nem pense em ficar aqui — ele disse, olhando-me com seriedade. — Primeiro, é uma ideia ridícula. Segundo, eu nunca permitiria. — Pronto. Bastou dizer aquilo, como se não fosse nada, e me puxou para seu colo novamente.

— Sério, Adam... acho que já consigo caminhar.

Ele nem me deu bola. Continuou caminhando com meu corpo completamente atrelado ao dele, e o calor que senti subir por minhas entranhas já não tinha nada a ver com a febre.

Quando o tal Kirk abriu a porta do apartamento de Adam, contive um suspiro deliciado. Era um apartamento belíssimo, com uma parede inteira de vidro, que dava para o Central Park de um lado e a vista para Rio East, na parede de vidro oposta. Cara, praticamente dava pra ver Manhattan inteira dali. Todos os móveis eram beges, criando um visual chique e totalmente masculino, mas com toques sutis de decoração feminina.

Adam me depositou em um dos grandes sofás e meus olhos simplesmente "beberam" da vista privilegiada que ele tinha.

— É lindo... — percebi tardiamente que havia falado em voz alta.

Adam não respondeu. Ele já estava retirando a gravata e o paletó, e se dirigiu para a cozinha elegante situada no lado oposto. Eu podia ouvir os barulhos das louças sendo manuseadas.

Quando voltou alguns minutos mais tarde, pude ver que suas mangas estavam enroladas nos antebraços fortes, e a camisa branca imaculada estava entreaberta no colarinho. Disfarcei o olhar assombrado, quando percebi que estava encarando chocada, o que parecia ser uma pele coberta de tatuagens no braço direito. Senti o rosto esquentar. Aquele homem era um exemplar vivo de masculinidade latente. Um cruzamento de supermodelo Hugo Boss, Giorgio Armani, com ator de Hollywood. E agora parecia haver um lado *bad boy* sombrio escondido por baixo de toda aquela elegância? Era como se todas as fantasias das mulheres se reunissem em apenas um homem.

Adam depositou uma bandeja na mesa à nossa frente, com alguns dos doces, um copo de suco de laranja para mim e um copo de café para ele.

— Você sabia que café renova as energias? — perguntei em tom de deboche.

Ele me olhou com um sorriso enviesado e sacudiu a cabeça.

— Sim, mas a Dra. Bauer fez questão de afirmar que você precisa de vitamina C, logo, um belo copo de suco será o que vai descer por essa sua linda garganta — ele disse e colocou o copo em minhas mãos.

Afastei os fios de cabelo que teimavam em soltar do rabo de cavalo e, *aimeudeus*, meu cabelo devia estar uma desgraça. Enfrentei uma ventania danada para chegar ao escritório, depois passei um tempo deitada no sofá, e somado a isso, ainda tinha o trajeto no colo daquele homem espetacular...

Levantei a mão disfarçadamente e passei pelos meus cabelos para atestar o *caos*. É. Fios estavam se suicidando do meu rabo de cavalo. Ninhos de rato pareciam ter sido instalados logo acima da presilha que segurava minha juba.

Bebi o suco para tentar conter a neura de soltar os cabelos e arrumá--los de maneira decente.

Adam colocou um donuts à minha frente e senti meu estômago roncar, fazendo com que eu me lembrasse de que realmente não havia comido quase nada durante o dia inteiro.

Peguei o doce, meio sem jeito, e comi, tentando evitar olhar para meu companheiro de sofá. Quando desviei levemente os olhos, percebi que ele me encarava despudoradamente.

— O-o quê? — perguntei, depois de engolir bruscamente o pedaço do doce. Bebi um gole de suco para evitar engasgar com o açúcar da cobertura, e lambi os dedos para retirar o restante. Tarde demais, percebi que fiz isso na frente dele.

Quando olhei para o lado, Adam estava largando sua xícara de café, colocando o doce inacabado no pratinho à frente e simplesmente retirando o copo de suco da minha mão.

— Porra... me desculpe, mas não posso resistir mais tempo — ele disse e simplesmente me puxou para o calor de seus braços.

Assim. Sem mais, nem menos.

Sua boca quente desceu sobre a minha e senti a língua lamber o restante do açúcar que estava ainda grudado. Eu sequer tive reação diante do arroubo selvagem do homem.

Quando sua língua, por fim, limpou o doce dos meus lábios, com um suspiro enlevado, senti os arrepios no meu corpo quando a mesma invadiu minha boca. A sensação foi tão prazerosa que senti os olhos revirando nas órbitas e rezei fortemente para que estivessem fechados e Adam não visse aquela cena meio *Exorcista* diante de si.

Sua boca devastava a minha, sem pudor algum. E confesso que sob efeito de analgésicos poderosos, eu não estava pensando direito, porque simplesmente correspondi. As mãos grandes daquele homem seguraram minha cabeça no lugar enquanto as minhas seguravam o colarinho de sua camisa, na tentativa de me manter ereta. Ou era isso, ou eu desfaleceria ali mesmo.

Acho que nunca havia recebido ou dado um beijo tão gostoso. A exploração de seus lábios começou a percorrer meu rosto e eu apenas ofegava ou suspirava com prazer desmedido.

— Caralho... você é tão doce... — ele sussurrou entre os beijos ardentes.

Eu ri, ridiculamente, na hora mais imprópria. Encostei a testa no seu ombro e tentei conter o riso.

— O que foi? — perguntou sorrindo.

— Eu sou doce porque estou coberta de açúcar, duvido que você falaria isso em outra ocasião — respondi rindo.

Seus olhos escuros entrecerraram e ele desceu os lábios sobre os meus

29

novamente.

— Você. É. Doce! — ele repetiu, com ênfase, e a cada palavra investia mais firmemente sua língua dentro da minha boca, obrigando a minha a corresponder.

Quanto tempo durou aquele duelo eu não faço ideia. Mas em um determinado momento, Adam apenas encostou a testa à minha e suspirou.

— Preciso levar você antes que eu faça algo do qual não haverá retorno.

Senti uma fagulha de tristeza. A queda brusca da realidade era foda. Enfim, percebi que não poderíamos compartilhar nada daquilo, porque realmente nossos mundos eram diferentes. Então aquele foi apenas um arroubo de duas pessoas que sentiram um tesão imenso e só. Ainda bem que um dos dois estava pensando com a razão.

— Eu quero levá-la para a minha cama, Mila — ele disse e levantou meu rosto para olhar diretamente em seus olhos. — Mas na hora em que você estiver completamente recuperada, sem efeito de entorpecentes. Assim você nunca poderá alegar que não estava pensando direito.

Sorri diante da admissão de Adam e apenas assenti com a cabeça com o que o quer ele tenha dito.

Adam ergueu-se rapidamente e virou de costas para mim, enquanto eu tentava me recompor.

— Me aguarde aqui apenas um momento. Já estarei de volta — disse e sumiu para o interior do enorme apartamento.

Nem sei quanto tempo se passou até que ouvi seus passos novamente. Disfarcei a onda de luxúria que varreu meu corpo e abaixei o olhar, sem me delongar muito em contemplar aquele espécime masculino divino vestido em outro terno elegante, caminhando com uma graça tão letal que poderia deixar qualquer pessoa abismada. Toquei meus lábios, sentindo-os ainda quentes pelo beijo trocado. O calor no meu rosto também evidenciava o embaraço em que me encontrava agora.

Quando me levantei do sofá, tentando demonstrar uma calma que não sentia, ele caminhou em minha direção e seus olhos me perfuravam com luxúria e desejo. Uau. Era bom ser olhada assim.

— Está pronta?

— Sim.

Caminhei para longe dele, a fim de mostrar que eu conseguia andar, sem a necessidade de ele me carregar como uma boneca quebrável. Era uma forma de tentar reconquistar um pouco do controle que eu havia perdido também.

Adam apenas pegou um dos meus braços e me guiou para fora de seu apartamento. Suspirei audivelmente, dando adeus ao momento idílico que compartilhamos ali.

CAPÍTULO 6

Mila

— É aqui — falei constrangida.

O trajeto todo do *flat* chiquérrimo dele até o meu modesto apartamento foi feito em completo silêncio.

Olhei para o lado e pude observar que a mandíbula dele estava cerrada, e uma veia pulsante naquele pescoço forte marcava todo o estado de tensão em que ele se encontrava.

— Eu a acompanho.

— Não precisa — afirmei. — É sério... é bem aqui...

Minha vergonha de que ele deparasse com a simplicidade das minhas acomodações era imensa.

— Mila — ele disse e me olhou irritado. — Eu vou acompanhá-la e pronto, entendeu?

Opa. Entendi. O cara era mandão. Também entendi aquilo. E por mais que eu odiasse que as pessoas mandassem em mim, aquele tom de voz irritado acabou me dando alguns arrepios em locais secretamente cobertos.

— Está bem.

Descemos do carro e caminhamos para a ala do alojamento onde eu me concentrava.

Parei diante da minha porta e apenas respirei um pouco alto demais.

— Você está bem? — ele perguntou solícito.

— Sim. Só estou cansada — falei e tentei me despedir na porta. Como ele ainda estava aguardando sem dar um passo sequer, imaginei que esperava que eu a abrisse e o convidasse a entrar.

Fiz o que era esperado. Saquei minha chave da bolsa e abri rapidamente a porta do quarto. Dei um passo para frente e antes que eu pudesse virar e me despedir ali, Adam entrou.

Pooooorra.

Olhei ao redor e percebi que ao menos o *Katrina* não havia passado por ali mais cedo. Estava modicamente organizado. Até mesmo porque eu não tinha muitas coisas.

Minha cama estava feita, meu pequeno sofá estava limpo e livre de roupas descartadas a esmo, e o chão estava brilhando. Eu havia feito uma faxina dois dias antes.

A pequena cozinha – e quando digo pequena é porque é realmente minúscula –, contava apenas com um copo dentro da pia.

— Você vive aqui há quanto tempo? — ele perguntou e evitei olhar em sua direção.

— Três anos — falei e abri a pequena janela para arejar um pouco e quebrar o clima tenso. — E até o final deste semestre. Depois saio daqui.

Péssima ideia abrir a maldita coisa, porque o frio entrou com tudo no quarto.

— Por quê? — ele perguntou.

— Porque eu me formo e tenho que sair do alojamento.

Ele caminhou pelo pequeno espaço. Deu dois passos, na verdade. Era o que precisava para cobrir todo o apartamento.

— Bem, você nunca dividiu o apartamento com ninguém? — ele perguntou e franzi a sobrancelha.

— Com um amigo, mas ele se mudou há um ano.

Ele olhou para mim de maneira intensa e eu apenas me resignei a encará-lo de volta. Eu não falaria mais nada.

— Um amigo?

— Sim. — Pigarreei e sacudi um pó inexistente da minha roupa. — Muito obrigada pela carona, Adam.

Ele caminhou para perto de onde eu estava. Como não havia muito espaço, acabei me recostando na parede.

— Está me dispensando, Mila? — Seu tom era divertido.

Eu imaginava que homens como ele nunca fossem dispensados, ainda mais por uma companhia feminina.

— Não... apenas me lembrei de que você afirmou ter um compromisso mais tarde.

Ele olhou o relógio elegante no pulso e me encarou de volta.

— Espero que você se cuide — disse e, sem que eu esperasse, depositou um beijo na minha bochecha.

Tive que disfarçar a decepção.

Quando o levei à porta, Adam virou-se bruscamente e agarrou as lapelas do meu casaco de inverno, me puxando em sua direção.

— Tenha bons sonhos, gracinha — disse e me beijou novamente. Um beijo brusco, daqueles que marcam a pele da pessoa que o recebe.

Fiquei sem fôlego quando ele me soltou como se eu o tivesse queimado e foi embora sem olhar para trás.

Fechei a porta e me recostei nela, escorregando o corpo até o chão. Aquele beijo havia extraído as forças que estavam querendo voltar depois do coquetel de remédios que tomei mais cedo.

CAPÍTULO 7

Mila

No dia seguinte, meu corpo amanheceu com resquícios da virose violenta que derrubara minhas barreiras imunológicas. Nem percebi que quando Adam me trouxe na noite anterior, ele havia deixado uma sacola com os medicamentos que a médica me receitara.

Peguei meu celular para ligar para a Sra. Doodley, mas antes que eu completasse a ligação, ele tocou em minha mão.

— Alô?

— Mila, querida... — Era a Sra. Doodley. — Soube que está doente, meu bem.

— Ah, sim... uma gripe um pouco mais forte — eu disse. — Mas...

— Antes que você diga que virá trabalhar, já te digo que fique de repouso — ela me cortou. — Aquele seu moço que sempre vem aqui me avisou e estamos de acordo que você precisa de descanso.

Respirei fundo contra a onda de irritação por Adam ter se metido no assunto. Afastei rapidamente esta mesma onda, alegando que eu estava sendo ingrata, já que ele queria apenas me ajudar. E havia feito muito por mim no dia anterior. Mas eu não levava muito bem a sensação de caridade.

— Obrigada, Sra. Doodley, mas acho que estou bem...

— Não. Não, senhora. Você fica de licença. Pelo que o moço lindo me falou, a médica solicitou que você ficasse quieta por mais dois dias. Ou seja, quero você aqui apenas na segunda-feira, entendeu?

— Sim, senhora.

Aquela era uma sexta-feira. Eu teria o sábado livre e como domingo eu não trabalhava, meu final de semana seria apenas no ócio.

Tudo bem. Talvez realmente meu corpo estivesse necessitado de descanso intenso. Eu poderia aproveitar aqueles dias para finalizar o ensaio que deveria entregar até o final da outra semana. Estaria ganhando alguns dias a mais de despreocupação com o prazo.

Assim que desliguei a ligação fui tomar um bom banho rejuvenescedor. Enquanto a água do chuveiro fazia maravilhas pelo meu corpo baqueado, meus pensamentos voltavam em velocidade vertiginosa para o beijo compartilhado com Adam St. James. Beijo não. Beijos. No plural. Eu estava parecendo uma adolescente contabilizando as bitocas trocadas aleatoriamente.

Por que um homem daquele porte acabaria tendo sentido qualquer espécie de desejo por uma mulher como eu?

Meu Deus... ele era da alta sociedade, de acordo com a pequena pesquisa do Google, antes que eu finalmente fosse dormir na noite anterior.

Suas fotos eram sempre em eventos chiques e ao lado de mulheres espetaculares, que faziam jus ao porte magnífico que ele tinha.

Eu era uma mulher comum. Não vou dizer totalmente sem eira, nem beira, porque eu tinha uma história de vida formada. Eu fiz a minha história. Eu podia até não ter uma família. Meus pais há muito se foram e por muitos anos foi apenas eu, sem laços, até que eu conhecesse Victorio Marquezi. Um perdido como eu. Nós nos conhecemos anos antes de decidirmos nos mudar para NY, para tentar entrar na Universidade.

Na verdade, minha história com Vic era muito estranha porque eu considerava aquilo como um encontro de almas. Desde o primeiro instante em que nossos olhos se cruzaram, já sabíamos que seríamos amigos para o resto da vida.

Eu tinha dezesseis anos nessa época. Vic tinha dezoito. Nós dois morávamos num lar adotivo, mas Vic estava indo embora, já que atingira a idade necessária para sair. Como eu ainda não, ele decidiu que ficaria por perto até que eu pudesse sair.

Vic passou a morar em um pequeno apartamento, na cidade de Tulsa, Oklahoma, nossa cidade natal. Ele morava bem próximo à casa onde eu vivia há dois anos, desde que o conhecera. Era o último lar em que havia entrado e tentava permanecer a todo custo. Sempre mantinha o olho vivo. A família adotiva que compartilhamos era até bacana, mas não podíamos dizer que havia amor ali.

Quando faltava apenas duas semanas para que eu completasse dezoito anos, Vic apareceu à minha porta, com planos mirabolantes de nos mudarmos para NY e vivermos o sonho cosmopolita dos viajantes e forasteiros solitários.

Eu nem fazia ideia de como faríamos para ingressar em uma faculdade. Havia acabado de terminar o segundo grau e acabei fazendo uma aplicação para a Universidade de Nova York, impulsionada por Vic. Meu currículo escolar era excelente e os professores sempre me falavam que a possibilidade de entrar em uma faculdade boa era alta. Quando meus pais morreram, deixaram um seguro que eu poderia usar quando atingisse a maioridade. Ao menos aquilo eles pensaram, mesmo que eu nunca tenha feito parte realmente de seus planos, como um adendo familiar. Com isso, eu poderia tentar um financiamento para cursar a faculdade. Eu queria me formar em Literatura e sabia que poderia embarcar talvez nos sonhos loucos de Vic, desde que ele estivesse comigo.

Vic entrou na NYU com bolsa de estudos para atletas. Ele jogava basquete pela Universidade e jogava muito bem. Tanto que nossos sonhos acabaram nos afastando porque ele recebeu uma proposta irrecusável da Universidade de Denver, para migrar o curso.

Depois de muito choro e promessas de ambos os lados, meu e de Vic, concordamos que seria melhor que ele realmente aceitasse. Faltava pouco mais de um ano e meio para que nós dois saíssemos da Universidade, na época.

Embora a maioria das pessoas pensasse que entre Vic e eu havia mais do que amizade, nós dois não ligávamos a mínima para as fofocas. Éramos como irmãos. O amor que encontramos foi o tipo de amor fraternal que duraria para a vida toda. Não havia nada de amor romântico ali e nem nunca houve. O que Vic fazia muito era fingir ser meu namorado quando eu precisava me livrar de algum fã mais ardoroso. Alunos de literatura podiam ser intensos. Conheci alguns que achavam que deveriam viver na íntegra todos os arroubos dos poetas consagrados.

Vic monitorava os rapazes com os quais eu saía e brigamos várias vezes por conta disso, já que eu não fazia marcação cerrada nas garotas que ele pegava. Tínhamos um código de conduta entre nós dois.

Os planos de Vic incluíam que moraríamos juntos pelo resto de nossas vidas, até que algum pretendente nos separasse. Então, ele contava nos dedos que quando meu curso encerrasse logo mais, eu estaria me mudando para Denver, a fim de viver ao lado dele, seu sonho em ser jogador de basquete.

Era meio louco isso, mas como eu não tinha família ou sequer a pretensão de formar uma, meus planos acabavam coincidindo com os dele. Eu tinha pavor de estar só. E por mais que já morasse há mais de um ano sem a presença dele ao meu lado, ainda assim, eu contava nos dedos as horas para que eu pudesse, por fim, sair da solidão em que me encontrava.

Fora Vic, eu tinha apenas mais uma amiga com a qual podia contar, quando ela não estava envolvida em algum esquema louco de turnês com seu grupo de dança. Ela havia se formado em artes cênicas na NYU e nossa amizade era improvável, mas provou-se mais uma vez, ser algo programado pelo destino. Ayla era o que eu poderia chamar de amiga para todas as horas. Às vezes, dormia no meu apartamento como se fosse uma cigana errante, sem rumo certo, sempre com uma mochila nas costas.

E exatamente naquela hora em que eu precisava dela, a vadia estava na Califórnia, num concurso de dança.

Deixei que meus pensamentos voltassem ao normal e saí do chuveiro, pegando a toalha felpuda que eu tanto amava.

Quando cheguei ao telefone, uma mensagem piscava na tela:

> Por que caralho você não atende esta merda?

Aquele era o amor que Vic me dedicava. Ri sozinha das palavras torpes que escolheu para brigar comigo.

Apertei as teclas e esperei.

— Adoro quando você perde a compostura e fala comigo desse jeito, Vic.

Ele riu do outro lado.

— Estou preocupado com você, Mila. Por onde você tem andado e porque não atendeu nenhuma ligação minha ontem.

Pensei no que responder.

— Bom, eu tenho andado por aqui. Sabe como é... NOVA YORK, cidade louca e tal...

Ouvi o riso espontâneo dele do outro lado da linha.

— E, para sua informação, esqueci meu celular em casa ontem o dia todo e voltei tarde, indo diretamente para a cama. Desculpa... nem sequer averiguei nada. — Meus pensamentos me levaram de volta ao dia anterior.

— Meu Deus, Mila... o que eu faço com você e o esquecimento que você sempre tem em levar seu celular? — ele falou bravo. — Cara, quantas vezes já te disse que em caso de emergência, como você conseguiria ajuda?

— Vic, aqui nesta cidade existem telefones públicos, sabia?

— E quem hoje em dia usa essas tranqueiras, Mila?

— Talvez eu...

Nós dois caímos na risada porque muitas vezes eu realmente precisei usar um telefone desses.

— Você está bem? — ele perguntou. Vic sempre tinha um sexto sentido para detectar problemas apenas pelo tom da minha voz.

— Por que eu não estaria? — tentei desconversar.

Eu sabia que se eu falasse que estava doente, Vic logo assumiria que eu estava morrendo e partiria em uma carreira desabalada para onde eu estivesse.

— Porque eu te conheço e sua voz parece cansada.

Suspirei profundamente.

— Apenas uma gripezinha de nada.

— Ará! Eu sabia que você estava doente!

— O quê?

— Eu sabia que você devia estar louca com o ritmo da faculdade e ainda ralando naquele seu trampo — ele falou. — Quanto mais falta para você vir de vez?

Respirei várias vezes antes de responder:

— Não sei. Ainda não programei nada.

— Eu vou aí te buscar. Vou ter uma folga da faculdade e pegar umas férias antes do *Draft*, então poderemos ajeitar sua mudança.

— Espera, Vic. Eu ainda tenho um monte de coisas para acertar.

— Você precisa de mim, garota. E está doente.

— Eu estou melhorando. E estou tomando remédios.

— Você precisou ir ao médico?

Eu não sabia até onde poderia contar ao meu amigo.

— Consegui um atendimento rápido.

— Como?

Porra. Era uma longa história e eu não estava com ânimo de compartilhar.

— Como você está, Vic? — Mudei de assunto.

Ouvi a risada dele do outro lado.

— Sabe, Mila... você precisa aprender um pouco mais a arte de mudar de assuntos sem parecer assim tão brusca e sem classe...

— Cala a boca, Vic — eu disse rindo.

— Vou perguntar de novo: como você chegou a um atendimento com um médico? Ou, por que foi necessário um médico? Não parece ser uma coisa tão simples.

Resolvi falar o mínimo, ou ele nunca me daria sossego.

— Eu fui fazer uma entrega em uma empresa, passei mal por lá, chamaram o serviço médico, me diagnosticaram com uma supergripe e me medicaram adequadamente. Agora estou de repouso por dois dias até me recuperar completamente.

Vic suspirou e xingou do outro lado.

— Você precisa de mim. É isso. Vou te encontrar aí...

— Não, Vic! — gritei tensa ao telefone. — Está tudo bem, sério. Se você não acredita em mim, amanhã mesmo a Ayla estará aqui e você pode perguntar diretamente pra ela. — Bom, ele não poderia ver meus dedos cruzados pela pequena mentira que estava contando. Os planos de Ayla indicavam sua chegada dentro de algumas semanas ainda.

Ayla e Vic não se batiam. Mas eu sabia que se relacionavam adequadamente em respeito a mim. Achava que a química ali era intensa. Só eles que não viam. Teimavam em se odiar e falar que o foco todo da disputa era eu.

— Certo. Mas quero que me ligue mais tarde, okay? — ele perguntou.

— Okay. Te amo, Vic.

— Eu também te amo, Millie. — Somente ele me chamava daquele jeito.

Desligamos a ligação e eu fui pensar no que fazer em meu dia inteiramente enfadonho e livre.

Nem teria o atrativo de me distrair com a presença de Adam, já que eu não o serviria naquela manhã. Se não eu, quem seria? Será que a Sra. Doodley escalaria outra garota no meu lugar? E será que ela chamaria a atenção de Adam?

Resolvi deixar de pensar besteira e ataquei meus livros. Nem vi o tempo passar. Somente muito mais tarde foi que estiquei a coluna e ouvi o estalo dos ossos e músculos judiados. Eu sentia que a febre estava querendo voltar e uma moleza extrema atingiu meu corpo. Percebi que passava das quatro da tarde e eu não havia comido absolutamente nada.

Fui para a pequena cozinha averiguar se havia algo comestível e vi o papel que eu havia fixado na porta. Ali tinha os horários em que deveria tomar a medicação e acabei percebendo que pulei um horário dos antibióticos.

Peguei um copo de leite e tomei os comprimidos, junto com o antitérmico para abaixar a febre que já se instalava.

Pensei em tomar um banho mais frio, mas a batida suave na minha porta me impediu.

Quando abri a porta, sem nem checar o olho mágico para identificar o visitante, tomei um susto porque ali de pé estava ninguém mais ninguém menos que Adam St. James.

39

CAPÍTULO 8

Mila

Fiquei sem palavras por alguns segundos preciosos, cujos quais os olhos claros e perturbadores de Adam percorreram meu corpo. Olhei para baixo para perceber que eu estava com uma calça de flanela masculina, que havia roubado de Vic, e uma regata que pouco cobria, bem como o fato de que eu estava sem sutiã. E meus pés ainda estavam descalços.

— Ahn... Oi? — perguntei incerta.

— Posso entrar ou você vai me deixar plantado na porta? — ele perguntou e seu tom era um tanto quanto irritado.

Abri espaço para que ele passasse e cruzei os braços à minha frente, tentando ocultar a resposta física que meu corpo dava somente com a visão do dele.

— Como você está hoje? — perguntou e depositou uma sacola parda em cima do balcão da cozinha.

— Estou bem... — menti descaradamente. E mentiras sempre têm pernas curtas, porque logo em seguida Adam se aproximou de mim e colocou a mão suavemente em minha testa.

— Não. Você não está. Não percebeu que está com febre? — ele perguntou nervoso. — E ainda está com pouca roupa?

Ergui a sobrancelha, espantada com o tom de voz.

— Pouca roupa? — perguntei e dei uma risada meio bufada. Foi feio, confesso... mas escapuliu. — Eu estou de roupa.

— Essa blusa mal cobre seu corpo que precisa de calor, Mila — ele disse e pude sentir seus olhos onde meus braços estavam cruzados. Merda. Meus seios estavam delatando meu estado. — E essa calça...

Olhei para baixo.

— O que tem?

Ele parecia desconfortável e passou as mãos pelos cabelos. Somente agora eu reparava que ele estava vestido informalmente. Sem o terno habitual.

— A quem pertence essa calça? Não são femininas.

— Pertence a mim, Adam — falei como se falasse para uma criança.

Ele me olhou longamente e eu suspirei.

— Era de um amigo meu, satisfeito?

Quando acrescentei o *pequeno* detalhe, acho que meu timbre de voz delatou minha insatisfação, fazendo-o ficar mais irritado ainda, sem eu nem saber a razão.

Ele deu dois passos na minha direção e me puxou para o seu corpo.

— Não. Não estou satisfeito! — ele falou com os dentes entrecerrados. — Eu odeio a sensação do ciúme porque acredito ser um sentimento desprezível, mas é exatamente o que estou sentindo agora.

Abri a boca em choque. Ele estava com ciúmes? Da minha calça? A compreensão chegou em passos lentos. Ele estava com ciúmes do amigo ao qual pertencia a calça. Não sabia se ficava satisfeita e maravilhada com aquela revelação, ou chocada ao extremo.

Adam não deu tempo de eu sequer responder e me beijou bruscamente. Sua boca devorava a minha, numa demanda impossível de acompanhar. Apenas deixei que meu corpo ficasse à deriva diante do ataque sedutor daqueles lábios. A sensação foi tão prazerosa quanto energizante, já que meus lábios estavam quentes e os dele estavam frios, pela temperatura gélida das ruas. Aquela diferença brusca entre nossas peles fez com que meu corpo se aquecesse de dentro para fora, somando mais calafrios aos que já estavam brincando com meus poros.

Suas mãos fizeram com que eu descruzasse os braços, lhe dando acesso ao meu corpo que já estava febril. Quando minhas mãos pousaram no pescoço de Adam, ele exalou um gemido e aprofundou mais ainda o beijo escaldante. Ele ergueu meu corpo como se não pesasse nada e me imprensou na parede, fazendo com que eu não soubesse onde colocar as pernas. Em segundos suas mãos puxaram por trás dos meus joelhos para que eu o enlaçasse pela cintura.

Uma das mãos de Adam mantinha firme o aperto na minha bunda para que eu ficasse na posição adequada onde pudesse sentir toda a demonstração de sua dureza contra mim, enquanto a outra subia brandamente pelas minhas costelas e abarcava um dos seios.

Gemi em sua boca e ele rosnou na minha. O aperto ficou mais intenso, até que meu gemido foi realmente de dor, já que meu corpo estava dolorido e ele estava gerando sensações inebriantes, porém perturbadoras.

— Porra... desculpe... você está com febre... — ele disse e colocou o rosto no vão do meu pescoço.

Yeap! Eu estava com febre. Mas a febre que mais devastava meu corpo frágil estava direcionada na parte sul do quadrante onde nos conectávamos naquele instante. Que praticamente implorava por um toque mais ousado de sua parte. E a constatação daquele fato me assombrava...

— Eu já tomei meu remédio — informei e ele nem ao menos se mexeu de onde estava. Eu continuava espremida entre a parede dura e a parede sólida de músculos apetecíveis à minha frente. Bem como à evidência de sua excitação. O que fez com que eu me mexesse brandamente para aplacar a comichão que percorria meu corpo. E ele gemesse alto no meu ouvido e moesse um pouco os quadris nos meus.

Eu morreria ali naquele momento. Com toda a certeza. Porque à medida que ele se mexia, eu revirava os olhos e sentia que poderia desfalecer a qualquer momento.

Adam me abaixou suavemente e depositou um beijo em meu ombro, no pescoço, nos olhos, até chegar a um beijo casto e pueril na boca entreaberta. Eu rezava para que não estivesse com um hálito mortal.

— Venha aqui, gracinha — ele disse e me puxou para o pequeno sofá que ornamentava horrivelmente meu pequeno apartamento.

Seu corpo tomou toda a extensão do local e eu não tinha onde sentar, mas esse não era o real plano de Adam. Ele me puxou para o seu corpo, onde acabei recostada mais ainda à "arma" letal que ostentava dentro das calças. Quando me ajeitei, ele deitou a cabeça para trás, no encosto e gemeu audivelmente.

— Você está me matando, garota — ele disse sem abrir os olhos.

— Ei, quem está morrendo aqui sou eu... — brinquei e seu rosto ergueu-se rapidamente.

— Você não está se sentindo bem? — ele perguntou preocupado.

— Eu estava brincando quando disse que era a moribunda, tá? — brinquei novamente, tentando aliviar a feição cerrada com que ele me encarava de volta.

— Eu sei. Engraçadinha. — Ele apertou a ponta do meu nariz e suas mãos englobaram minhas costas, puxando meu corpo contra o dele. Eu não conseguia entender a comodidade da situação, ou a naturalidade com que eu estava sentada escarranchada sobre ele. Tipo assim... até ontem eu apenas servia seu café na *delicatessen*... e hoje, eu estava aqui como se esse lugar me pertencesse. Louco isso, não?

— Estou melhorando — respondi e ele beijou meu nariz.

— Eu vim buscar você.

Retesei o corpo.

— Para o quê? — A curiosidade era intensa.

— Para passar o dia comigo. Assim posso manter o olho em você... — ele respondeu e seu sorriso ganhou um toque um pouco mais arrogante. — Ou as mãos... ou a boca...

E então a sessão amasso teve início novamente, com direito a tarja preta de censura livre. Suas mãos subiam por dentro do tecido da minha camiseta e eu arrepiava ao mais leve toque.

Seus lábios pousaram delicadamente sobre os meus.

— Prometi a mim mesmo que iria devagar, mas você está me matando... — ele disse e suas mãos abarcaram meus seios. Minha cabeça caiu para trás com um gemido de prazer que não pude disfarçar. A sensação era indescritível.

— Adam... — eu não sabia se estava implorando para que ele prosseguisse ou parasse a tortura.

— Me deixe ter você, gracinha...

Meu cérebro enevoado não estava processando bem as informações. Eu quase disse sim sem nem entender direito qual tinha sido a pergunta. Ele poderia estar me pedindo para apertar o botão que acionaria a bomba nuclear e explodiria o mundo, e eu diria: *siiim... claro*. Sacudi a cabeça para afastar os pensamentos errantes.

— A... Adam... — Como eu diria a ele que não era daquele tipo de garota ultraliberal que banalizava o sexo como se não fosse nada?

— Venha comigo... — Sua voz sedutora parecia o canto de sereia que fazia com que pescadores morressem delirando de prazer nos contos da literatura. — Diga que sim... eu vou cuidar de você...

— Eu... eu... eu não estou... nos meus melhores dias... — E entenda-se por não estar nos meus melhores dias como o fato de que meu corpo doía pra caralho, eu não tinha me depilado adequadamente e eu achava que ele ficaria surpreso com o fato de eu não ser experiente.

— Não precisamos fazer nada... embora seja o que eu mais queira — ele disse e seus olhos claros me perfuravam. — Mas venha comigo para que eu possa cuidar de você.

Eu queria dizer que não precisava de cuidados. Que eu já era bem grandinha, que não precisava de caridade. Mas sentia no fundo, que o que ele queria desfrutar era da minha companhia. O que será que ele havia visto em mim que o fizera sentir esta necessidade?

— Adam...

— Por favor, pequena.

Respirei fundo e assenti.

— Está bem. Mas você me trará em casa antes de escurecer. Tenho que finalizar um trabalho.

— Você tem é que descansar — ele teimou.

— Eu já descansei um monte. Nem sequer saí de casa hoje.

— Eu sei.

Olhei com suspeita.

— Como você sabe?

— Coloquei Kirk para averiguar se você ficaria quietinha em casa ou seria teimosa e sairia, mesmo doente como esteve ontem.

Abri a boca como uma truta e nem soube o que responder.

CAPÍTULO 9

Mila

— Você... você colocou alguém para me vigiar? — Tentei sair do colo dele. Eu sabia que estava irritada.

— Mila, sem estresse, por favor. Eu apenas queria garantir que você não fosse se aventurar aí fora. A temperatura caiu mais ainda hoje e há previsão de nevasca. Você parou para pensar que seu caso poderia piorar? — Adam, agora, estava irritado.

Tá. Vou deixar passar essa... mas não gosto de me sentir assim...

— Assim como?

— Assim... como se não tivesse vontade própria ou fosse uma descerebrada e precisasse de uma... uma... babá...

— Kirk não gostaria nada de ser comparado a uma babá, querida. — Ele riu suavemente e me deu uma palmada no traseiro. — Vá se trocar e coloque uma roupa quente. E tire esta porra de pijama masculino, pelo amor de Deus — ele falou.

Revirei os olhos diante de tanto machismo, mas um sorriso secreto se escondia em meus lábios. Adam estava com ciúmes!

Por qual razão, eu não compreendia. Bom... Tudo bem. Trocamos um superbeijo alucinante, mas eu não tinha ilusões de que haveria mais do que isso com Adam.

Troquei a roupa por algo casual, porém com o frio insuportável que estava fazendo na cidade, qualquer vestimenta perderia o toque sedutor. Não que eu quisesse seduzir o cara. De maneira alguma. Claro que não...

Uma calça *jeans* justa foi minha escolha, assim como um suéter preto, com gola aberta, sendo que por baixo de tudo aquilo ali eu vestia ao menos duas camisetas para esquentar. Uma bota de salto baixo até os joelhos completou o visual. Nada muito colegial, se eu tivesse optado por um tênis, e nada muito sofisticado, já que despachei qualquer coisa de salto alto da minha vida.

Olhei rapidamente no espelho do banheiro e conferi se tudo estava nos conformes. Considerando o belo par de olheiras que eu ostentava, somado a uma cara de doente, eu estava digna para ingressar em algum filme sobre sobreviventes de guerra. Ou zumbis. Ri sozinha do meu disparate.

Eu nem sequer deveria estar analisando meu visual com o objetivo de seduzir aquele espécime masculino belíssimo que me aguardava no meu parco apartamento.

Encontrei o objeto de toda aquela minha excitação juvenil parado à frente da minha singela coleção de livros. Suas mãos estavam nos bolsos da calça e quem o visse de longe poderia pensar que ele estava relaxado. Mas algo em sua postura destoava dessa impressão. Talvez fosse o fato de que ele se balançava suavemente nos próprios pés.

Pigarreei para me fazer notada, embora nem precisasse, já que o espaço era tão exíguo que minha presença na mesma sala poderia diminuir a quantidade de ar que um ser humano normal respirava. Quanto mais dois.

Ele olhou para minha escolha de roupas e não demonstrou absolutamente nada, então apenas sacudi os ombros afastando a irritação por estar sendo observada tão acintosamente.

— Estou pronta — eu disse o óbvio.

— Você tem um casaco mais quente? — ele perguntou e acenei afirmativamente com a cabeça.

Quando nos dirigimos à saída, apanhei o grande agasalho que acabaria de vez com qualquer tentativa de deixar meu visual bonito, mas eu não poderia fazer nada.

Adam saiu à minha frente e apanhei minha mochila que estava pendurada atrás da porta, fechando e trancando a mesma.

Ele apoiou uma de suas mãos na parte mais baixa das minhas costas e me guiou para a saída do dormitório. É óbvio que naquele instante várias alunas estavam subindo as escadas. Nenhuma saída discreta para mim.

Quando passamos pude ouvir os bochichos e risadinhas, bem como assovios nada discretos.

Senti meu rosto ficar quente de embaraço, mas continuei andando sem vacilar.

Senti a mão de Adam subir pela extensão da minha coluna, numa espécie de carícia desnecessária, embora tenha sido bem-vinda, assim que chegamos ao grande carro preto parado na calçada.

O motorista devidamente uniformizado já nos esperava com a porta aberta e Adam me guiou para dentro.

Quando ele se acomodou ao meu lado, senti um pouco de falta de ar. A sexualidade latente de Adam não o deixava passar incólume em situações onde ele precisasse estar muito próximo. O perfume másculo que exalava também dificultava um pouco o árduo trabalho em fingir que eu estava *super* bem.

Quando o carro pôs-se em movimento, senti os olhos penetrantes em mim.

— Você está bonita — ele disse sem rodeios.

Senti o rosto corar novamente e busquei palavras no meu cérebro enevoado.

— Obrigada — agradeci, embora eu achasse que ele estava sendo apenas gentil. — Para uma pessoa adoentada, ouvir esse elogio é realmente lisonjeador. — Ainda mais quando eu estava me sentindo um boneco da neve, toda empacotada.

— Eu não faço elogios gratuitamente e apenas no intuito de agradar ou ser gentil, Mila — ele falou e a força de seu olhar era hipnótica.

— Obrigada... então... de novo.

Olhei para a cidade coberta de neve e ainda assim pessoas corajosas arriscavam uma saída. Creio que devaneei completamente, porque Adam precisou tocar minha coxa para atrair minha atenção.

— Desculpe... — pedi envergonhada.

— Como você está se sentindo hoje? — ele perguntou e seu tom era realmente preocupado.

— Estou... bem. Quero dizer. As medicações estão ajudando a conter os sintomas... — falei e coloquei uma mecha atrás da minha orelha. — Na verdade, eu gostaria de agradecer pelos remédios que você comprou e gostaria de reembolsá-lo...

— É sério, isso? — Seu tom era irritado. Nem sequer entendi a razão.

— Sério, o quê? — perguntei sem entender a raiva que eu podia ver em seus olhos.

— Você, com essa ideia ridícula em me pagar por conta de uns poucos medicamentos que fiz questão de comprar?

Eu estava incomodada.

— Olha... eu não sou muito boa em receber... — eu tentava buscar a palavra que não fosse tão embaraçosa — caridade.

— Caridade? — Seu tom era incrédulo. — Mila, eu não considero caridade o fato de poder ter a chance de te ajudar na hora que você precisou. Achei que fôssemos... amigos.

47

Eu o olhei estupefata. Nunca antes o considerei como um amigo hipotético. Mesmo quando ele frequentava assiduamente a *deli*. Uma pessoa cordial. Um homem belíssimo, especialmente educado e gentil. Um objeto de desejo, de difícil alcance... mas um amigo próximo?

— Desculpa... — Nem sei porque eu estava me desculpando naquele momento. — Eu não quis parecer insensível ou ingrata... sério.

— Veja bem, você estava na minha presença quando se sentiu mal. Então eu realmente me senti bem em poder ajudá-la de qualquer maneira.

— Mas por que estamos discutindo, mesmo?

— Porque você cogitou a hipótese ridícula em me ressarcir pelos remédios que comprei... — ele esclareceu. Cruzou os braços e ergueu a sobrancelha de forma a me intimidar.

— Oh... isso. Então voltemos a fita — eu disse. — Adam, muito obrigada pelos medicamentos. Estão sendo muito eficazes.

— Melhor assim.

Passaram-se alguns poucos segundos...

— Droga... eu não consigo. Foram muito caros? — Mordi o lábio inferior.

— Sério?

— Vamos começar novamente com essa dança de palavras? — perguntei irritada.

— Eu não sei se você percebeu, Mila, mas sou muito bem de vida, o que me possibilitaria comprar toda a porra de uma unidade de tratamento se você precisasse dela, compreendeu? — ele falou e senti que bufava de ódio.

— Poxa... tão rico assim? — Tentei brincar para que ele deixasse suas feições mais amigáveis novamente.

— Tão rico assim. — Adam deu um sorriso e segurou uma das minhas mãos entre as dele. — Mudando completamente o assunto... — ele disse. — Você sabe que me sinto atraído por você, não sabe?

Olhei assombrada em sua admissão.

— Por quê?

Foi mais forte do que eu, perguntar isso. Meu lado extremamente racional me obrigava sempre a compreender as coisas ao meu redor.

— Por que, o quê?

Dessa vez foi a vez de ele ficar assombrado.

— Por que você se sente atraído por mim? — Eu o olhava minuciosamente, como se estivesse tentando decifrar um enigma.

Acabei surpreendida quando ele riu.

— Sério? Você precisa analisar tudo?

— Sim.

Sua risada morreu ali.

— Porra... acho que nunca conheci alguém como você em toda a minha vida.

Tentei puxar a mão que ainda estava entre as dele.

— Eu estou atraído por você porque você é linda... — ele disse e me puxou para mais perto. — Porque seus olhos são fabulosos e profundos. Sua boca é um convite explícito para beijos ardentes. Seu corpo é... impressionante. — Opa! Pausa no impressionante. *Impressionante como?* Quase perguntei. — Você tem uma sensualidade vibrante em você — ele disse e puxou uma mecha enrolando-a em seu dedo indicador. — Você irradia alegria naturalmente... quer mais detalhes?

Engoli em seco. Seu dedo agora percorria a pele do meu pescoço.

— Eu acho que você é a coisinha mais *sexy* em que já coloquei os olhos...

— Sério? — Agora era minha vez de parecer totalmente incrédula com aquela afirmativa. — Eu já vi as mulheres com as quais você sai, Adam.

Ele me puxou para junto de si. Eu estava quase esparramada em seu colo.

— Andou pesquisando minha vida na internet, gracinha? — perguntou e sorriu.

— Bom, não pesquisando... apenas dando uma passeada pelo Google... — falei sem graça. — falei sem graça. Era o mesmo que ser pega no flagrante delito. Poxa... quem poderia me culpar? Fiquei curiosa ao descobrir que Adam era o dono daquele lugar ostentoso. — Sabia que você está na Wikipedia?

Quando eu disse aquilo ele riu e, simples como o ar que respiramos, me beijou.

Novamente ele me pegava desprevenida em momentos como aquele. Uma fagulha de informação passou pelo meu cérebro e tentei me afastar.

— Minha nossa! — falei rapidamente. Ele não soltava o agarre. — Você não tem medo de eu estar com uma doença contagiosa? O que é bem provável... você sabia que gripes podem ser transmitidas por beijos intensos assim? — eu estava tagarelando, mas era mais forte que eu.

— Eu nunca pego um resfriado. E se apanhasse o seu desta maneira, te garanto que eu não reclamaria. — Ele riu e me beijou novamente.

Fiquei meio aérea e sem fôlego pelo tempo em que seus lábios quentes exploravam os meus. Ele beijava meu pescoço, garganta, o lóbulo da orelha, queixo... até voltar ao ponto de partida e se acomodar calidamente em meus lábios.

49

Adam St. James tinha um jeito único e exclusivo de beijar. Eu imaginava como ele seria ao fazer amor. Seria tão minucioso quanto aquela suave exploração, ou seria impetuoso e completamente dominador?

— Você tem noção do quanto eu te quero? — ele perguntou e colocou uma das minhas mãos sobre a evidência de sua excitação. Tentei a todo custo não corar, mas foi impossível.

Como disse, eu era inexperiente. Tinha tido dois namorados, mas apenas um realmente havia chegado aos *finalmentes*.

— Eu quero levá-la de volta ao meu apartamento e mostrar isso de maneira mais do que evidente — ele disse de maneira crua. — Neste momento, estou pouco me importando com seu resfriado... — ele admitiu. — Eu só preciso que você me diga que não é isto que você quer, e não acontecerá nada...

Eu tentava encontrar as palavras certas para me fazer entender.

— Eu... eu... — Caramba... meu vocábulo estava defasado. — Eu... como posso explicar?

— Tente do início... — ele disse e me beijou novamente.

— Se você me beijar assim não conseguirei pensar...

— A ideia é essa.

— Mas eu preciso dizer... eu sou muito...

— Tímida?

— Não. Quero dizer... isso também... mas é mais porque eu nunca... Ele parou o que estava fazendo.

— Você é virgem? — Seu tom era incrédulo.

Agora eu estava irritada.

— Não. É só que não sou experiente ou sofisticada como as mulheres que você deve estar acostumado. — Prêmio para mim. Consegui falar.

Ele me olhava buscando compreender o que eu havia dito.

Era embaraçoso ter sua vida esmiuçada dessa forma. Será que as mulheres deveriam andar com placas informativas penduradas no pescoço? Como por exemplo: eu sou manjada na arte de seduzir. Ou: eu sou uma toupeira no assunto.

— Eu quero o que você tem a me oferecer, Mila — ele disse carinhosamente. — Apenas você e eu.

O cara me ganhou ali naquela hora. Seu charme era inegável. Assenti sutilmente e acredito que ele entendeu o recado, já que sorriu de maneira vitoriosa e beijou minha mão. Em seus olhos eu só podia ver promessas de lençóis escaldantes.

CAPÍTULO 10

Mila

Quando chegamos ao apartamento, dessa vez à luz do dia, senti meu corpo todo tremer em ansiedade. Sua mão nunca deixou a minha, mesmo quando estávamos descendo do veículo como se nossas calças estivessem em chamas.

Não houve uma cena tórrida no elevador, como um amasso bem dado, numa espécie de preliminar. Não. Adam estava extremamente comedido. O que não sabia se para mim era ótimo, para que eu tivesse tempo de me adaptar à ideia, ou ruim porque me deixava mais insegura.

Quando por fim a porta de seu apartamento abriu, a sutileza foi embora.

Ele simplesmente me pegou em seus braços e rumou ao que eu só poderia considerar ser o quarto dele. Acho que ofeguei assustada, mas soube disfarçar bem. Assim espero.

— Pensei em fazer as coisas sutis pra você, deixá-la mais à vontade... — ele disse, enquanto me depositava na enorme cama no meio do aposento. — Oferecer algo para beber, talvez comer alguma coisa... — ele ia dizendo enquanto se desfazia do casaco. — Conversar amenidades, quem sabe assistir a um filme... — Sua camisa foi embora e eu perdi a capacidade de pensar. Ou ouvir. Meus olhos percorreram toda a extensão da tatuagem que ele ostentava no braço direito. Aquela que eu pensei ter vislumbrado, quando o vi com as mangas da camisa dobrada nos antebraços... a tatuagem era bem real. E enorme. Uma obra de arte. — Mas eu estaria apenas protelando para fazer o que estou morrendo de vontade de fazer há um tempo...

Enquanto ele retirava as minhas botas, eu apenas contemplava aquele tórax másculo e com peitorais definidos, daqueles que só se via nas capas de revistas ou dos livros de romance hot. Seu abdome definido fez com que minhas vísceras se contorcessem em desespero. Poderia os ovários bater palmas? Os meus pareciam que sim.

Ele estava no processo de retirar minha calça *jeans*. Nem sei como cheguei à etapa de ficar seminua, vestida apenas com uma camiseta, já que não acompanhei o processo de extração das minhas roupas. Quando ele começou a puxar a calça, tentei me recordar com que calcinha eu havia saído de casa.

Sim, a cena é *sexy* demais quando descrita nos livros. Porque as mocinhas normalmente estavam com calcinhas chiquérrimas e mais caras do que o meu salário. Mas eu quase morri de embaraço quando percebi que estava com uma calcinha de algodão branco com bolinhas pretas. Merda, merda... e nem fazia jogo com meu sutiã. Bom, pelo menos era branco, e não bege.

— Pare de pensar, Mila — ele disse enquanto beijava minhas pernas.

Adam rastejou na cama, seu corpo forte se elevando sobre o meu, fazendo as inclinações perfeitas apenas para aplicar beijos longos e espalhados.

— Não consigo... — admiti com um dos meus braços cobrindo os olhos, enquanto mordia os lábios tentando conter o gemido que queria sair escandalosamente. — Oh... minha nossa...

Seus lábios fizeram uma varredura por toda a área descoberta que ele encontrava pela frente. As mãos dançavam freneticamente, ora percorrendo minhas curvas, ora buscando minhas reentrâncias de maneira eficiente. Eu podia sentir minha pele queimando, mas não era aquela febre doentia que senti da virose... Não. Era algo muito mais efervescente. Que queimava de dentro para fora. Bom, normalmente febres por doenças também funcionavam assim, não é? Percebi que estava divagando, pensando em assuntos nada a ver. Tudo para tentar abstrair das sensações loucas que aquele homem estava colocando no meu corpo.

Quando senti uma suave mordida de Adam na pele, logo acima do meu quadril, quase dei uma joelhada em suas joias preciosas. Meu limiar de sensações devia estar abaixo da marca aceitável, porque qualquer pequena carícia ganhava força e atingia o centro do meu ser.

— Oh... eu... acho que vou morrer... — choraminguei.

— Você vai conhecer a *pequena morte*, tão aclamada pelos franceses, gracinha — ele disse e colocou em prática o que prometeu.

Tentei com todas as forças não ficar com vergonha quando senti suas mãos retirando as peças íntimas que separavam nossas peles de um contato mais evidente. Somente quando senti os pelos das coxas fortes de Adam foi que realmente percebi que ele já estava sem a calça. Que de amante de meia-tigela sou eu? Que sequer nota o momento em que o deus grego está fazendo um *strip-tease* fantástico?

Minha nossa... As mãos de Adam... eu nunca tinha reparado nas mãos de um homem, mas acho que agora ficaria meio obcecada por observar as dele. Aqueles dedos estavam fazendo alguma espécie de magia. Isso porque não pensei nos dentes. Ou nos lábios... que faziam questão de percorrer cada centímetro do meu corpo, como se quisessem catalogar os milhares de arrepios que vibravam na minha pele.

Resolvi colaborar e retribuir o favor, então minhas mãos trilharam os músculos de suas costas. Eu podia praticamente defini-los com as pontas dos dedos. Quando arrastei suavemente as unhas, tive o prazer inenarrável de ouvir um gemido de Adam. Nem consigo exprimir em palavras o que aquilo me fez sentir. Tão poderosa e desejável quanto ele estava me fazendo crer, já que suas carícias eram ansiosas e cheias de uma fome que estava começando a me deixar preocupada, mas eu estava sentindo o mesmo.

Adam abarcou um dos meus seios com uma mão forte, levando-o à boca, como se degustasse de um banquete. Deu o mesmo tratamento ao irmão gêmeo e eu quase ri do meu pensamento besta, mas precisava compensar meu cérebro ativo com imagens aleatórias associadas às totalmente incandescentes que estavam acontecendo naquele momento.

Meus olhos viam estrelas por trás das pálpebras cerradas e eu sentia que ofegava em busca de um alívio para todas as sensações que ele estava me fazendo sentir. Acho que desfaleci por um momento ínfimo, mas sequer tive tempo para averiguar meus sinais vitais, já que Adam cobria o meu corpo com toda aquela magnitude que era o dele, e preenchia o espaço que gritava por ele.

Quando ele se acomodou de maneira ardente em meu corpo, senti um beijo suave em meu queixo. Foi um encaixe perfeito. Mesmo que eu estivesse há um bom tempo sem prática alguma, era quase como andar de bicicleta. Fora que Adam era uma perfeita mistura de cavalheiro com guerreiro selvagem sedutor. Então estava me sentindo nas nuvens.

— Olhe para mim — ele pediu.

Abri os olhos e deparei com a profundidade dos dele. Gotas de suor desciam pelas têmporas e percorriam as veias salientes do pescoço. Suas mãos agarraram meu traseiro e uma investida forte e potente quase me fez colapsar novamente. Ergui as pernas e enlacei sua cintura para criar um atrito mais firme e eficaz.

— Não feche os olhos! — Foi seu comando. — Olhe para mim!

Fiz o que ele mandou, ou ao menos tentei, já que minhas vistas estavam turvas. E tinha medo de revirar os olhos, tamanho o prazer que estava sentindo naquele momento. Podia sentir, inclusive, que minha respiração estava rasa.

As arremetidas de seu corpo contra o meu fizeram com que algo dentro de mim se quebrasse. Meu núcleo pedia por um alívio imediato e creio que Adam, em toda a sua experiência, percebeu o momento exato.

— Agora... goze comigo, agora... — ele pediu, gemendo no vão do meu pescoço.

Sentir sua respiração no meu ouvido foi um catalisador para um orgasmo tão violento, que daquela vez eu tive certeza absoluta de que havia apagado.

Senti um leve toque percorrer a lateral do meu corpo. Meus olhos ainda estavam fechados e eu provavelmente ainda estava mergulhada no doce torpor de um orgasmo bem recebido.

— Acorde... — Adam pediu suavemente.

Tentei abrir os olhos. Identificar onde eu estava. Com quem, eu sabia. Minha memória não tinha tirado férias, aparentemente.

— Você apagou — ele disse quando nossos olhares se encontraram. Seu olhar estava cheio de puro convencimento e contentamento masculino.

— Mesmo?

Tentei me erguer, mas meu corpo pesava um chumbo.

— Mesmo. Por um instante fiquei preocupado. Se não fosse o doce sorriso que estava estampado no seu rosto — ele disse e sorriu consciente de sua proeza.

— E você está se sentindo extremamente presunçoso neste momento, não? — brinquei.

— Totalmente. Como qualquer homem ficaria ao ser apto a dar um orgasmo cósmico à mulher com quem está transando — ele disse e beijou minha boca.

Uau. Eu nunca havia sentido nada parecido àquilo. Nem em meus mais singelos ou suados sonhos. Eu lia sobre o assunto. Tentava entender a descrição da sensação, mas era inexplicável.

Meu corpo estava lânguido e completamente entregue às carícias suaves de Adam.

Percebi que estávamos enrolados em seus lençóis de seda, aconchegados, um ao outro. Primeira sensação diferente: seda. Cara, eu nunca havia dormido em lençóis de seda. Meu máximo era algodão. Talvez um egípcio, com alguns fios a mais do que o normal, mas era raro, somente quando uma promoção magnânima surgia. Segunda sensação muito diferente: o corpo quente grudado ao meu. Risque isso. O corpo quente *sexy* e cheio de músculos fantásticos, grudado ao meu.

Quando percorri o olhar pelo quarto, pude ver pela janela, com uma vista belíssima para Manhattan, que já era noite. Como não havia notado aquela janela imensa antes? Ah, sim. Eu estava ocupada com a visão do corpo dele nu.

— Eu proporia um novo *round*, mas acredito que você esteja com fome — ele disse novamente o óbvio.

Adam sorriu quando se levantou da cama e caminhou como um felino perigoso rumo à sua luxuosa suíte.

Nenhuma vergonha em sua nudez. Não, não. Ele incorporava o legítimo Adão no paraíso, antes do pecado capital.

Então retornou envolto em um robe se seda, e, vasculhando seu *closet*, apanhou uma camiseta, estendendo-a para mim. Olhei para a estampa e percebi que era de algum time de Beisebol. Um sorriso apareceu em meu rosto, porque nunca imaginei que Adam fosse um aficionado por esportes.

— Eu falaria para você ficar à vontade e ficar completamente nua, mas seria impossível arrumar algo para comermos. — Seus olhos percorriam meu corpo e senti novamente uma onda poderosa de embaraço.

Vesti a camiseta e agradeci intimamente que ela cobria quase meu corpo inteiro. Ele me puxou pela mão em direção à cozinha magnífica que ostentava em seu apartamento.

Eu poderia oferecer para cozinhar algo, se eu fosse realmente uma exímia cozinheira... o que eu definitivamente não era. Fora o fato de sentir meu corpo completamente fora de balanço, eu tinha que admitir que ainda não estava recuperada completamente da febre do dia anterior.

Senti uma vertigem sorrateira e me sentei rapidamente para evitar que Adam notasse.

Ver aquele homem tão *sexy* e poderoso, vestido apenas com um robe de seda escura, mexendo em seus utensílios na cozinha, fez com que uma batida do meu coração pulasse em emoção.

Apoiei o queixo em uma mão e fiquei apenas contemplando e apreciando a vista. Em um dado momento ele olhou por cima de seu ombro e me lançou um sorriso *sexy* e destruidor.

Aquele foi o exato momento em que achei que poderia me apaixonar completamente por ele.

— Eu não sou um *chef gourmet*, mas sou bastante decente na cozinha — ele disse enquanto agitava alguma coisa em um vasilhame.

— Eu não sei cozinhar nada mais que ovos mexidos e macarrão semipronto — admiti minha falha.

Ele olhou para trás novamente e riu.

— Tão ruim assim, hein?

— Muito. Péssima mesmo. Quem sempre cozinhava era o Vic... — falei sem pensar.

Percebi o exato momento em que ele parou de fazer o que estava fazendo e retesou seu corpo.

Um silêncio embaraçoso preencheu o ambiente.

Eu queria lhe falar de Vic, que era meu amigo, amado como um irmão, mas meu lado rebelde teimava em não querer dar satisfações, já que não tínhamos nenhuma espécie de relacionamento.

Depois de alguns momentos, ele se virou completamente. Seus olhos camuflavam alguma emoção mais tempestuosa.

— E esse Vic seria o dono da calça de pijama que você vestia hoje?

— Sim.

Ele continuou olhando enfaticamente para mim. Uma sobrancelha se ergueu indagativamente.

— E?

— E, o quê?

Ele afastou-se da bancada onde estava apoiado e parou à minha frente. Colocou os braços lado a lado do meu corpo e abaixou o rosto.

— O que ele significa pra você?

Engoli em seco com a intensidade do olhar.

— Vic é meu amigo. Praticamente um irmão mais velho — eu disse. Eu não queria me aprofundar muito no assunto. Teria que explicar toda a minha história passada em lares adotivos e eu não queria aquilo. Ou o olhar de compaixão que a maioria das pessoas sempre mostrava.

— Apenas isso? — ele insistiu.

Seu rosto chegou mais próximo ao meu e seu nariz percorreu a lateral do meu rosto em uma carícia inocente.

— Sim.

Quando eu pensava que poderia morrer tamanha minha vontade em agarrar seu pescoço e puxá-lo para mim, ele ergueu o corpo bruscamente e voltou para o que estava fazendo antes.

— Por agora esse pequeno pedaço de informação basta. — Olhando novamente para mim, eu engoli em seco. — Mas apenas por agora.

Adam afastou-se para a bancada e eu abanei o rosto, tentando disfarçar o calor e o calafrio simultâneo, pela simples presença dele. Ou seria uma nova onda de febre?

CAPÍTULO 11

Mila

Depois de comer a refeição preparada por Adam, tive que me render ao que meu corpo pedia. Cama. E não no bom sentido, onde aquele homem *sexy* e gostoso estaria junto, fazendo toda aquela magia que proporcionou orgasmos fantásticos e inimagináveis, daqueles que sempre acreditei existir apenas em lendas.

Eu já tinha tido alguns orgasmos épicos com meu ex-namorado, mas eram eventos tão raros que quando acontecia, era praticamente como a passagem do cometa Halley, digno de nota. Ou um eclipse solar. Pouco visto, muito falado.

Deixei-me desabar no sofá majestoso da sala, até meio sem jeito, já que tudo naquele apartamento gritava luxo e poder. Mas, enfim, para quem estava sem roupa algumas horas atrás, o que era uma liberdade nas almofadas macias e aconchegantes que pediam para me abraçar, não é mesmo? Nem percebi o momento exato em que Adam se aproximou. Somente quando ele praguejou no meu ouvido, foi que notei que estava ganhando alguns beijos na curva do pescoço.

— Droga, Mila. Você está com febre. Eu fui um cretino, mesmo sabendo que estava doente, ainda assim arrastei você para o meu apartamento e... — Adam passou a mão nos cabelos, sem graça.

— Possuiu meu corpo de maneira febril? E intensa? Deixou minhas pernas moles como gelatina? Tirou meu fôlego? — Tentei brincar, para aliviar a ruga que se formou entre suas sobrancelhas bem desenhadas.

— Exatamente. E não fui nem um pouco cavalheiro. Eu deveria ter sido gentil, ou ao menos, ter esperado que você se recuperasse completamente, mas fui um completo egoísta cretino e acabei cedendo aos meus impulsos — admitiu.

— Bom, eu gostei da parte em que você cedeu aos seus impulsos,

Adam. Eu usufruí bastante. Só espero que você não tenha se contaminado com toda a nossa troca de... humm... fluidos — brinquei.

— Já disse que não adoeço, Mila.

— Vou acreditar nisso, Homem de Aço — ralhei.

Adam passou os braços por baixo das minhas pernas e costas e ergueu meu corpo flácido e superaquecido.

— Vou colocar você na cama, e dessa vez sem gracinhas, e pegar algum antitérmico para abaixar essa febre. Se você não melhorar, vou chamar a Dra. Bauer aqui — falou enquanto me levava de volta para o quarto.

— Não precisa. Sério. Eu tomo o remédio e melhoro em dois tempos. Você vai ver. E preciso ir embora...

Ele me colocou suavemente deitada no meio daquela montanha de travesseiros chiques, deu um beijo doce na minha testa, que resfriou um pouquinho a sensação de calor, e me cobriu.

— Já volto, docinho.

Nossa. Eu estava molenga, e quando ele me chamava por aquele apelido fofo, que até então eu achava brega, sentia que ficava mais mole ainda, talvez com a consistência de um macarrão bem cozido.

Honestamente, não conseguia entender porque estava me sentindo tão à vontade com Adam St. James no fatídico "momento seguinte". Ou, se tivéssemos dormido juntos e amanhecido o dia, naquele constrangedor momento do despertar e não saber o que dizer afinal.

Meus olhos estavam quase se fechando, mas meu cérebro enevoado sabia que eu devia permanecer em alerta, acordada para me preparar para voltar para casa. O que eu disse que tinha mesmo que fazer? Um trabalho, certo? Mas eu queria? Não. Queria ficar ali. Aninhada naqueles lençóis e com aquele homem cheiroso e sedutor.

Minha nossa... eu estava com pensamentos devassos.

Senti um beijo na ponta do nariz e franzi imediatamente.

— Acorde, dorminhoca. — A voz rouca de Adam perturbou um pouco o meu juízo já debilitado.

Abri os olhos com muito custo, mas consegui esboçar um sorriso.

— Beba isso aqui. E tome esses dois comprimidos.

Aceitei o que estava sendo ofertado com tanto carinho, mas ainda assim com um toque de comando evidente, e deixei que minha cabeça aterrissasse novamente no travesseiro.

— Preciso ir embora — falei baixinho.

— Você não precisa ir. Pode dormir aqui.

Apenas um olho meu se abriu e sorri enviesado.

— Eu tenho um trabalho para terminar.

— Seja honesta. Você realmente acha que terá condições de chegar em casa e se concentrar em algum trabalho de faculdade? — perguntou, com uma sobrancelha arqueada de forma cética. — Acha que não vai chegar e querer se enfiar embaixo das cobertas e dormir até amanhã? — insistiu.

— Bom, existe uma grande chance de isso acontecer. Tipo, 89% de chance de eu simplesmente abrir a porta do meu pequeno apartamento, sequer acender a luz e partir para o conforto do meu quarto. Mas, também existem aqueles 2% onde eu posso respirar fundo e sentar no sofá, pegar o laptop e finalizar o ensaio.

— E os outros 9%, significam o quê? — perguntou curioso.

— Bom, esses 9% restantes significam aquele momento de arrependimento, onde eu poderia pensar que deveria ter aceitado a oferta e continuado dormindo aqui, para só pensar em movimentar meu corpo amanhã.

Adam se deitou ao meu lado, ajeitou o corpo enorme, me puxando para o conforto de seus braços.

— Então, vamos usar a sua cabeça pensante e raciocinar as porcentagens agora. Eu tenho 100% de certeza de que, se você dormir aqui, suas chances de acordar melhor amanhã serão maiores. Logo, você vai ter o cérebro muito mais oxigenado para pensar no tal ensaio que precisa desenvolver.

— Você não calculou alternativas percentuais para equilibrar as respostas, Adam... — ralhei.

— Porque elas não são necessárias, meu bem. Você fica aqui, eu cuido de você, te levo ao seu apartamento amanhã, e tenho 100% de certeza de que ambos ficaremos satisfeitos — disse resoluto. Eu podia jurar que havia um sorriso em seu rosto bonito.

— Fechado.

— Fechado? Tão fácil?

— O remédio está fazendo efeito. Daí a minha teimosia está anestesiada... acho.

Adam riu e apertou os braços em volta do meu corpo.

— Eu vou cuidar de você. Apenas feche os olhos e relaxe.

E foi aquilo que fiz. Relaxei. Como? Não faço ideia. Talvez seja realmente culpa da medicação, toda aquela lassidão devastadora que fez com que eu debandasse para a terra dos sonhos e sequer sonhasse.

Eu tinha plena certeza de que estava mais segura do que nunca estive em muitos anos.

CAPÍTULO 12

Mila

 Acordei no dia seguinte com o corpo quente e, não... não era da febre. Era por conta do homem que estava aninhado às minhas costas como se fosse o dono daquele lugar. E só posso dizer que era aconchegante. Quando namorei com Bennett, tantos anos atrás, nunca dei falta dessa proximidade, ou na verdade, nunca cobrei que ele fosse carinhoso e quisesse manter esse padrão de conforto pós-sexo. No caso, eu e Adam nem estávamos na onda do pós, já que depois que tomei a medicação contra a febre, acabei adormecendo em seus braços e só acordei ali. Naquele instante.

 Tentei sair da cama sem fazer alarde, para atender ao chamado da natureza, sem que ele acordasse no processo. Agora, sim, eu podia dizer que a sensação de puro embaraço estava querendo tomar forma e assumir meu corpo. Não fui bem-sucedida, obviamente. Adam parecia um ninja, ou um desses *Navy Seal's* que vemos em filmes, quando fiz menção de me arrastar para longe de seu agarre, seus olhos amendoados abriram de pronto, como se ele estivesse em alerta, e não sonolento.

 — Ahn, bom dia? — cumprimentei, sem saber se era uma afirmação ou uma pergunta.

 — Bom dia, docinho. Está tentando escapulir? — perguntou com a voz rouca.

 Os braços musculosos circundaram meu corpo, ainda ostentando a camiseta emprestada do dia anterior. Bem, ela estava quase como se fosse apenas um bustiê, já que não cobria absolutamente nada abaixo dos seios, pois tinha subido no processo do sono. Ou talvez das mãos de Adam, que ainda permaneciam firmemente plantadas sobre meu ventre.

— Hummm. Talvez? — Sorri, sem graça, mas ainda assim, Adam não se fez de rogado. Puxou meu corpo contra o dele e apertou o nariz na curva do meu pescoço.

— Pra quê? Ainda não são nem sete — resmungou.

— Você não é alguma espécie de *workaholic*? — questionei, tentada a virar a cabeça para trás, mas sem conseguir executar o ato.

— Não quando tenho uma mulher quente, gostosa e bem-disposta na minha cama, bem ao alcance das minhas mãos.

Oh. Uau. Somente aquela frase proferida na minha nuca foi o suficiente para eriçar todos os pelos do meu corpo. Aquele homem sabia como seduzir com as palavras, isso era fato. E olha que nem eram poemas românticos, nem nada. Apenas a expressão do que pensava.

— É meio vergonhoso dizer isso, mas eu acho que preciso ir ao banheiro. E pelo jeito, você também.

Adam começou a rir no mesmo instante.

— Não, meu bem. Aqui, sem sombra de dúvidas, não é apenas um efeito fisiológico que acomete o corpo masculino todas as manhãs. O que muitos podem usar como uma desculpa aceitável — disse e subiu as mãos para englobar meus seios, por baixo da camisa. — Também não é resultado de nenhuma necessidade em colocar minha bexiga para esvaziar o que foi filtrado pelos meus rins durante a vigília... Aqui é pura e simplesmente, a resposta física do contato do seu corpo no meu — disse e mordiscou o lóbulo da minha orelha.

Putz. Eu morreria ali naquele momento. Ou de vergonha, ou de tesão. Qualquer um dos dois estava ótimo. Não, espera. Risque o primeiro. Este não estava ótimo. Era péssimo e vexaminoso. Se eu não me levantasse naquele instante para fazer xixi, provavelmente eu molharia aquele colchão caríssimo, ainda mais com as carícias que ele fazia no momento.

— Adam... hummm... Adam?

— Hummm? — Prosseguiu a suave tortura sem fazer ideia do meu tormento.

— Eu realmente preciso ir ao banheiro.

O som da risada de Adam St. James foi o som mais lindo que já ouvi. Normalmente, quando eu acordava, eu só conseguia ouvir o som das sirenes dos carros de polícia ou ambulância, que percorriam as ruas de Nova York e nunca pareciam ter folga. Além do mais, o trânsito caótico proporcionava aquele ruído de buzinas constantes, que, acrescidas aos ruídos do dia a dia, despertavam meu cérebro para um novo e lindo dia. Ou não.

Adam deu um tapa na minha bunda assim que me liberou e eu exalei um bufo, chocada, mas não tive tempo de resmungar, porque precisava realmente aliviar o pobre órgão judiado do meu corpo.

Sabe aquele momento quando você revira os olhos, tamanho o prazer que sente? E não, não estou falando do momento do orgasmo cósmico e sensacional. Estou falando do momento em que você acha que mais um segundo e sua bexiga explodiria, ou o líquido que ela guardava com tanto afinco simplesmente vazaria pelas pernas, o que, no caso de uma mulher grávida, poderia ser até mesmo usado como uma justificativa interessante para abafar a vergonha, já que ela poderia mentir dizendo que "a bolsa havia rompido".

Pois bem. No momento em que libertei toda aquela concentração de *ph* ácido que habitava meu ser, suspirei aliviada. Um calafrio percorreu meu corpo e senti um tremor sacudir tudo. Foi automático começar a rir sozinha. Eu realmente estava precisando ir ao banheiro. Para divagar de maneira tão torpe, sabendo que por trás daquela porta ornamentada, havia um homem *sexy* pra caralho, refestelado e me esperando, como veio ao mundo.

Abusando um pouco da sorte, aproveitei que havia uma pequena ducha no lugar, fiz uma higiene no local, já que não sabia, realmente, se haveria usufruto do *playground*. Vi que uma escova de dente embalada estava na bancada de mármore, à minha frente. Que fofo. Adam devia ter deixado ali durante a noite. Nem quis prolongar o pensamento se ele fazia uma reserva de escovas para outras companhias...

Escovei os dentes, ajeitei os cabelos o melhor que pude e saí para o quarto vazio. Droga. Acho que demorei um pouco mais do que o programado naquele meu momento íntimo e pessoal.

Segui o cheiro do café. Adam estava de costas, vestido com uma calça de moletom caída no quadril – minha nossa, que corpo –, assoviando alguma canção irreconhecível.

Assim que entrei, um *dejá vú*. Pareceu como a cena da noite anterior. Ele olhou para trás, por cima do ombro e deu um sorriso.

— Sente-se melhor?

— Sim.

Eu não sabia se ele estava me perguntando sobre a doença viral que estava abatendo meu corpo, ou sobre meu momento dramático no toalete.

— Nenhuma febre? Dor no corpo?

— Não. Estou me sentindo bem. Nem estou tossindo.

Adam colocou o café fumegante em duas canecas chiques, ainda que fossem apenas canecas, e veio em minha direção.

— Segure isso aqui. — Fiz conforme o ordenado porque a visão de seus abdominais tirou um pouco o meu foco. Tive que controlar a vontade de lamber os lábios rapidamente.

Ele voltou ao balcão e pegou um prato de torradas, ovos mexidos e presunto.

Sentou-se exatamente ao meu lado, mesmo que houvesse um enorme espaço à frente da bancada.

Sem que eu entendesse o que estava acontecendo, quase engoli a língua quando Adam colocou um pouco da comida no garfo e estendeu à frente da minha boca.

— Ahn... o quê?

— Supõe-se que para você comer, há uma necessidade de abrir a boca para a comida entrar — disse e piscou marotamente.

— Mas, se eu ainda consigo mexer os próprios braços, por que você está me alimentando? — perguntei e minhas sobrancelhas estavam franzidas. Eu estava chocada e curiosa ao mesmo tempo.

— Porque eu quero.

— Simples assim?

— Simples assim. É um momento em que estou mimando você.

— Oh. Uau. Não sabia que tinha essa veia... tão... romântica — falei sem perceber.

Adam era um desses caras que nunca diríamos serem dados a atitudes fofas e cheias de romantismo. Talvez aquele cavalheirismo nato, onde poderia abrir a porta a uma acompanhante, afastar sua cadeira para sentar, essas coisas.

— Você ainda não me conheceu tempo o suficiente para saber do que sou capaz ou não, docinho — disse e enfiou mais uma colherada na minha boca.

Na verdade, nós estávamos compartilhando uma refeição. Aquilo foi... diferente e emocionante de muitas formas.

Como fui criada em lares adotivos, ali estava uma atividade familiar usual que nunca participei de bom grado. Ou que tenha me sentido realmente aceita. Eu era olhada com desconfiança pelas outras crianças da casa, então sempre preferi me abster e comer sozinha. Isolada. Esperava todos terminarem suas refeições, ou comia uma besteira no café da manhã, para também não ser acusada de estar roubando a comida dos outros.

O companheirismo de comer junto a alguém, de maneira despretensiosa, sem a pressão que sempre sentia no peito, eu tinha com Vic, talvez porque ele tenha vivido o mesmo que eu. Éramos oriundos do mesmo meio.

Aceitei e resolvi usufruir daquele momento. Nem sequer deixei que uma onda de timidez ou embaraço atrapalhasse o que Adam havia preparado com tanto empenho.

Depois que ele limpou o prato, recolheu as louças, me impedindo de ajudar na limpeza.

— Eu posso lavar, Adam.

— Você está convalescente.

— Não estou, não. Já me sinto ótima. E, se você cozinhou, eu posso limpar.

— Eu não cozinhei, meu bem. Isso foi apenas um café da manhã. O dia em que eu realmente cozinhar uma refeição majestosa pra você, e a de ontem nem pode se considerar algo assim, você saberá que nunca na sua vida haverá alguém com tamanha sorte.

— Uau. Tão bom assim, hein? — brinquei, lembrando-me que ele zombou do fato de eu falar que não sabia cozinhar nada.

— Sim. Está aí uma coisa que minha mãe fez de bem. Como fui criado com babás a vida inteira, passava mais tempo na cozinha, do que em outros aposentos. Logo, aprendi as artes culinárias. E tive Olga, uma cozinheira polonesa que morou conosco por mais de vinte anos, que ensinou tudo o que sei.

— Uau. Senti uma inveja vibrando dentro de mim agora, mas vou disfarçar e dizer que foi um calafrio de febre — brinquei.

Adam chegou ao meu lado e passou as mãos pelos meus braços, de cima a baixo.

— Vai ser ótimo testar as receitas que aprendi, com você. — Beijou o topo da minha cabeça, enquanto eu fechava os olhos e me permitia aspirar o perfume que exalava de sua pele.

— Hummm...

O celular de Adam tocou naquele instante, quebrando a magia do momento. Ele o retirou do bolso, se afastou dali e caminhou até a janela ampla que dava vista para o Central Park. As copas das árvores, entremeadas aos arranha-céus criavam uma paisagem digna de cartão postal.

— Sim? Olá, mãe — falou e percebi que seu tom de voz mudou para um timbre mais distante. — O quê? Como assim? Não pode ter sido excesso de vinho?

Adam suspirou e passou a mão nos cabelos, olhou para o teto e fechou os olhos, como se estivesse buscando paciência.

— Okay, mãe, eu chegarei aí em uma hora.

Aquela era a minha deixa para encerrar aquele final de semana fantástico. Fora maravilhoso e mais do que esperei, realmente. Na verdade, todos os acontecimentos eram ainda surreais demais.

Levantei da banqueta em que estava sentada e me dirigi para o quarto, mas antes que chegasse, o corpo de Adam se colou ao meu.

— Eu não queria que o final de semana terminasse assim — falou baixinho.

— Está tudo bem. — Nem eu, mas já estávamos avançados naquele encontro mais do que o programado.

— Vou deixar você no seu apartamento, mas me prometa que vai continuar tomando as medicações e se cuidando.

Acenei afirmativamente com a cabeça e sorri, virando o rosto para trás. Adam capturou meus lábios naquele instante e me deu um beijo ardente. Senti o corpo sendo virado bruscamente de frente ao dele, seus braços me enlaçando como tornos, a boca possessiva, guerreando e pleiteando por algo que nem ao menos sabíamos o que era.

Suas mãos ousadas afastavam a camisa que eu ainda vestia, guiando meu corpo, de costas, para o rumo de seus aposentos.

— Hummm... Adam... — eu tentava dizer entre os beijos sôfregos.

— Shhh — era o máximo que ele respondia e continuava assaltando meus sentidos sem misericórdia alguma.

— Você... não tem que sair?

As mãos ansiosas apertavam meus seios e vi quando ele mordeu o lábio inferior entre os dentes, contendo um gemido.

— Dá tempo para mais um momento a sós — respondeu e caiu por cima de mim na cama ampla e macia.

Nem me dei conta de que estávamos nus, até sentir o impulso que o corpo másculo de Adam deu quando possuiu o meu. E foi exatamente aquilo. O verbo certo. Possuir. Adam possuiu meu corpo, minha alma e meus sentimentos, naquele momento.

Só havia nós dois. Só havia o instante da emoção da entrega, da explosão de sentimentos que bombardeia nossas veias, à espera de algo grandioso. Como a areia que é arrastada pela onda mais tormentosa de uma maré. Você apenas aguarda o momento em que vai acontecer a quebra e a espuma do mar vai se espalhar. E foi exatamente assim que chegamos ao clímax juntos. Espalhando ondas de um prazer tão intenso que arrastou a nós dois para um lugar longínquo e muito além do alcance do meu entendimento.

CAPÍTULO 13

Mila

Quando cheguei ao meu apartamento frio e meio congelado, já estava sentindo falta da presença de Adam St. James. Era estranho que pudesse me sentir assim? Sim. Era muito estranho. Claro que ao longo dos meses, ele se fizera presente durante vários dias da minha vida pacata quando aparecia sempre no mesmo horário na *delicatessen*.

De alguma forma, Adam e eu estabelecemos uma espécie de amizade, que foi progredindo em atração óbvia, onde eu achava que era apenas unilateral, já que nunca imaginaria que um homem daquele porte se dignaria a olhar para alguém tão comum como eu.

Bem, não vou viajar pela vila da baixa autoestima. Não é isso. Nem mesmo fazer um passeio pelas ruelas da desvalorização e tal. É mais como, bem, nós muitas vezes devemos reconhecer os universos divergentes. Adam pertencia ao alto círculo de Manhattan, aos figurões, embora nunca tenha agido como um. Eu era uma garota comum, do povão, por assim dizer, circulava pelas mesmas ruas da cidade, de metrô ou caminhando. Raras eram as vezes em que eu me dava ao luxo de pegar um táxi desses motoristas loucos. Primeiro, porque eu amava a minha vida. Segundo, porque eu valorizava o dinheiro suado que ganhava.

Adam St. James, não. Ele circulava pelas ruas movimentadas de Manhattan, cruzando de East Side ao West Side, ou até Wall Street, com seu carro luxuoso, que eu nem me dignei a tentar descobrir que modelo era. Mais até: com um motorista particular, totalmente disponível para ele. Aquilo era mais do que um *Uber* particular!

O apartamento megaluxuoso dele devia custar uma verdadeira fortuna, daquelas substanciais que imperam as páginas da Revista Forbes. Algo na marca de milhões... sei lá. Eu morava de aluguel num muquifo, um alojamento da universidade, era uma estudante ainda, enquanto ele era o dono daquele conglomerado fabuloso, um prédio espelhado e...

Bem, melhor eu parar por aqui. Ou o frio, que já tendia a deixar as pessoas mais deprimidas, poderia me deixar mais pra baixo ainda.

Já era quase noite e eu havia terminado meu ensaio, quando o telefone de casa tocou.

— Alô?

— Mila, Mila, Mila... — a voz suave repetia meu nome do outro lado. Dei um sorriso espontâneo, já que a saudade apertou.

— Ayla, Ayla, Ayla — remendei.

— Que saudade, sua vadia! — ela disse.

— Nossa, seu carinho por mim é algo tocante, Ayla. — Revirei os olhos ante sua risada histérica do outro lado.

— Amor, essa é minha demonstração máxima de carinho. O dia que eu te chamar de querida, você pode se preocupar.

— Certo... Onde você está?

— Cali, essa terra quente, cheia de homens suados, andando de shortinho neon, e patins. É hilário. Achei que encontraria alguns héteros por aqui, porque em Nova York está raro, mas parece que aqui a coisa está difícil também, irmã. Os gostosos estão pegando os gostosos. Nossa sina será um barrigudo. Escreva isso — disse e começou a rir. Eu a acompanhei, mas não corrigi sua dedução, nem mesmo alertei para o fato de que estava passando a mão em um tanquinho muito bem-apessoado.

— Anotado. Seria uma boa pesquisar no Google, então. Algum país onde a população masculina ainda queira consumir... a fruta — brinquei.

— Está aí nossa nova meta, vadia. Fazer essa pesquisa urgente. Vamos viajar juntas. Será que na Itália ainda conseguiremos alguns exemplares suados que possam nos oferecer macarronada?

— Lá se fala pasta — corrigi.

— O quê?

— Lá na Itália se fala pasta, não macarronada.

— E pizza? Me diga que é pizza, pelo amor de Deus.

— Até onde sei, pizza é pizza. Até mesmo porque o nome é italiano — zombei.

— Grazie Dio.

Comecei a rir.

— Vá aprender a falar italiano antes de se aventurar, Ayla.

— Vou conhecer um italiano e pedir aula particular. Aula de... língua. Ofereço ensinar a minha, enquanto ele me ensina a dele. Que tal?

— Nossa... essa sua sentença saiu de uma forma tão indecente que até fiquei com vergonha, mesmo sozinha no apartamento — brinquei.

— Vadia, você ainda não se acostumou com minha língua ferina e rápida no gatilho?

— Deve ser efeito do medicamento — soltei sem querer.

— Que medicamento?

— Ah, uma gripe forte que resolveu me derrubar. Mas já estou bem. Dois dias de cama e estou quase zerada — falei rapidamente.

— Hummm... e Vic não apareceu aí como um cavaleiro errante para te socorrer, lhe dar um xarope na colherinha, na boquinha, essas coisas? — zombou e riu, com ironia. Eu revirei os olhos.

— Não. Mas tive ajuda de outro doutor.

— Hummm... um doutor gato ou velho e enrugado?

— Digamos que... bem gato.

— Mas doutor mesmo?

— Meu Deus, Ayla, deixa de ser curiosa!

— Ué, estou com saudades, estou longe, aqui nessa terra quente tudo é muito esquisito, mesmo que os nova-iorquinos sejam mais esquisitos ainda, mas ainda assim, sinto falta da minha amiga.

— Aw... que declaração mais linda, Ayla. Vou até te dar um *cupcake* quando você voltar.

— Não posso comer *cupcakes*, imbecil. Eles vão direto para o meu quadril. Isso é uma merda, mas é a verdade. Dê-me um pouco de tofu. Eca. Mas serve.

— Nossa. Você ainda está na dieta louca?

— Enquanto eu estiver nesse concurso, tenho que manter a balança no ponteiro certo, sob o risco de ser eliminada.

— Uau.

— Então, mas você está bem mesmo? Não é nada grave, né? Daquele tipo que vou chegar e encontrar seu corpo fétido e apodrecendo há dias?

— Eca, Ayla. Você consegue ser nojenta até sendo fofa e atenciosa.

— Tá, vamos refazer. Não é nada grave, daquele jeito que você poderá morrer repentinamente, me deixando uma irrisória quantia como herança, certo?

— Não, sua tapada. É apenas uma gripe mesmo.

— Que bom. Ainda tenho mais duas semanas nesse inferno, e depois retorno à terra gelada.

— Maravilha. A terra gelada vai estar te esperando, com as ruas apinhadas de gelo derretido e aquela lama fantástica que detona as botas mais estilosas.

— Nossa, Mila. Quando penso que você é uma amiga saudosa, você vem e estraga tudo com esse desfecho trágico para minhas botas de camurça.

Terminamos nossa ligação rindo de mais algumas coisas, segurei o desejo de ligar para o Vic, e resolvi ir dormir. Já passava das nove e meia. No dia seguinte eu voltava a trabalhar e à noite tinha aula, então, minha vida continuava, mesmo eu querendo que tivesse sido, repentinamente, arrebatada para um conto de fadas, ou não.

Estava servindo a mesa do canto quando um cutucão às minhas costas me fez virar bruscamente, quase derramando o café da cliente à mesa.

— Ai!

— Oi... — A voz risonha de Adam St. James às minhas costas fez com que calafrios percorressem meu corpo de maneira atrevida.

— Ah... oi — respondi e senti meu rosto ficar vermelho. Da cor da gravata que ele usava.

— Como você está hoje? — perguntou e indiquei com os olhos que ele se sentasse em sua mesa habitual. Adam atendeu minha dica e foi para o canto que sempre ocupava.

Bom, se eu estava tensa imaginando qual seria minha reação à visão de Adam novamente na *deli* da Sra. Doodley, ali estava o momento de descobrir como eu realmente me comportaria.

Confesso que minha noite de sono foi perturbada por sonhos e pensamentos conflituosos que teimavam em tentar deixar tudo muito turvo. Algo como: "e agora, Mila? Como você vai atender ao cara riquíssimo e poderoso que te levou pra cama e fez ver estrelas?". Seria eu capaz de lidar com aquelas dúvidas? Não sei.

Enquanto colocava o bule de café no balcão e solicitava que Marilyn me desse a nova jarra de café recém-passado, tentei organizar as ideias. Passei as mãos suadas no avental e olhei rapidamente para onde Adam estava sentado e o flagrei me observando. Dei um sorriso constrangido, já que havia sido pega em fragrante. Droga.

Quando cheguei à mesa, ele segurou minha mão e voltou a perguntar:
— Como você está? Voltou a ter febre?

Olhei ao redor antes de responder:
— Ah, não. Estou ótima, de verdade. Totalmente recuperada. Os remédios fizeram milagre. E você não devia ter se preocupado e ter comprado mais. Com a quantidade de analgésicos que encontrei naquela sacola que você deixou lá em casa, eu poderia montar uma minifarmácia... ou ter mais resfriados, a cada semana. — O sorriso que ele devolveu foi tão vibrante que fez com que meu corpo aquecesse. Eu estava pronta para outra. Não outra doença, claro. Eu nem parecia ter tido uma gripe.

Eu não poderia dizer que achava que as endorfinas que meu corpo liberou no sábado e domingo, com os momentos ardentes que tivemos, talvez tenham sido muito mais eficazes na cura completa do meu quadro viral do que qualquer outra coisa.

— Que ótimo. Posso apanhar você hoje à noite? — perguntou.

Eu anotava seu pedido no bloquinho, mas ergui os olhos rapidamente.
— Hoje não posso. Tenho aula. Lembra que tenho que entregar aquele ensaio? O dos 89% de certeza de que eu não faria no sábado? — brinquei, ainda um pouco tímida.

Adam deu um sorriso irradiante e conhecedor.
— Hummm... sei. E acabou que você usou que porcentagem mesmo?
— Acabei usando a porcentagem de 4% do tempo do domingo para executar a tarefa. O que significa que, provavelmente, no sábado, eu teria feito o mesmo, então...
— Dormir na minha cama foi muito melhor e mais prazeroso — respondeu com consciência e arrogância.
— Sssshhhh!
— O quê? Você vai manter em segredo? — perguntou com a sobrancelha erguida.
— Segredo?

Coloquei café em sua xícara para disfarçar meu embaraço.
— É. Que estamos nos vendo.
— Nós estamos nos vendo? — perguntei, cética. Ali foi o momento em que quase extravasei o líquido na maldita xícara.
— Bom, eu estou vendo você. Inclusive, você está bem gostosa à mi-

nha frente e, graças a essa mesa, a lanchonete inteira não pode ver o meu estado de euforia e o que eu gostaria de estar fazendo com você nesse instante — disse com a voz *sexy*.

— Shhh, Adam! Por favor!

Eu podia sentir meu rosto pegando fogo.

— Você está com febre, docinho?

— O quê? Não!

— Então por que seu rosto está vermelho?

— Porque... porque...

Adam resolveu escolher aquele momento para segurar minha mão, fazendo-me sentar à sua frente. Larguei o bule de café.

— Porque você quer o mesmo que eu, certo?

Hummm... o homem era perspicaz, não era? Mas era arrogante e prepotente também.

Sua mão forte segurou a minha por cima da mesa e senti seus dedos fazendo círculos por dentro do meu pulso.

— Venha para o meu apartamento — insistiu.

— Eu não posso... — Embora estivesse tentada, sabia que tinha responsabilidades. — Tenho a aula à noite e... o trabalho.

— Eu posso te trazer aqui, já que trabalho perto.

Ah, céus. Era tentador demais. Mas tão impulsivo. Tão intenso e repentino.

— Eu não sei, Adam... quero dizer... Honestamente, achei que você nem apareceria mais — admiti meu medo mais profundo e quase me dei um tapa na cara.

Adam pareceu ter levado um choque e largou minha mão imediatamente.

— O quê? — perguntou, o tom agora estava frio.

Passei a mão pelo cabelo, tentando manter um pouco do controle. Notei que estava tremendo e abaixei imediatamente.

— Olha, nós somos de mundos diferentes, entende? Esse final de semana no seu apartamento me mostrou isso. Você é um cara importante, rico, lindo... não consigo entender como funcionaria algo mais — sinalizei com a mão entre nós dois —, então imaginei que tivesse sido aquela coisa de momento... uma noite apenas. Sei lá.

Adam mantinha a mandíbula firmemente travada. Eu percebia que estava puto. Nossa. Consegui deixá-lo de gentil a revoltado em poucos segundos. Aquela não era minha intenção.

— Poxa, me desculpa. Eu... — Tentei me levantar para voltar ao trabalho. Ele segurou minha mão, impedindo minha fuga.

— Você não pode dizer isso assim e simplesmente sair, Mila.

— Mas é isso o que quero dizer, Adam. Nós dois não somos como aquele casal ali no canto, vê? — Apontei com o queixo, mas ele sequer se dignou a olhar. Seus olhos não abandonavam os meus. — Não posso estar aqui te acompanhando em um café despretensioso, agradável. Eu sou a garçonete, pelo amor de Deus! — sussurrei daquele jeito quase histérico. Olhei ao redor para checar se alguém tinha ouvido.

— E daí? Eu gosto da garçonete. Qual o problema? Você está trabalhando. Foda-se. Daqui a pouco eu estarei no meu escritório também. Provavelmente aquele casal ali está de férias ou são turistas que estão passeando, *despretensiosamente* pela cidade, e daí? — disse e estava revoltado. Seus olhos soltavam faíscas. — Podemos nos sentar para sair em um encontro em qualquer restaurante que você quiser, como um casal qualquer. Basta você pedir.

— Não foi isso o que eu quis dizer.

— Eu quero a sua companhia. Quero você. É difícil compreender isso? — perguntou em um tom que não deixava dúvidas de suas reais intenções.

Nossa. Era um pouco difícil. Eu não conseguia explicar a razão. Um cara comum demonstrar interesse em mim, numa balada qualquer? Sim. Eu entendia. Um cliente comum? Sim. Eu também entendia. Mas um homem do porte de Adam St. James?

— Olha — agora foi a vez de Adam passar a mão pelos cabelos —, você teria ficado assim ressabiada se não soubesse da minha condição financeira?

Pensei em sua pergunta.

— Não sei. Provavelmente não.

E eu realmente não sabia. Uma das particularidades daquela pergunta era que Adam St. James já era muito acima da média de caras com os quais eu saía. Ou seja, ele era além. Era lindo demais para o seu próprio bem. Ou o meu.

— Essa é a primeira vez que encontro dificuldade em conquistar uma mulher por ser rico — ele disse e seu tom era pesaroso.

— Não é somente isso, Adam. É só que...

Adam voltou a segurar minha mão.

— Vá para a minha casa hoje à noite e me deixe tirar as dúvidas que

73

possam ter surgido na sua cabeça, por favor — pediu. — Podemos conversar somente, se for o que você quiser fazer.

Bem, não era necessariamente o que eu queria fazer. Não poderia ser hipócrita àquele ponto e dizer que não queria repetir o feito com Adam, sentir todas aquelas sensações vertiginosas novamente. Queria. Queria muito.

— Apenas me permita provar que você está completamente errada — falou e beijou os nódulos dos meus dedos. Um a um.

Tudo bem. Eu estava mais do que rendida.

— Posso ver como será o esquema das minhas aulas essa semana e as provas, e aí eu te falo? — perguntei, tirando as conclusões de que ele iria querer permanecer comigo a longo prazo e não somente naquela noite.

— Claro, docinho. Tudo por você.

Obriguei meu corpo a levantar da cadeira, mesmo que Adam não quisesse largar minha mão, e nossos olhares estivessem conectados de maneira quase hipnótica.

— Você quer o mesmo pedido?

— O de sempre, docinho. Eu sempre quero o que venho buscando há meses.

CAPÍTULO 14

Mila

 Vou ter que dizer que nos dias que se seguiram, imaginei que seria uma tormenta tentar conciliar o horário com Adam, trabalho e aulas. Consegui me desdobrar. Porque paixão faz dessas coisas. Quando você está atraído por alguém, sua necessidade daquela pessoa suplanta as dificuldades e tudo ao redor passa a ser pequeno. Tudo passa a ser contornável. É incrível nosso poder de adaptação. Parecemos camaleões que mudam as cores para se assemelharem ao habitat onde se encontram, de maneira a se disfarçarem ali.

 Então, quando Adam me buscava todas as noites, eu fingia que era um camaleão vistoso e mudava as cores das minhas escamas – embora a imagem possa parecer meio nojenta –, o acompanhando para o seu apartamento e usufruindo de sua companhia *sexy* e fantástica, como se estivesse ali há tempos. E não me deixava intimidar pela suntuosidade de toda aquela riqueza evidente.

 Nosso convívio era tão fácil e cheio de nuances desconhecidas, que aquilo estava me deixando aterrorizada, mas ainda assim, fascinada com o que estava vivendo.

 Na quinta-feira, depois de ter criado um hábito espetacular de assistir às aulas a semana inteira quase sem prestar atenção, correr de volta ao alojamento, tomar banho, arrumar uma muda de roupa e ficar à espera de Adam, recebi seu telefonema, enquanto aguava um pequeno jarro de margaridas que mantinha ao pé da janela.

— Oi?

— Mila? — A voz rouca de Adam estava mais rouca ainda.

— Adam?

— Oi. Eu não vou conseguir passar aí hoje, meu bem. Estou saindo do trabalho agora, e, para dizer a verdade, não venho me sentindo bem — admitiu.

Oh, não! Adam havia sido contagiado com meu vírus? Será que ficara encubado aqueles dias e só então resolvera se manifestar, alguns dias depois?

— Adam, você está doente? — perguntei o óbvio.

— Eu nunca fico doente — falou e riu.

— Pois pra mim parece doente — teimei. — Algo me diz que alguém te passou uma gripe forte — zombei com ironia.

— Será? — ele devolveu com outra ironia. Mas o riso acompanhou.

— Você precisa de mim?

— Não, querida. Está tudo sob controle. Nos falaremos assim que eu estiver melhor.

— Está bem. Melhoras, Adam — desejei. Sentia o coração martelando no peito.

Droga. Ele havia cuidado de mim. Durante o meu período de convalescença ele estivera ao meu dispor. Não era hora de eu retribuir na mesma moeda?

Olhei no relógio e conferi que eram mais de nove da noite. Tarde para pegar o metrô até o apartamento dele. Pensei em alguma alternativa e acabei me lembrando de que logo na esquina havia um pequeno restaurante francês que servia sopas fantásticas.

Sopas eram ótimas para resfriados e essas doenças onde o paciente precisava ficar acamado, não é?

Eu não era capaz de fazer a sopa, mas poderia muito bem comprar uma prontinha.

Coloquei meu casaco mais quente, o gorro, luvas, cachecol, enfim, vesti toda a parafernália nada *fashion* que me permitisse sair numa noite fria pra caralho, catei alguns trocados, minha mochila e fui em direção ao restaurante.

Depois que comprei a sopa de alho-poró, recomendada pelo dono como excelente lenitivo para doentes, acabei me rendendo e acenei para um táxi. O motorista indiano ou me levaria rapidamente, ou me levaria à morte, da forma como dirigia pelas ruas de Manhattan.

Cheguei ao prédio luxuoso e cumprimentei o porteiro, que naqueles poucos dias já parecia me conhecer. Mesmo que eu estivesse alguns quilos mais cheia, por conta do volume de roupas, ainda assim ele soube que era eu.

— Olá, Srta. Carpenter — disse o senhor. Nossa. Como era fofo. Ele sabia meu sobrenome.

Tudo bem, eu estava indo ali há alguns dias, mas sempre fiz questão de conhecer as pessoas que prestavam os serviços mais básicos aos cidadãos, cumprimentá-los pelo nome, mostrando que são pessoas tão importantes quanto as quem prestam serviço.

— Oi, Faoul. Já falei que pode me chamar de Mila.

Subi pelo elevador, batucando nervosamente os pés no chão, até o andar de Adam e toquei a campainha.

Estava com um sorriso no rosto e um prato de sopa quente na mão, quando a porta se abriu. Se fosse em qualquer filme de comédia, aquele seria o momento perfeito para se gritar "surpresa". Mas o que me esperava por trás daquela porta entalhada em luxo não foi uma dessas surpresas boas que aquecem a alma. Foi algo mais como um soco na boca do estômago, embora não sei até hoje por que as pessoas têm a mania de dizer que o estômago tem boca.

— Olá? Não solicitamos nenhum pedido, querida — disse a mulher loira e elegante numa voz que exalava autoridade.

— Ahn... — Eu estava muda. Não sabia o que responder.

— Então?

Ouvi a tosse de Adam ao fundo.

— Olha, meu noivo está doente e precisando dos meus cuidados, então se você puder conferir, vai ver que errou de apartamento, querida. Eu realmente não tenho tempo para ficar aqui.

— Ah... noivo? — repeti como uma barata tonta.

— Sim. — A mulher não mostrou a aliança, mas moveu a mão no batente na porta, de forma que quem quisesse ver, veria o tamanho da pedra preciosa que ela ostentava ali.

— Certo. Nossa. Me desculpe. Eu... eu errei o apartamento. — Olhei para cima, tentando fingir que estava procurando o número. — Minha nossa, errei totalmente o andar.

Ela me olhou de cima a baixo. Ainda deu um sorriso de esgar, daqueles que quase destila veneno.

— Você não se parece muito com as pessoas que frequentam esse complexo de apartamentos.

Aquela alfinetada doeu. Doeu na alma. Mas não me deixaria abater.

77

Mais do que já estava abatida, claro.

— Bem, como a *senhora* disse... — alfinetei também, porque não sou de ferro. A mulher não era uma moça, então eu bem podia mostrar os meus respeitos chamando-a de senhora. Ela pelo visto não gostou. — Eu vim fazer uma entrega. De uma sopa. Errei o apartamento. Perdão.

A loira virou as costas, ao mesmo tempo em que eu virei as minhas e o som da porta batendo foi quase o mesmo que o som do meu coração caindo no chão e tomando uma porrada, para logo depois ser atropelado por mil táxis dirigidos por motoristas hindus loucos.

Desci o elevador, ainda com a sopa na mão, queimando meus dedos, mesmo que a luva protegesse a maior parte da pele.

Faoul estava no balcão e, num ato impulsivo, parei à sua frente.

— Oi, Faoul.

— Srta. Carp... Mila — corrigiu diante do meu olhar. — Aconteceu alguma coisa?

— Não — disfarcei rapidamente, mesmo que minha voz estivesse meio engraçada. — Escuta, você quer essa sopa de alho-poró? Acho que está uma delícia.

Ele olhou de mim para a sopa, da sopa pra mim, novamente.

— A senhorita não trouxe para o senhor Adam? — perguntou com suspeita.

— Sim... mas veja. Ele acabou de me ligar dizendo que não está em casa...

— Mas o carro está aí — Faoul disse checando as câmeras de vigilância.

— Parece que ele saiu. Como um... amigo. — Minha habilidade de mentir estava saltando à vida.

— Ah...

— Então, Faoul. Seria um desperdício. Você quer? — insisti.

— Claro. Muito obrigado, senhorita Mila.

— Mila.

As formalidades poderiam morrer por ali mesmo. Eu não veria Faoul nunca mais.

— Boa refeição, Faoul.

— Obrigado.

Saí dali sem ver ao certo para onde ia. Só sabia que não tinha lágrimas. Não. Lágrimas, não. Sim, chorar por se sentir traída era algo mais esperado naquela situação.

Mas novamente, coloquei a culpa nos medicamentos. Eu ainda estava no último dia do antibiótico. Devia ser ele que estava anestesiando meus sentidos, sei lá.

Eu estava com a mente enevoada. Podia sentir uma ferida no peito, na alma. Uma mágoa profunda, crescendo dentro.

Continuei andando e andando. Quando vi, nem sabia onde estava mais.

Nova York é uma cidade engraçada. Se você anda, você talvez vá parar longe. São quarteirões e quarteirões. Ainda se tem a opção do metrô para facilitar a vida daqueles que não gostam de caminhar, mas, quando você se sente despedaçado, qual melhor alternativa do que caminhar sem rumo?

Porra. Eu estava despedaçada. Sim. Bastou uma semana de encontros idílicos para Adam St. James mostrar o que meu coração mais ansiava. Bastou um minuto para mostrar que eu devia ter ficado afastada daquilo que sempre soube que nunca deveria ser meu.

Uma buzina me despertou e vi que estava atravessando a rua sem olhar. Pulei pra trás, antes que fosse atropelada e virasse uma massa sangrenta no asfalto. Instintos suicidas já eram demais.

Acho que só cheguei ao alojamento depois de meia-noite. Nem sei como. Meus pés estavam doendo. Meu corpo estava doendo. A cabeça, a alma, o coração.

O telefone tocou e fiquei com medo de ser Adam, mas vi que a chamada identificada mostrava que era Vic. Onde ele morava era bem mais cedo. Duas horas de diferença. Pensei em não atender, mas ele perturbaria e acabaria ficando preocupado.

— Oi, Vic.

— Coisa linda. Como você está? Melhorou totalmente da gripe nojenta que pegou? — perguntou e sorri. Uma lágrima desceu sorrateira. Traidora. Era para ter ficado reclusa.

— Si-sim.

— Mila?

— Humm?

— Você está chorando?

— Eu? Não. Eu, não — respondi da melhor forma que pude. A torrente de lágrimas invadia a gola do meu casaco. Se continuassem a descer naquela velocidade, em breve chegariam ao umbigo.

— Sim, você está, sim. O que aconteceu? — A voz de Vic perdeu a doçura e adquiriu o tom de irritação que o caracterizava.

— Nada.

— Nada? Essa não cola comigo. Você está chorando. À meia-noite e trinta e dois. Por quê?

— Meu Deus, Vic. Deixe de ser maníaco compulsivo controlador.

— Isso é alguma doença nova?

— Não sei. Mas pareceu um termo bem legal para ser aplicado a você — falei e funguei.

— Você acabou de fungar.

— Deve ser alergia. — Funguei de novo. E de novo. Droga.

— Merda, Mila. Você está chorando, porra. Me diga agora o que aconteceu!

Cacete! Vic era mais teimoso que um camelo egípcio.

— Tá. Eu digo. É desilusão. Só isso.

— Desilusão? Como assim? Com a vida?

— Não, Vic. Amorosa, seu burro. Eu tomei um pé na bunda.

— O quê? Primeiro: quem te deu um pé na bunda? — perguntou nervoso. — Segundo: quando você estava com alguém, para ter tomado um pé na bunda?

Respirei fundo. Ele não largaria o osso tão cedo.

— É uma longa história, Vic.

— Tenho todo o tempo do mundo, meu bem — disse. Quando ele me chamou de "meu bem", acabei me lembrando de que Adam me chamava assim, em alguns momentos. Aí as lágrimas desceram furiosamente.

— Eu o conheci há alguns meses, na verdade. Acabamos ficando meio que... amigos. Antes de tudo, por assim dizer — falei rapidamente. — Daí, na semana passada, saímos juntos, ele cuidou de mim... e...

— Espera, você estava doente, e esse *maníaco* te assediou?

— Deixa de ser burro, Vic! Ele cuidou de mim! — ralhei. — Eu fui levar uns doces no escritório dele, passei mal, ele comprou remédios, me trouxe em casa. Nós saímos e desde lá, estávamos meio que juntos.

— Uau.

— Sim. Uau. Foi intenso. Enquanto durou.

— Essa frase não é meio mórbida? E teatral? Foi a Ayla que te ensinou? — O tom sarcástico foi evidente em sua voz.

— Não. Saiu de dentro do meu ser mesmo. Desculpa.

— Certo. E o que aconteceu?

— Eu passei a gripe pra ele.

Vic começou a rir.

— Isso não é coisa de rir, Vic — briguei.

— É engraçado, boneca. Vocês dois foram como dois adolescentes com tesão. Acabaram trocando vírus. É nojento, mas engraçado.

— Pois bem. Eu não achei engraçado. Fiquei preocupada. Quis retribuir a gentileza.

O silêncio foi meio intenso.

— Ah, porra. Não me diga que você foi até a casa do idiota e tinha outra pessoa lá?

Fechei os olhos e deixei as lágrimas escorrerem.

— Sim.

— Merda.

— A noiva dele.

— Puta que pariu! Mila! Você estava saindo com um cara comprometido? — A irritação de Vic só fez com a minha mágoa ficasse mais evidente.

— Eu não sabia, Vic! — falei alto e chorei mais alto ainda. — Eu... não sabia.

— Ah, minha nossa, boneca... desculpa...

Meu choro sentido deve ter mostrado a Vic que eu tinha esgotado minhas forças. Ele terminou a ligação e fui dormir.

Acordei na manhã seguinte com as batidas na porta do apartamento.

Levantei meio sem rumo, sabendo, inclusive, que tinha perdido o horário de ir para a *deli*.

Abri a porta de supetão, para me deparar com Vic Marquezi à minha frente.

Minha boca se abriu em choque e ele simplesmente me puxou para os seus braços e me abraçou, dando o conforto que nem sequer sabia que necessitava.

Chorei tudo de novo. O efeito do remédio tinha passado. Agora eu estava completamente "desanestesiada". Se é que essa palavra existia.

CAPÍTULO 15

Mila

Naquele mesmo dia, Vic insistiu em ligar para a Sra. Doodley informando que eu estava com um novo quadro febril. Uma recaída. A preocupação da minha patroa acabou me colocando um peso horrível na consciência, mas deixei seguir o fluxo.

Ficamos enfurnados no alojamento, eu enfiada no meu silêncio, Vic, chafurdado no computador, ou me pajeando, levando doces, chocolates, sorvetes. Provavelmente eu ganharia uns três quilos depois daquele pequeno drama depressivo.

Não atendi a nenhum telefonema, inclusive, desliguei o aparelho da tomada e desliguei o celular para evitar a tentação de checar mensagens.

— Muito bem, vamos ser práticos — Vic disse. — Vamos averiguar se essa informação procede.

— Que informação?

— A de um suposto noivado, oras.

— Eu vi o tamanho da aliança, Vic. Deve ter sido a maior pedra de uma reserva de mineração da África — falei.

— Foda-se. Ela pode estar falando merda. Pode ser noiva de outro cara.

Vic mexeu no laptop à minha frente.

— Me dê o nome do crápula.

— Ele não é crápula.

— Até que se prove o contrário, pra mim, é.

— Adam St. James.

Vic trabalhou rapidamente com os dedos talentosos nas teclas do computador, fazendo as buscas pelos sites de fofocas.

— Humm... uau. Ele tem um Wiki só dele. — Comecei a rir porque eu mesma já havia lhe dito isso. — Nossa. Ele é fodão. Empresa de conglomerados que conglomera outras. Fusões e *blablabla*. Enfim, dessas empresas putas que fagocitam outras menores.

— Nossa, que colocação mais interessante, Vic — falei com escárnio.

— Tá. CEO. Chique. Dono da porra toda. Império do pai. Do avô. Lálálá — ia falando, enquanto os dedos digitavam. — Aqui.

Sentei-me ereta para ver o que ele queria mostrar.

"Adam St. James, empresário do ramo das multinacionais St. James comparece a festa de noivado surpresa no Hotel Plaza. Ao que tudo indica, a família St. James finalmente firmará aliança com os McAllisters, já que Anne McAllister está mais do que empolgada em fisgar o cobiçado solteirão da Alta Sociedade nova-iorquina. Aguardemos o desfecho, o local e o evento, caros leitores."

Vic fechou a tela do computador. Percebeu que meus olhos estavam longe e desfocados.

— Caralho. O filho da puta está noivo da vadia. O que quer fazer?

— Não sei.

— Não sei não é resposta.

— É, já que eu realmente não sei o que fazer.

Nossa. Aquilo parecia algo cruel do destino. Eu quase nunca dava chance para as oportunidades do amor. Quando aparecia... espera. O quê? Amor? Não. Não era isso. Era paixão. Eu tinha que admitir que estava semiapaixonada por Adam St. James. Existia isso? Estar semi alguma coisa? Bom, foram meses de uma paquera oculta e, por fim, o movimento que culminou na revelação do sexo mais intenso que já vivi.

Eu teria que fugir dele. Dar-lhe um gelo. Um fora. Mas como? Olhando as datas, conferi, realmente, que o dia do suposto "noivado" foi na mesma sexta-feira em que levei os doces ao seu escritório, e voltando àquele dia, percebi que ele mesmo havia me dito que tinha um compromisso, logo depois de me deixar em casa.

E aquele fora o compromisso.

Não queria confrontá-lo. Odiava barracos épicos. Odiava com todas as forças. Morei em um lar adotivo onde tive uma "irmã" que fazia de tudo para me colocar em encrencas perante nossos pais adotivos, para atrair a reação que desejava e esperava de mim – a de partir para a briga. Eu sempre ficava quieta, até o dia em que a garota conseguiu o que queria. E fui expulsa do lar.

Bem, a parte boa é que daquela casa acabei indo parar no mesmo lar adotivo de Vic, e foi ali que nasceu o amor fraternal entre nós dois, então, talvez se não fosse pela puta encrenqueira, pode ser que eu e Vic não tivéssemos nos encontrado.

— Quanto tempo falta para terminar os estudos? — Vic perguntou.

— Já finalizei a maior parte. Faltam alguns trabalhos e duas provas.

— Consegue adiantar?

O que Vic queria com aquilo?

— Por quê?

— Consegue adiantar? — repetiu ele, sem paciência.

— Não sei. Talvez sim.

— Tipo, pra quando?

— Não sei.

— Vamos à sua coordenadoria hoje. Iremos descobrir — Vic disse. — Vista suas roupas.

— Eu estou de roupas.

— Quis dizer uma decente.

— Eu estou decente.

— Okay, quis dizer uma que não pareça uma versão hollywoodiana de mendiga gostosa — ralhou.

Dei um soco no seu braço e saí para trocar as roupas.

Muito mais tarde, voltávamos os dois da coordenadoria do curso. Eu estava chocada com Vic Marquezi. Seu poder de sedução era aterrador. Ele simplesmente contou as mentiras mais atrozes para a coordenadora de quase setenta anos, que piscou os olhinhos de maneira reluzente e corou como uma garotinha.

Ao final, eu estava com um formulário para finalizar as matérias do curso pela internet, sendo que enviaria os dois trabalhos finais de Inglês Avançado Arcaico e Métodos de Pesquisa, para o email dos respectivos professores.

Chegamos ao apartamento e Vic pegou a mala que ficava acima do meu armário. Abriu em cima da cama e comandou:

— Coloque as roupas aí dentro. Ande. Rápido. Ligeiro.

— O quê? Vic? Você está louco?

— Não. Não estou louco. Estou lúcido. Você vai comigo pra Denver.
— Colorado?
— Até onde sei, boneca, Denver fica lá, então, sim, no Colorado.
— Do outro lado do país?
— Sim, Mila. Do outro lado do país. Bem distante desse filho da puta que estava noivo, na mesma sexta-feira, no dia anterior de pegar você e te levar para o covil. — Oh, Vic era bom de deduções também, afinal.
— Ele não me levou para o covil, Vic.
— Levou. E não me conteste. Por favor. Faça aí o que mandei.
— Você não manda em mim — teimei.
— Não mando mesmo, mas estou te dando uma alternativa que acho ser a melhor. Você vai ter forças pra simplesmente dispensar o cara? Será que ele vai te deixar em paz? Se ele é tão intenso quanto você afirma? Então, Mila, sim, acredito que sumir é uma opção muito boa.

Ele tinha razão em alguns pontos. Em outros eu achava tudo muito radical. Eu estaria preparada para mudar minha vida toda?

— Escuta, nós já tínhamos planos, lembra? — Vic sentou-se na cama, ao meu lado e segurou minha mão. — Assim que você terminasse a faculdade, iria ao meu encontro e ficaríamos juntos pra eu poder cuidar de você, porque somos irmãos, certo?

Concordei com a cabeça.

— Estamos apenas adiantando os planos, meu bem. Você vai gostar do Colorado. É um Estado maravilhoso. E Denver é bem bacana. A Universidade é ótima, embora você não vá estudar lá porque já está se formando, eu sei. Meu apartamento é maravilhoso e organizado. Tenho uma senhora que dá um trato uma vez por semana, logo, você não vai se deparar com um antro nojento e fétido.

Eu tive que rir de sua explicação e empenho em me convencer. Deitei a cabeça no seu ombro e fechei os olhos.

Nossas vidas eram entrelaçadas há tanto tempo que era difícil me imaginar sem Vic do meu lado. Mas eu sentiria falta de Nova York. Amava aquela cidade cinza e barulhenta, com seus ruídos constantes e até mesmo a falta de educação dos cidadãos. Eu amava o ar cosmopolita que Manhattan exalava. Mas, pesando os prós e contras, eu bem sabia que não teria condições de arcar um apartamento por muito tempo ali na ilha. Muito provavelmente, se eu fosse arranjar um emprego em alguma escola, teria que tentar me mudar para as cidades mais próximas nos Estados circunvizinhos, como Nova Jérsei, por exemplo. Eu já tinha até mesmo conferido que se morasse em Linden, poderia pegar um trem que cairia diretamente na Penn Station, logo abaixo do Madison Square Garden, e dali, poderia seguir para qualquer lugar de Manhattan. Quão maravilhoso era aquilo?

— Vamos, Mila. Você sabe que precisa decidir isso porque se conhece. Se esse cara te procurar, e ele vai te procurar — Vic levantou minha cabeça para me fazer encará-lo —, pode ter certeza de que, dada sua persistência em tentar conquistar você, não será uma negativa sua que o fará desistir facilmente. O melhor a fazer é simplesmente evaporar da face da Terra.

Aquilo era aterrador. E muito precipitado, mas eu sabia que Vic tinha razão. Eu sabia que ele era um pouco neurótico com certas coisas, então estava tentando não surtar junto com ele.

— Está bem, Vic. Uma antecipação de planos. Mas não vou morar na sua casa pra sempre — falei com seriedade.

— Claro que não, meu bem. Assim que você estiver ganhando rios de dinheiro, você pode se mudar para outro lugar próximo. Que tal? Um apartamento vizinho? De forma que eu possa monitorar quem são os filhos da puta que você leva pra casa... — zombou.

— Vai sonhando com isso, Victorio.

— Porra, não me chame pelo nome completo. Sinto até arrepios quando você faz isso.

— De medo?

— Você pode ser meio assustadora, às vezes. Agora, vamos. O que quer que eu vá embalando lá fora?

Vamos combinar... meu apartamento era minúsculo. Uma caixinha de fósforos quase. Então eu nem tinha muitos pertences.

— Meus livros na estante. Esses aí, eu não deixo de forma alguma — avisei. — E alguns documentos que estão dentro de uma caixa no armário logo abaixo da prateleira.

Quando Vic saiu para recolher o que lhe pedi, o telefone começou a tocar insistentemente. Meu amigo voltou com a sobrancelha erguida e me mostrou o visor. Era Adam St. James.

— Não atenda.

— Não vou atender.

— Ótimo. Mãos à obra — falou e levou o telefone de volta à sala.

Eu fui colocando minhas roupas na mala aberta em cima da cama. Quando estava entupida, precisei de outra. Droga. Eu tinha tanta roupa assim e nem fazia ideia?

Recolhi mais alguns pertences bobos que achava que eram fruto de alguma conquista minha, como um pequeno porta-retratos com minha foto e a de Vic no início da nossa vida em NY, com a ponte do Brooklin de fundo. Peguei algumas bugigangas que lembravam Manhattan, coisas de camelôs, que eu adorava colecionar mesmo. Enfiei tudo na mala. Sapatos eram poucos os que eu tinha. Meus itens de banheiro enfiei dentro da bota, devidamente acondicionados em saquinhos *zip-lock*, mas achei desnecessário levar os frascos de xampu e condicionador, já que poderia comprar outros em Denver.

Enfim, peguei apenas coisas que achava que eram realmente essenciais. Quando fechei as duas malas, misteriosamente, o quarto parecia meio nu.

Vic veio da sala, com algumas coisas nas mãos.

— Eu acho que isso aqui é velharia e desnecessário pra levar, mas seus livros caberão em uma caixa e podemos despachar pagando uma taxa no embarque — falou e manteve a cabeça baixa. Quando ele olhou pra mim, eu estava com a visão turva, pelas lágrimas que descem insidiosas pelo meu rosto, chegando a alcançar o decote da minha blusa de pijama. — Ei, ei... o que houve? Hã?

Vic correu para me abraçar, me dando o conforto que ele acreditava que eu necessitava.

— Isso tudo é tão... muito! Tipo, Vic... eu tenho um trabalho, uma vida aqui... estava tudo indo bem, eu estava indo bem — repeti, tentando me fazer acreditar naquilo.

— Sim, meu bem. Porque você é forte e uma guerreira, daí você consegue fazer qualquer coisa "ir bem", entende? Agora, entrou um personagem que tumultuou seu meio de campo e eu estou aqui para organizar a jogada e finalizar os quartos de tempo.

Olhei para Vic, assombrada com sua analogia.

— Você está usando termos de basquete pra me aconselhar?

— Ué... que melhor coisa do que usar os recursos que meu técnico faz questão de tentar encubar no meu cérebro? Hã? — Vic sentou-se comigo na cama agora vazia e desprovida até de lençóis. — Nós vamos construir uma nova vida pra você em Denver. Pense nisso como uma aventura.

— Caramba, Vic. Mas... quantas mulheres terminam relacionamentos todos os dias e não precisam se mudar para uma cidade distante, para a casa de um amigo, simplesmente por causa disso? — argumentei.

— Várias. O mundo está cheio delas. Mas você não é uma delas. Você tem uma bagagem, e tcharam! Eu estou acoplado na alça dessa bagagem e vamos embarcar juntos naquele avião que parte para Denver hoje, no final da tarde — falou rapidamente.

— O quê? Mas...

— Nada de mas... você vai ao seu serviço depois do almoço, que é, provavelmente o horário que o crápula não aparece, e daí explica à sua chefe adorável que, em virtude de problemas familiares, terá que se ausentar da cidade. Indefinidamente — acrescentou.

— E Ayla?

— O que tem ela? — O tom de Vic mudou para áspero.

— Ela volta em alguns dias, como vou explicar minha mudança súbita?

Vic fez um ruído de escárnio e bufou em seguida.

— Você vai explicar do mesmo jeito com que ela sempre se comunica com você ultimamente: por telefone. E pronto. Ayla não tem estado presente por conta da vida que escolheu. Você não deve satisfações.

Uou. Meu amigo, definitivamente, não gostava de Ayla Marshall.

Ao final daquela manhã, com tudo embalado, com Vic irritado pela insistência do toque do telefone, e com meu estado nervoso por ter que me despedir da Sra. Doodley, e do pessoal da *deli*, minha vida realmente tomou um novo rumo.

Peguei a mão de Vic e saí da *delicatessen* que foi palco de muitos momentos felizes da minha vida, bem como do encantamento que Adam St. James me proporcionou, e segui com meu amigo para o La Guardia, rumo àquela nova fase que prometia algo desconhecido, mas não tão assustador quanto o sentimento de perda que eu sentia naquele exato instante.

Depois de fazer toda a rotina de *check-in* e despacho de bagagens, pagando as taxas abusivas das companhias aéreas, passamos pela área de segurança e finalmente nos dirigimos para a sala de embarque.

Em momento algum olhei para o meu celular. Resolvi, terminantemente, abortar qualquer tentativa de Adam de se comunicar comigo.

Qual seria a alegação? Ele saberia que eu tinha ido ao seu apartamento? Saberia que por fim tomei consciência da sua farsa?

Fiquei em silêncio pelo tempo de espera, enquanto Vic mantinha-se entretido, jogando no celular e ignorando as paqueras óbvias de duas garotas mais jovens à nossa frente.

— Vic... — sussurrei.

— O quê? — O idiota nem se dignou a olhar pra mim. Panaca.

— O que está jogando?

— *Candy crush*.

— Isso já não está batido? — perguntei e ergui uma sobrancelha, de maneira cética para acentuar ainda mais meu choque.

— Estou mentindo pra você. Melhor do que admitir que estou *stalkeando* algumas mulheres gostosas no *Instagram* — falou e riu.

Olhei por cima e vi que ele estava, realmente, em algum perfil de uma mulher sarada que tinha mais músculos do que tudo.

— Seu porco nojento.

— Eu avisei.

— Preferia crer que você era puro e estava jogando *candy crush*.

Vic riu e largou o celular, colocando o braço por cima do meu ombro e me puxando para um abraço.

— Essa mulher tem quase mais músculos que você.

— Ela é *fitness*. E gostosa. Deixa de ser invejosa.

— Invejosa?

— E despeitada.

— O quê? — Eu estava irritada e revoltada com o que ele presumia sobre meu comentário. — Eu não estou sendo despeitada! Isso chega a ser esquisito!

— Tá. Admito que algumas são exageradas, mas admiro a garra e disciplina de malhação dessas garotas.

— Daí você segue no *Insta*?

— Não. Fico admirando os abdominais sarados e a bunda bem malhada mesmo.

— E os peitos de silicone, né? — zoei.

— Isso também. Deixa de ser ciumenta — brincou e puxou meu cabelo.

— Aquelas duas moças da frente estão paquerando você escancaradamente — falei baixinho. — Não olhe, Vic! Seja discreto.

— Discrição não é o meu nome. Deixe-me ver... hummm... muito jovens.

— Vic, deixa de ser trouxa, elas têm quase a mesma idade nossa.

— Quase. Estou na *vibe* de mulheres mais maduras.

— Nossa. Você é um porco.

Vic riu, mas manteve o braço sobre meus ombros.

— Escuta, quando chegarmos a Denver, quero ver um sorriso enorme nesse rosto lindo que você tem, combinado?

— Vou tentar — falei baixinho.

— Não, você não vai tentar. Você vai conseguir. Porque você é Mila Carpenter. A grande Mila Vanila.

— Nossa. Odeio esse apelido que você me deu.

— Melhor que Vic Pic Nic, né? Esse você não poupou.

Comecei a rir e finalmente senti a onda de tristeza começando a amainar.

— Nós vamos trocar seu número de celular. Vamos arranjar outro.

— Por quê?

— Porque mudaremos o prefixo de cidade, por isso. E para que o tal Adam não te rastreie.

Isso, imaginando que aquela fosse a ação de Adam, certo? Homens como ele não tinham porque ficar concentrados em uma mulher que simplesmente tinha desaparecido, dando-lhes o sinal óbvio de que tudo estava mais do que acabado. Pra quê? A fila andava e devia ser imensa. E no caso de Adam, o cargo já estava ocupado pela loira arrogante, logo, não haveria necessidade de ele me procurar.

Eu precisava internalizar que fui um passatempo pra ele. Foi ótimo enquanto durou. Talvez eu tenha sido um desafio? Possivelmente. Foram oito meses em que ele cercou e estabeleceu que queria possuir algo que achava que tinha direito, ou que sentiu vontade de possuir.

E, não posso negar e dizer que, naqueles poucos dias em que estivemos juntos, minha vida não tenha sido simplesmente fantástica e cheia de doces emoções. Descobri em mim mesma, sentimentos e nuances que nunca imaginei explorar, e aquele lado mulher só pude contemplar ou vislumbrar porque Adam St. James apertou os exatos locais onde os gatilhos estavam.

Foi maravilhoso perceber que eu não era fria ou carente de sentimentos que polvilhavam os romances mais *calientes* que eu lia. Sim. Eu sentia e era capaz de fazer um homem sentir.

Infelizmente, a vida não facilitou e colocou um cara completamente desimpedido e com um caráter ilibado ao meu dispor. Teve que me fazer apaixonar por um cretino traidor que estava tomando um tempo com a garota comum e carente de afeto, mas comprometido com a vulcanizada e elegante loira arrasa-quarteirão. Paciência.

Nova York havia ficado pra trás. Junto com um pedacinho do meu coração.

CAPÍTULO 16

Adam

Para despertar os sentimentos mais profundos dos quais os poetas falam...

Eu estava puto. Irritado ao extremo, muito por conta do estado em que meu corpo estava, com a fragilidade e debilidade que eu odiava, como pela presença constante de Anne McAllister ao meu lado. Some a isso tudo, o fato de ela ter passado a noite no meu apartamento e ter me dado a merda de um remédio que me fez dormir mais de doze horas seguidas, o que já era altamente incomum, ainda mais em dia de semana, quando meu cérebro pedia para trabalhar.

A empresa precisava de mim, tanto quanto eu precisava de ar puro, sem a presença do perfume adocicado de Anne ao meu redor. Além disso, eu precisava, apenas precisava, que Mila atendesse a porra do telefone.

— Adam, querido, você não deveria ter se levantado — Anne disse da porta do meu quarto.

Eu estava me sentindo nojento, já que durante a noite, suei como um porco, talvez por conta da febre, bem como das toxinas sendo expulsas do meu organismo. Ainda fiz questão de trancar a porta logo depois que usei o banheiro, pois não tinha certeza se Anne seria traiçoeira e resolveria se enfiar na minha cama, alegando querer averiguar a temperatura do meu corpo pessoalmente.

— Estou me sentindo ótimo, Anne. Como te disse, você nem precisava ter se dado ao trabalho de ficar aqui a noite toda.

— Mas fiquei, e o que seus pais pensariam de mim se soubessem que não me dispus a cuidar de seu herdeiro?

91

Ela era uma aspirante social, realmente. Aspirante ao posto máximo da escala. Aquilo me enojava.

— Veja, você se recusou a tomar a sopinha que fiz pra você.

— Era enlatada, Anne.

— Oh, bem. Nem todos têm a sorte de arranjar entregas de sopas francesas e apetitosas no meio da noite, não é mesmo? Você tinha que se contentar — disse, mas ignorei seu comentário.

— Você poderia sair, por favor? Eu preciso ir ao escritório, então, agradeço pelos préstimos, Anne.

Eu não estava agradecido coisa nenhuma, mas tinha que ser educado. Uma das coisas que meus pais fizeram muita questão era que minha educação fosse a mais primorosa possível.

— Oh, tudo bem. Ah, Adam, não se esqueça do coquetel que vai acontecer no Guggenheim, daqui a dois dias. Nossas famílias são uns dos patronos.

Anne mandou um beijinho no ar e se virou para sair, deixando, por fim, meus aposentos. Quando ouvi a porta do apartamento fechar, levantei-me da cama e fui tomar o banho que estava aspirando com tanta vontade.

Eu estava bravo. A primeira coisa que fiz quando abri os olhos e percebi que não havia morrido da gripe maldita foi ligar para Mila. Mas ela atendeu? Não. Onde ela estava?

Eu não sabia a razão da inquietação, mas podia senti-la arder no peito. Talvez fosse culpa de uma possível pneumonia, não sei.

Tomei banho, fiz a barba, coloquei o terno de três peças, ajeitei o relógio *Tissot* no pulso, tudo no automático. Minha mente estava na garota de cabelos castanhos, olhos esverdeados, sorriso doce e fácil e um corpo mais do que sedutor e pronto para receber o meu.

Peguei a pasta e liguei para o motorista, para que me esperasse à frente do *flat*.

Quando passei pelo saguão elegante da portaria, o porteiro, Faoul Mohammed, um senhor que já trabalhava há mais de duas décadas ali, me cumprimentou:

— Bom dia, Sr. St. James. Que pena que o senhor se desencontrou com a adorável senhorita Carpenter — disse com um sorriso fácil.

Eu já estava passando, iria responder um breve bom-dia, educadamente, mas nem daria conversa porque me sentia azedo naquele momento, mas aquilo me fez estacar no chão.

— O que disse, Faoul? — perguntei e voltei os passos que já tinha avançado rumo à saída. Meu brilhante carro negro estava me aguardando e Kirk já havia descido e aberto a porta, com toda a pompa – coisa que eu odiava –, para que eu entrasse.

— A senhorita Mila — repetiu e estranhei que ele usasse seu nome de batismo, mas lembrei-me de que Mila sempre lhe pedia que a chamasse apenas de Mila. Não senhorita. Apenas isso. Mila. — Ela veio aqui e o senhor havia saído.

— Eu havia saído? — Eu estava me sentindo um parvo repetindo suas perguntas, mas meu cérebro estava meio congestionado.

— Sim. Até estranhei, pois o carro do senhor estava na garagem, mas ela disse que o senhor avisou que havia saído com alguém.

— Quando foi isso, Faoul?

— Ontem à noite.

Meu coração pulou uma batida e deu um salto errático que provavelmente me levaria a um cardiologista mais cedo do que o previsto.

— O quê? A que horas?

— Nossa... era bem tarde. Quase às dez. Ela subiu, mas o senhor não estava. Tinha trazido uma tigela de sopa deliciosa para lhe entregar, parece. Mas se desencontraram. Acabou deixando pra mim. Desculpe — desculpou-se constrangido.

Puta que pariu! O comentário de Anne voltou rapidamente como um relâmpago em dia de tempestade: *Nem todos têm a sorte de arranjar entregas de sopas francesas e apetitosas no meio da noite, não é mesmo?*

Merda! Então Mila deve ter tocado em meu apartamento e Anne abrira a porta! Puta merda! O que aquela louca falara para que Mila tivesse a certeza de que eu havia saído? Ou... merda. Pior.

Qual havia sido a impressão que Mila tivera? A impressão errada, isso era certo.

Despedi-me de Faoul com algumas palavras que sequer sei quais eram e entrei rapidamente no carro, sentindo que deveria ir até o apartamento de Mila, mas sabendo que, pelo adiantado da hora, ela já estaria da *delicatessen*.

Durante o percurso, tentei ligar várias vezes, mas ela não atendeu a nenhuma das minhas ligações. Merda!

O motorista já conhecia o caminho que eu tomava todos os dias, mas ainda assim fiz questão de enfatizar o destino:

— A *deli*, Kirk, agora.

— Sim, senhor.

O trânsito não permitia que o carro avançasse rapidamente. Era pedir

93

demais que Nova York não estivesse tão congestionada no dia de hoje? Olhei o relógio e conferi que já passava das duas da tarde. Merda.

Quando chegamos à *deli*, desci apressadamente e entrei como um tufão, indo diretamente à ala onde Mila ficava sempre, para servir aos clientes. Não a vendo em lugar algum, rumei para a sala da gerente, a adorável senhora que era a dona do estabelecimento e eu sabia que tinha um carinho inegável por Mila.

Bati e ouvi um toque de comando para entrar.

— Oh, olá, rapaz... como tem passado? — perguntou.

— Olá, senhora... Doodley. — Agradeci aos céus em silêncio por ter lembrado o nome dela. — Como vai a senhora?

— Bem, querido. Poderia estar melhor, mas estou bem. Veio atrás de Mila? — Seu semblante ficou triste. — Ela não está aqui mais.

Aquelas palavras foram como uma porrada no peito. Eu já fiz aulas de boxe, sabia o que uma pancada daquelas causava: perda de ar momentâneo. Não sabia explicar, mas um pressentimento ruim me sobreveio.

— O quê?

— Ela não trabalhou hoje pela manhã, parece que teve uma recaída em sua gripe, mas veio há pouco tempo e despediu-se de todo mundo, disse que teve alguns problemas familiares e que teria que se ausentar da cidade — falou e senti que suas palavras eram pesarosas.

— Se ausentar da cidade? Por quanto tempo? A senhora sabe?

— Oh, querido. Ao que tudo indica, e pelo que o amigo dela que estava junto deixou a entender — senti meu corpo retesar ante aquela informação —, ela deixou Nova York. Definitivamente.

— O quê?

— Mila veio se despedir e daqui foi direto para o aeroporto, rumo a algum lugar que não me lembro se chegou a citar.

Tive que me sentar na cadeira à frente da mesa da Sra. Doodley. Era meio fraco admitir que minhas pernas falharam por um instante, mas o estado meio adoentado em que eu me encontrava e aquela notícia agiram de forma devastadora no pouco equilíbrio que eu ainda reunia.

— Jovem, você está se sentindo bem?

— Sim... sim... há quanto foi isso, senhora Doodley? — perguntei, já me levantando.

— Há uma hora mais ou menos.

— A senhora sabe para qual aeroporto?

— Não faço a menor ideia, querido, desculpe. Acredito que Mila não informou, na verdade.

Saí dali meio que sem rumo. Abri a porta da *deli*, com os sons da cidade quase afogando meus sentidos, como uma onda engolfando tudo.

Entrei no carro e mandei que Kirk fosse em direção ao alojamento que ela ocupava na NYU. Eu sabia que seria perder um pouco do tempo precioso que restava, mas era uma tentativa, fora que, não adiantava simplesmente tentar dar um chute para qual dos aeroportos ela se dirigiu. La Guardia ou JFK? Se fosse a segunda opção, eu só chegaria lá em mais de uma hora e meia. Se chegasse lá e a opção tivesse sido o La Guardia, teria sido uma puta viagem perdida. Ri sozinho da minha desgraça porque lembrei da cena de um filme que havia assistido quando era mais novo. Porra. Nessa equação ainda havia uma terceira opção, com o aeroporto de Newark, rota muito usada para quem precisava de passagens mais acessíveis ou voos específicos em horários aleatórios.

Quando cheguei ao prédio onde ela tinha o alojamento, tudo estava fechado, passei no zelador e recebi a informação de que ela havia deixado a chave para a amiga que às vezes ficava no apartamento, bem como o dinheiro já do aluguel e da multa de rescisão contratual.

Eu ainda estava meio letárgico, talvez por efeitos dos medicamentos que usei durante a noite, e podia sentir meu cérebro enevoado, sem a total capacidade de compreender bem os fatos. *Como assim?* Sumiu, foi embora, largou tudo? Eu queria crer que aquilo era apenas uma brincadeira, um mal-entendido, um pesadelo do qual eu ainda não tinha acordado.

Ninguém abandonava tudo, deixando uma vida para trás, por qualquer motivo, não é?

Saí do prédio e segurei os cabelos, puxando-os com força, em busca de algo que me lembrasse que eu ainda estava vivo. A dor faria isso. Porque naquele momento, eu não conseguia sentir porra nenhuma.

Olhei para o céu e fechei os olhos. Eu me recusaria a vacilar e deixar que qualquer outra emoção tomasse forma.

CAPÍTULO 17
Mila

Quando o avião pousou no aeroporto internacional de Denver, já com a noite avançada, eu podia sentir meu corpo moído, como se tivesse sido martelado com mil pregos enferrujados.

Percebi que fui uma companhia ótima para Vic, para não dizer o contrário, já que dormi o voo inteiro, enquanto ele assistiu a algum filme besta em sua tela individual. Para piorar, como Vic era muito alto, sua perna direita estava quase por cima da minha esquerda, sendo que eu estava na poltrona do meio e ele no corredor. A outra perna enorme dele ficava quase obstruindo o caminho. Mas a comissárias reclamavam? Claro que não. Porque Vic jogava o charme que lhe era peculiar.

— Acorda, boneca. Chegamos.

— Percebi. E não sinto minha perna — resmunguei.

— Essa aqui? — ele perguntou e cutucou meu joelho, o ponto exato onde eu sentia cócegas. Quase dei um salto e bati a cabeça no senhor que estava ao meu lado, na janela.

— Vic!

— Está sentindo, viu?

— Você matou minha perna com esse peso morto em cima dela.

— Nossa, isso é jeito de falar de um conjunto de músculos inferiores que podem valer milhões no futuro, por conta das impulsões e enterradas? — perguntou e piscou pra mim, ainda sacudindo a sobrancelha de maneira pícara.

— Por que tenho a impressão de que essa sua frase teve um cunho pejorativo e sexual, Vic?

— Minha nossa, Mila, que mente suja é essa? Onde eu falei com algum sentido sexual? — perguntou, fingindo-se de ofendido.

Revirei os olhos, decidindo ignorar. Esperamos que todos saíssem, já que estávamos quase no final do avião.

Só meia hora depois foi que conseguimos pegar as bagagens na esteira e nos dirigirmos à saída, onde pegamos um táxi.

Ao chegar ao apartamento de Vic, constatei que realmente ele mantinha tudo organizado, como havia dito.

Caminhando à minha frente, com as duas malas nas mãos, como se não pesassem nada, e como se eu não tivesse pagado excesso de bagagem em uma delas, Vic apontou com o queixo a direção do quarto que eu ocuparia.

— Você vai ficar aqui. Depois pode ajeitar do jeito que quiser, colocar esses fru-frus femininos e bestas que sei que você gosta, furar parede para pendurar coisas, enfim. O quarto é seu. Pelo tempo que desejar.

O quarto era pequeno, mas ainda assim maior que o meu no alojamento. Na verdade, o quarto parecia quase maior que meu apartamento inteiro do pequeno alojamento!

— Obrigada, Vic. De coração.

Ele depositou as malas num canto e me abraçou.

— Você é minha irmã de alma e coração, Mila. Já disse que nada vai nos separar.

— Amanhã vou começar a procurar algum emprego. Faço questão de ajudar no aluguel.

Vic passou a mão nos meus cabelos e me abraçou forte, antes de me soltar.

— Está bem, mas não se preocupe com isso. Primeiro você se adapta aqui, na cidade. Depois, resolve todo o esquema da finalização do seu curso e tal. Só aí, você procura um emprego.

— Eu não posso ficar nas suas costas, Vic!

— Você não está nas minhas costas, Mila. Você vê alguém aqui nas minhas costas, hein? — ele brincou, olhando para trás.

— Idiota.

— Eu sou mesmo. Agora, me dê seu celular.

— Por quê?

— Vamos nos livrar dele.

— Por quê? — perguntei de novo. Segurei o aparelho dentro do bolso traseiro da calça, como se daquilo dependesse minha vida.

97

— Mila, pensa bem. O tal Adam vai te procurar. Eu sei que vai. Qualquer homem seria um idiota se não fizesse.

— Pode ser que eu tenha apenas sido uma aventura passageira, Vic. Daí ele nem vai se lembrar de mim, quando perceber que já não estou ao alcance.

— Acredite em mim, meu bem. Ele vai te procurar. Na verdade, se eu fosse ele, iria rastrear você.

— Credo, Vic. Isso é tão... perseguidor.

— Então. Essas coisas acontecem, boneca.

— Eu duvido.

— Me dê seu celular, Mila. Vou te provar uma coisa.

Peguei o aparelho e coloquei em sua mão.

Vic manuseou o mesmo e virou a tela pra mim.

— Viu? Mais de vinte chamadas não atendidas. Seis mensagens na caixa de correios, não sei quantas mensagens *inbox* e de *WhatsApp*. Esse cara está atrás de você.

Resolvi devolver sua zoação.

— Você vê alguém aqui atrás de mim, vê?

Vic começou a rir e me abraçou de novo.

— Está certa. Vamos lá. Amanhã você passa a ter um novo número com prefixo de Denver, tudo bem?

— Tudo bem.

— Sua vida vai ser aqui. Acostume-se.

— Vamos comer.

Quando estávamos na cozinha, me lembrei de uma coisa importante.

— Meu Deus, Vic! — dei um grito e ele quase derrubou a jarra de leite no chão.

— Caralho, Mila! O que foi?

— As coisas da geladeira! Vão apodrecer!

— Eu joguei tudo o que era perecível fora. Ficaram lá apenas as coisas que não apodreceriam até a sem noção da sua amiga resolver aparecer.

— Por que você a odeia? — perguntei de supetão.

Vic olhou pra mim, desconfortável.

— Eu não odeio a Ayla. Nós apenas não nos batemos.

— Hummm...

Tinha algo ali. Que nenhum dos dois queria compartilhar. Mas, enfim. Eu não era enxerida ou intrusiva pra querer vasculhar os segredos dos outros. Se eles quisessem ter me contado antes, teriam feito, né?

— Coma aí, você está muito magrinha.

— Magrinha? Vic, eu peso mais que a média das garotas.

— Das garotas magrelas, se é o que você quer dizer e está se comparando, não é? — zombou. — Ou das garotas *Victoria's Secret*, que ostentam aqueles ossos protuberantes no quadril e tal.

— Vem cá — comecei a falar e mordi um pedaço do sanduíche preparado por ele —, você vai ser um jogador de basquete famoso... não é de se esperar que só queira essas mesmas modelos que você acabou de esnobar?

— Boneca, eu gosto de pegar em carne, entende? Se fosse pra chupar osso, eu chupava osso de galinha, que tem aquele tutano e fortalece o imunológico — falou e revirei os olhos. — Então, sim, eu gosto de curvas macias.

— Mas você estava olhando os Instagrans de mulheres malhadas.

— Curvas macias ou bem recapeadas. Por assim dizer. As mulheres malhadas ficam na categoria de "bem recapeadas".

— Nojento.

— Você perguntou! — respondeu e riu. Eu lhe taquei o guardanapo.

Depois que terminamos a refeição, lavei tudo, para me ambientar com as coisas e saber o lugar de tudo.

Vic se despediu de mim com um beijo na cabeça e eu fui tomar um banho, para tirar aquela sensação de viagem e suor do dia.

Foi inevitável não pensar em Adam St. James durante o banho. A saudade que sentia dele. Mas eu superaria.

Milhares de músicas falavam desse tipo de sentimento que era vencido todos os dias. Eu seria mais uma daquelas que venceria e encontraria meu caminho de volta para o eixo.

O dia seguinte foi frenético. Vic me apresentou a cidade, como se eu fosse uma turista empolgada, passamos em uma loja de telefonia, onde adquiri um novo chip de celular, mas relutantemente, não me desfiz do antigo. Guardei secretamente dentro de um compartimento da carteira, sem que Vic percebesse.

Depois de praticamente rodar a cidade, nos pontos mais básicos, inclusive conhecendo a Universidade onde ele estudava, voltamos pra casa, exaustos.

Vic estava preparando dois sanduíches de manteiga de amendoim enquanto eu estava tentando atualizar a agenda do celular, inserindo os contatos que sabia os números de cabeça. Percebi que não me recordava do número de Ayla, o que acabou me deixando aborrecida, porque, como eu conseguiria avisá-la, mesmo que tivesse lhe deixado um recado? Acabei me lembrando do maldito chip escondido na carteira, e, como quem não quer nada, resolvi que era hora de "pesquisar o passado".

— Vic? — chamei, ao mesmo tempo em que remexia na minha bolsa.

— *Yeap*?

— Preciso do seu celular.

— Pra quê?

— Eu tenho que resgatar o número de telefone da Ayla no meu antigo chip. Quando você instalou esse, o raio do aparelho não tinha armazenado o número de celular dela.

— Porque seu telefone está entupido de aplicativos desnecessários — disse e riu. — Toma. Não futuque minha galeria de fotos, hein? — ralhou.

Revirei os olhos, mas peguei o telefone que ele estendia na minha direção.

— Você acha que não vi que guardou o chip escondido, não é? — perguntou e sentou-se ao lado, rindo. — Eu sou mais esperto do que imagina, boneca. Você tentou disfarçar, mas vi perfeitamente a hora em que escondeu na sua carteira.

Droga. Aquele idiota nunca deixava nada pra depois.

— Bom, que ótimo que não joguei fora, não é? Ou agora não poderia resgatar o número do celular da minha amiga.

— Ela não tem *WhatsApp*? — perguntou com ironia.

— Não. Ayla odeia. Disse que passaria mais tempo checando se tem mensagens do que treinando e alongando os músculos, então preferiu nem instalar o aplicativo — falei enquanto manuseava o telefone atrás de seu número.

O celular tocou na minha mão, quase que imediatamente no momento em que liguei a tela de reiniciar.

Uau. E eu conhecia aquele número. Olhei para Vic, que me olhava com uma sobrancelha erguida e um ar conhecedor. O sorriso enviesado no rosto mostrava que ele sabia exatamente que aquilo iria acontecer.

— Você não vai atender? — perguntou.

— Na-não.

— Ótimo. Então já conseguiu o que precisava? Todos os números que

M.S. FAYES

são importantes? — insistiu.

— Acho que sim. — Conferi que queria manter os números de Ayla e da Sra. Doodley. De Marilyn e Steve também. Apenas para o caso de voltar algum dia a Nova York, quem sabe.

Vic tomou o aparelho da minha mão, desligou a ligação insistente e retirou a tampa da bateria. Quando pegou o pequeno chip entre os dedos, olhou pra mim.

— Você decide o que quer fazer a partir daqui. Uma nova vida, ou a lembrança da passada.

Respirei fundo, sabendo que aquela decisão poderia mudar os rumos de tanta coisa dali pra frente.

Apenas sacudi a cabeça e Vic quebrou o chip ao meio. Assim. Em um estalar de dedos, a possibilidade de ligação com Adam St. James havia ficado completamente destruída. Ao menos aos meus olhos.

Eu sabia que poderia pesquisá-lo na internet, conseguir contato de sua empresa, mas nunca o acesso que tive ou a intimidade que conquistamos. Ao alcance das mãos. A um pequeno toque ou o breve som de sua voz.

— Olha, nesse primeiro momento, você não vai usar o cartão de crédito, tá? — Vic disse e atraiu minha atenção.

— Uau. Por quê?

— Porque se ele quiser rastrear você, basta pesquisar no sistema se há gastos e tal, com as operadoras de cartão e, esse cara tem potencial pra isso.

— Não é um pouco de exagero, Vic?

— Não.

— Se ele quiser me rastrear, como você acredita, ele pode descobrir por qual empresa aérea viajamos, e nosso destino — falei e estalei os dedos. — Assim... num estalar de dedos.

— Não, Mila. Porque sou mais esperto que qualquer um — disse e sorriu de uma maneira engraçada.

— Como assim?

— Qual é o nome com o qual você se apresenta pra todo mundo?

— Mila Carpenter.

— E qual é o seu verdadeiro nome? — perguntou. Fechei os olhos por um instante.

Aquela pequena fagulha de esperança, de que Adam algum dia pudesse querer descobrir meu paradeiro, simplesmente evaporou. Porque eu não podia negar que tinha fugido, sim, como uma covarde, mas também, alimentava a ideia utópica de que aquilo fosse apenas um sonho ruim, que acordaria rapidamente, que nada daquilo era real, e que, de repente, Adam surgiria à minha frente, clamando pela minha presença em sua vida.

— Argh... não acredito que você fez isso — eu disse e cobri o rosto.

— Vamos, Mila. Não vai doer dizer seu nome completo, com orgulho, pela primeira vez — Vic ralhou.

— Princess Mila Carpenter — falei com o tom resignado.

Eu odiava meu primeiro nome. Com muita força. Desde pequena, em todos os lares adotivos pelos quais passei, todas as vezes que falava meu primeiro nome, era caçoada de tal forma que chorava até adormecer. Eu achava injusto que o universo tivesse me dado um pai e uma mãe que me batizaram como uma princesa, mas me trataram como lixo. Tanto que nenhum dos dois sequer percebeu que manter a vida de constantes farras e festas, além de abuso de substâncias ilícitas, poderia, algum dia, acabar em tragédia. Exatamente como aconteceu. Quando os dois voltavam de uma festa na casa de algum amigo, bateram o carro e morreram na hora. Os dois estavam embriagados. Eu tinha apenas cinco anos de idade. Foi aí que entrei no sistema de adoção e passei a migrar para vários lares adotivos durante boa parte da minha infância.

O primeiro lar no qual morei, cheguei a ficar dois anos e meio. A família era atenciosa e amorosa. Até que engravidaram. E resolveram que não precisavam mais de uma filha substituta, já que teriam um bebê do próprio sangue.

Nunca vou me esquecer do dia em que cheguei em casa, com quase oito anos e encontrei minhas malas prontas. A senhora Grant, que eu sonhava em poder chamar de "mamãe", chorava baixinho, mas o pai, o Sr. Grant, foi resoluto. Agachou-se à minha frente e simplesmente explicou com suas palavras o que achava ser explicável.

Fiquei em estado de choque por dois dias inteiros e, mesmo quando a assistente social veio me buscar, não conseguia dar uma palavra sequer. Fui enviada para outro lar, onde permaneci até os onze anos. Ali tive o primeiro contato com irmãos adotivos do mal, daqueles que faziam de tudo para colocar a culpa de toda merda que acontecia em mim. Pareciam muito com as irmãs postiças da Cinderela, com uma maldade óbvia, encubada naqueles pequenos corpos, mas que exalavam suas intenções pérfidas sempre que me viam.

Troquei de lares mais duas vezes, até chegar ao lar da família Weldon. Lá eu conheci Vic. Ele já estava lá há dois anos e havia se adaptado, gostava dos pais e dos outros dois irmãos, sendo que um também era adotivo, mas o outro era realmente filho do casal.

Foi o lar no qual me ajustei, mas por uma questão de afinidade imediata com Vic. Nossa empatia foi quase automática. Como um reconhecimento de almas. Mesmo que o Weldon Junior tentasse se aproximar de mim, com todas as intenções mais salientes possíveis, foi a presença de Vic que fez com que ele mantivesse as mãos afastadas, bem como a ameaça de ter seus países baixos devidamente esmigalhados por um taco de beisebol. Mesmo quando Vic saiu, ao completar dezoito anos, e eu ainda continuei até atingir a idade para poder sair do sistema de adoção, legalmente, Junior nunca ousou avançar qualquer sinal, com medo de uma retaliação de Vic.

— Eu não acredito que você usou meu primeiro nome na passagem, Vic... — falei e recostei a cabeça no sofá, fechando os olhos.

— Ele poderá procurar uma Mila, mas não vai encontrar, porque sequer registrei o Mila, apenas deixei M. Você está coberta, boneca. Eu disse que estaria segura comigo.

Senti quando ele me abraçou e uma pequena lágrima quis se formar no canto do meu olho.

— Você tem uma mente criminosa.

— *Yeap*. Eu devia trabalhar no FBI.

Rimos os dois e ficamos um tempo apenas curtindo o silêncio.

— Vic?

— Hum?

— Por que você e Ayla nunca se deram bem? Sério, eu nem ia perguntar, porque acho que se você quisesse ter me falado, teria dito algo antes, mas...

— Ei! Relaxa... não te contei antes, não por "não querer" falar nada, foi apenas um desencontro de informações. Quando eu estava pensando em te falar alguma coisa, acabei sendo remanejado e tive a transferência pra cá. Daí o assunto ficou esquecido.

Virei de frente pra ele, esperando que me contasse algo substancial. Assim eu poderia esquecer um pouco dos meus próprios problemas. E da dor aguda que sentia no peito.

— Eu não sei a razão da Ayla não gostar de mim, Mila — disse e passou a mão pelos cabelos. — Eu me senti atraído de imediato por ela, assim que fomos apresentados, mas acho que o sentimento não foi recíproco. Em um momento, ela sorria pra mim. No outro, me olhava com ódio. Nem eu entendi.

— Espera... você queria ficar com ela?

— Porra... sim... Em uma das muitas festas de fraternidade do grêmio, estávamos todos dançando, numa boa. Um grupo de amigos estava bebendo, outro jogando cartas. Ayla estava mostrando o porquê era tão fantástica na escolha do curso que fazia. Eu estava meio que fascinado. E acho que metade dos caras ali, também — continuou falando. — Em um determinado momento, Fabian Dellaport, sabe quem é? — Concordei com a cabeça. Era um bonitão que fazia Artes Cênicas. — Então... em um determinado momento, Fabian disse que apostava duzentos dólares como conseguia levar sua amiga pra cama em um dia. Eu fiz o que achei melhor no momento.

— Não que diga que você apostou com ele, Vic! — ralhei irritada.

— Não, Mila! Porra... claro que não. Mas olhando de outra perspectiva, talvez o que eu tenha feito tenha sido até pior. — Ele olhou pra mim, como se estivesse arrependido. — Eu simplesmente falei mal dela pra ele, saca? Disse que achava que ela não valia a pena o esforço ou sequer perder o dinheiro que quisesse investir na história, porque seria uma total furada. Enfim, acabei fazendo com que o mané esquecesse a merda da aposta. Ao menos naquele momento.

— Uau. Por que você nunca me falou isso?

— Porque logo em seguida eu tive aquele campeonato de classificatórias da NYU, depois veio a transferência pra Denver, e minha preocupação passou a ser você, e o fato de ter que deixá-la sozinha em Nova York. Acabei esquecendo Ayla por completo.

— Nossa, Vic. Se eu soubesse que você sentia algo por ela, eu poderia ter...

— Naaan... isso é passado, okay? Já ficou pra trás.

Bom, havia uma certa controvérsia naquela afirmação dele de que era passado e estava esquecido, não é? Vic não parecia tão seguro assim, mas eu não mexeria mais no assunto.

— Okay.

— Vamos dormir, boneca. Nós temos uma diferença de fuso horário de duas horas daqui pra Nova York, então pode ser que seu corpo sinta um pouquinho o ajuste.

Fiz como Vic orientou e fui dormir. Fui buscar o tal ajuste no meu próprio fuso horário, tentando equilibrar os sentimentos que estavam totalmente bagunçados e remexidos ali dentro.

Não foi nenhuma surpresa que ao fechar os olhos, vi exatamente o sorriso de Adam St. James, bem como o olhar hipnótico com o qual me contemplava a todo o momento.

Suspirei e rolei na cama diversas vezes até conseguir pegar no sono.

Minha vida recomeçaria em Denver. Como se o que tive há apenas alguns dias pudesse ser apagado e esquecido...

CAPÍTULO 18

Adam

Quando o tempo é apenas uma parcela de um sonho que se deseja conquistar...

Entrei como um tufão no prédio de escritórios. Qualquer pessoa que chegava à minha frente percebia imediatamente que deveria sair, ou corria o risco de ser atropelado, tamanha a fúria que eu sentia.

Até mesmo o ritmo lento do elevador privativo me irritava por completo.

Quando entrei no andar onde ficava meu escritório, Margareth Fergunson, a assistente da minha assessora direta veio ao meu encontro.

— Sr. St. James, o senhor tem uma reunião às quatorze horas, com Barney Gotchard — ela disse e continuou me seguindo, já que viu que quase a atropelei e nem me dei ao trabalho de lhe dedicar um segundo olhar.

— Chame a sra. Blanche aqui, imediatamente — ordenei.

— E-está bem.

Bati a porta do escritório e me dirigi imediatamente à mesa de bebidas. Eu detestava fazer aquilo, mas precisava de alguma coisa para me acalmar, ou quebraria as janelas caríssimas que estavam à minha frente. Um uísque poderia anestesiar um pouco a mágoa, talvez.

Porra. O sentimento de raiva estava dominando meu sistema por completo.

A senhora Blanche, minha assessora pessoal, a pessoa em quem eu mais confiava, entrou na sala e fechou a porta.

— Faça contato com Anne McAllister e coloque a ligação no viva-voz. E faça o favor de ficar na sala, pois quero que ouça tudo o que vai ser dito

105

— falei em um tom de voz que a pegou de surpresa. Eu nunca a tratava com falta de cortesia.

Marie Blanche chegou perto da minha mesa e procurou o contato na agenda, fazendo a ligação que solicitei. Sentei-me na cadeira e reclinei o encosto, apenas esperando que a pequena víbora atendesse a ligação.

— Adam? Olá, querido! Que surpresa me ligando a essa hora... você melhorou? — perguntou em um tom de voz agudo e irritante.

— Estou ótimo — respondi seco. — Anne, quero que me responda uma coisa com toda a sinceridade.

— Claro, querido — respondeu e eu revirei os olhos. Eu odiava aquele tom anasalado e, especialmente, quando ela me chamava de "querido".

— Na noite em que eu estava doente e você apareceu no meu apartamento, apareceu uma moça com uma encomenda de sopa, ou qualquer outra entrega? — perguntei e notei que a senhora Blanche me observava com curiosidade.

— Ahn, sim. Acho que sim. Ela disse que errou de apartamento. — Anne começou a rir. — Eu achei a moça estranha, pra dizer a verdade. Não faz o estilo das pessoas que frequentam o complexo chique do seu edifício, mas enfim, esses entregadores não têm cara, não é? Por quê?

— Quero saber exatamente o que você disse a ela. — Eu tentava manter meus dentes entrecerrados ainda intactos. Podia sentir que rangia a mandíbula com tanta força, que era capaz de quebrar algum osso da arcada dentária.

— Ora, Adam, eu não disse nada.

— Anne, pense. Você deve ter dito algo à moça.

— Bem, deixe-me ver... acho que eu disse que estava cuidando do meu noivo e que estava com pressa. Não queria enxotar a mocinha, mas também não estava com disposição para ficar batendo papo na porta do seu apartamento — falou, já começando a ficar irritada. — Por quê?

Respirei fundo, logo que sua resposta assentou no meu cérebro.

— Porque, Anne, nós não somos noivos, porra! Eu não sei de onde você tirou essa merda de ideia, para chegar ao ponto de alardear para todo mundo que acha que deve, um fato mentiroso e sem fundamento algum! — gritei. A senhora Blanche se assustou de onde estava, mas manteve-se impassível.

— Adam... mas... e nossa festa de noivado, há alguns dias? No Plaza? — ela perguntou em um tom choroso.

— Uma festa de noivado inventada e fruto da sua imaginação! Eu não sei de onde você tirou isso, honestamente. Nós somos amigos, nossas famílias são amigas, mas nunca, veja bem onde friso aqui a palavra NUNCA, a pedi em casamento ou tive a intenção de pedi-la. Agora, o que você fez? Você falou para a mulher que eu estou... — ia dizer apaixonado, mas segurei aquela informação para mim, Anne não precisava saber — saindo, a mulher com quem eu estava tendo um relacionamento, que você era minha noiva, porra! Você perdeu completamente a noção ou a prudência! Ou a merda do caráter que seus pais deviam ter lhe dado!

— Mas... mas... eu... eu não tinha como saber, Adam! — falou do outro lado, aos prantos. — Ela não se parece em nada com alguém por quem você se interessaria...

— Você não sabe nada da minha vida, Anne! E não deveria nem ao menos fazer julgamentos das pessoas ao redor. Aquela mulher que você classificou como uma pessoa simples, que nem deveria ter entrado no prédio, é uma pessoa maravilhosa, fantástica, na verdade, uma das pessoas mais adoráveis que já conheci na minha vida, e sabe o que você fez? — questionei, mas sabendo que estava fazendo aquele desabafo todo pra mim. — Você a afastou de mim, com uma simples frase de merda!

Eu sabia que se Mila fosse madura o suficiente, não teria fugido como fez. Ela teria esperado para resolver o assunto, nem que fosse para colocar um ponto final na história.

Mas, olhando por outro ângulo, talvez o meu próprio, fico pensando que, se fosse eu, chegando de surpresa à casa dela, e encontrando outro cara em meu lugar, alegando ser um noivo perdido, qual seria a minha reação?

Em um primeiro momento consigo me ver dando alguns socos na cara do idiota. Em um segundo, consigo me imaginar saindo, exatamente como Mila fez, deixando para trás algo que deveria ter sido lindo, mas que fora embaçado com alguma mentira, ou, como naquele caso, um mal-entendido.

Os caminhos do coração são tortuosos. Nunca sabemos qual devemos tomar até que estejamos parados diante dele. E lá estava eu. Completamente rendido e apaixonado. Sim, eu estava apaixonado por Mila Carpenter, como nunca julguei ser capaz de amar alguém.

E naquela imagem torta de um Adam St. James apaixonado, eu ainda podia ver a mim mesmo, de cima, como de estivesse fora do meu corpo, num grande desfiladeiro de tristeza. Tristeza esta, na qual estava atolado naquele momento.

— Adam...

— Não me procure mais, Anne. Tão cedo, entendeu? E torça para que essa merda que você fez não tenha sido mais do que o suficiente para fazer com que eu reveja até mesmo as parcerias com os McAllisters — falei e encerrei a ligação.

A senhora Blanche me olhava em silêncio. Devolvi o olhar, sem nada dizer.

— O que quer fazer, Adam?

— Arranje o telefone daquele investigador que Grayson utiliza os serviços de vez em quando.

Grayson era um dos meus diretores da empresa. Ele conhecia pessoas. Que conheciam pessoas. E eu esperava, honestamente, que uma dessas pessoas, acabasse me levando de volta à mulher que havia roubado meu coração. Eu precisava deste órgão batendo no meu peito, com normalidade, não com aquele sentimento como se alguém o estivesse esmagando com o próprio punho.

Eu precisava dela sorrindo novamente para mim. Só assim meu mundo entraria nos eixos outra vez.

CAPÍTULO 19

Mila

Os dias se passaram sem que eu me desse conta. Viraram semanas. Semanas viraram meses. Dois, para ser mais exata. A tristeza por ter deixado meu emprego na *delicatessen* da Sra. Doodley ainda cutucava meu peito de vez em quando, mas nada comparado à saudade que eu sentia dos ares da cidade de Nova York.

Claro que eu nem me dava ao luxo de pensar na saudade latente que sentia de Adam, porque se fizesse aquilo, poderia ficar meio petrificada, contemplando o horizonte, como Vic já me pegara várias vezes.

O que será que ele está fazendo? Eu pensava e suspirava. Lutava contra a intensa vontade de entrar na internet e vasculhar sua vida, descobrir as fofocas da Alta Sociedade nova-iorquina. Eu me recusava a correr o risco de deparar com alguma foto dele com a loira chiquetosa.

Sentia falta de Ayla também. Aquilo me lembrava, inclusive, que eu precisava ligar novamente para ela. Duas semanas depois de já estar instalada no apartamento de Vic, uma Ayla furiosa me ligou, soltando todos os cachorros das raças mais ferozes pra cima de mim, com dentes arreganhados e tudo mais, e foi aí que entendi, finalmente, a intensidade da amizade que ela me dedicava e também os reais sentimentos que ela nutria por meu amigo.

"— *Alô?* — *atendi ao telefone sem ver direito, já que era muito cedo.*

— *A minha vontade é pegar um avião nesse exato momento e simplesmente descer o cacete no seu amigo Vic. Depois eu pego um porrete e acerto a sua cabeça!*

— *Nossa... que amor lindo esse o seu, Ayla. Estou emocionada.*

— *É sério! Esse palhaço acha que pode chegar aqui e pegar você? Do nada? Assim? Como se você fosse algo que lhe pertencia? Hein? E você se deixou ser levada assim... como uma merda de bibelô?!* — *ela estava gritando, furiosa.*

— *Oh, uau. Você precisa de um calmante?*

— *Não. Não preciso de calmante nenhum. Não preciso de nada. Preciso de você aqui comigo pra dividir um balde de pipocas carameladas, ou um pote de Ben & Jerrys de flocos. E pra gente poder dizer que Dwayne Johnson é gostoso. Ou mais ainda... pra gente poder assistir Wrestling e gritar como fãs enlouquecidas pelo Roman Reigns* — *ela disse e fungou do outro lado.*

— *Ah, Ayla... nós poderemos fazer isso algum dia novamente. Você poderia vir me visitar...*

— *Nunca! Porque eu mataria o seu amigo!*

— *Meu Deus, Ayla... por que você tem esse ódio tão intenso por ele? O que o Vic te fez?* — *perguntei curiosa.*

A linha ficou silenciosa por um tempo.

— *Ele tem raiva de mim, não o contrário. Na verdade, ele pensa o pior de mim, e fez questão de alardear isso aos quatro cantos.*

Sentei-me na cama, sem entender a história direito. Tentei me lembrar do que Vic havia me confidenciado há um tempo.

— *O quê?*

— *Esqueça a história, Mila.*

— *Não, sério. Como assim? Como ele pensa o pior de você? Vic era louco por você!* — *falei exaltada. Senti a necessidade de defender meu amigo com todas as minhas forças.*

— *O quê? Nunca, Mila. Ele fez questão de me queimar para um cara da faculdade. O mesmo cara com quem acabei saindo um tempo depois.*

Nossa. Que história enrolada. Eu estava grogue de sono, mas agora estava confusa pelo nó que Ayla tinha me dado.

— *O quê?*

— *Sim. Estávamos em uma festa e ouvi quando ele disse a um cara da fraternidade, Fabian, que acabou me chamando pra sair semanas depois, mas nem deu em nada, porque ele era um verdadeiro babaca. Pois bem, Vic disse a esse cara que eu não valia o esforço. Que eu era dada, sei lá. Algo assim. Praticamente ele me chamou de vagabunda. Eu ouvi tudo, porque tinha ido pegar uma bebida no momento exato em que os dois* estavam conversando na varanda. Minha vontade na hora era ter quebrado a garrafa de cerveja na cabeça de Vic, mas não fiz isso em respeito à amizade dele com você — ela disse séria. — Eu sabia que se quebrasse a cabeça dele, e ele fosse parar no hospital, você ficaria chateada.

— Meu Deus, Ayla. Essa história é toda truncada e confusa, porque na verdade, Vic sempre teve uma queda por você!

— Claro... só se for uma queda para me jogar da ponte do Brooklin — disse com escárnio.

— Não. É sério. Esse cara, Fabian, estava querendo apostar quem levava você pra cama mais rápido. Uma coisa na fraternidade. Vic falou mal de você pra demover o cara da ideia que já tinha colocado na cabeça e, também, porque ele tinha uma paixonite por você. Só que, quando ele pensou em chegar e te chamar pra sair, você mudou completamente o comportamento com ele e tal.

Nossa. Agora dava pra compreender as farpas que os dois trocavam constantemente. Havia um puta mal-entendido ali no meio.

— O quê? — ela perguntou chocada.

— É sério. Foi tudo um mal-entendido entre vocês dois. Eu acho que seria muito válido você vir me visitar... e tirar essa história a limpo.

— Hummm... não sei, não..."

Desliguei o telefonema sentindo uma saudade imensa da minha amiga louca, mas sabendo que ali havia um prenúncio de algo lindo para Vic e ela. Quem sabe...

Foi somente depois de um mês em Denver, que consegui finalizar as provas e trabalhos que haviam ficado pendentes da NYU. E eu estava oficialmente formada. Agora poderia correr atrás de alguma escola, enviar meu currículo, tentar dar aulas para crianças do Ensino Fundamental.

Por enquanto eu estava com a possibilidade de conseguir um emprego em uma agradável confeitaria, indicação de uma amiga de Vic, da Universidade, e embora as escalas do trabalho indicassem a probabilidade de um trabalho cansativo, eu estava adorando o novo ambiente e chance de conhecer outras pessoas.

Até que, um mês depois, tive que ir, relutantemente, ao médico. Na verdade, o dono da confeitaria exigiu que entregássemos exames de saúde, comprovando que estávamos todos limpos etc.

Saí do consultório meio que sem chão. Na atual situação em que eu me encontrava, a necessidade de deixar Nova York teria sido imediata. Premente. Eu teria que correr como um maratonista da famosa prova anual e fugir dali, indo parar em Boston, ou nas Maldivas, talvez.

Então, sim. O fato de estar em Denver, longe do burburinho e da possibilidade de um encontro com Adam St. James veio bem a calhar. A perda do meu trabalho na *deli* da Sra. Doodley não se comparava com a perspectiva de um encontro fortuito em algum momento.

Claro que havia a preocupação com o dinheiro e como eu conseguiria me sustentar, agora sob a nova ótica que eu devia observar atentamente, mas para isso, sempre havia Vegas, certo?

Os clubes de Pole Dance, talvez... Não que eu fosse aquela garota exuberante me enrolando como uma cobra no mastro e exibindo todo meu *sex appeal*. Longe disso. Eu seria mais aquela que trabalharia em um turno diferente, lustrando o mastro maldito para que as *strippers* se esfregassem nele. Embora nem este trabalho eu estaria apta a executar por muito tempo, já que, como eu conseguiria lustrar um mastro de dois metros de altura, ostentando uma barriga gigante de grávida? Comecei a rir sozinha porque percebi que devaneei muito loucamente enquanto caminhava de volta ao apartamento de Vic. Eu precisava de um bom banho quente, um chocolate, também quente, e uma conversa com Vic. Depois eu poderia decidir meu destino.

Mas a pergunta mais irritante que martelava meu cérebro naquele instante era: *e agora, Mila? O que você vai fazer?*

O papel queimava dentro da minha bolsa. Minhas mãos estavam suadas e eu podia sentir um prenúncio de um ataque de pânico, embora nunca tenha tido um para atestar a veracidade dos sintomas. Caminhei sem rumo certo, atravessando as ruas e apenas enxergando os sinais luminosos que mostravam que eu devia parar no sinal de pedestres e, por fim, atravessar.

Conhecem a expressão "piloto automático"? Eu estava acionada naquele modo, andando a esmo, sem nem me incomodar com os esbarrões das pessoas. E, sim. Em Denver também havia esbarrões. Bem menos do que em Manhattan, é bem verdade, mas havia sempre aqueles que estavam apressados para a vida.

Quando cheguei em casa, entrei silenciosamente, mesmo que soubesse que Vic provavelmente nem havia chegado do treino de basquete. Ultimamente ele estava treinando até tarde, porque as classificatórias interestaduais começariam em breve.

Joguei minhas coisas de qualquer maneira em cima da cama, peguei um roupão e fui direto para um banho.

Acho que acabei com o reservatório de água quente do prédio inteiro, mas eu esperava que o zelador não conseguisse identificar, de forma alguma, o infrator, ou Vic ficaria com a fama.

Eu me enrolei no roupão felpudo que Vic havia me dado de presente há algumas semanas, penteei os cabelos molhados e me sentei na cama, pegando o papel infame dentro da bolsa.

Grávida.

Oh, céus. Minha cabeça voltou à cena do consultório, onde quase surtei com a pobre médica que me atendeu e deu a notícia inesperada.

"— O quê? O que a senhora disse, doutora? — perguntei quase num tom agudo digno de uma ópera.

— Seus exames de sangue indicam que você está grávida, senhorita Carpenter. E as taxas são altas, mas somente um exame ultrassonográfico poderá indicar com exatidão o tempo do feto.

— Que feto?

— Esse que está na sua barriga, querida. — O tom dela era como o de uma mãe tentando apaziguar o filho meio surtado. — Você se lembra de quando foi a sua última menstruação?

Minha nossa... eu havia perdido a noção até mesmo disso. Mas espera... eu tomava injeção, não tomava?

— Mas eu tomo injeção de progesterona, doutora. Inclusive, os três meses estariam completos por agora, e seria necessária a nova dose — falei, ainda catatônica.

— Bom, nem todos os métodos contraceptivos são infalíveis. Há mulheres que engravidam até mesmo usando o dispositivo intrauterino, e isso é raro e complicado. O que mostra que nem tudo acontece como estamos propensos a imaginar que devam acontecer.

O quê? A médica estava filosofando? Estava complicando as coisas.

— Você toma alguma medicação controlada? — perguntou enquanto anotava algo em sua agenda. Minha nossa... eu precisaria de uma medicação realmente... porque agora eu estava meio descontrolada.

— Não, senhora — respondi.

113

— Fez uso de alguma medicação não habitual nos últimos tempos?

— Não que eu me lemb... bem, tirando alguns analgésicos ou anti-inflamatórios, há algum medicamento que poderia interferir na eficácia do anticoncepcional? — perguntei. Senti uma dúvida beliscando meu cérebro. A dúvida estava assumindo o tamanho de uma pulga gigante atrás da minha orelha também.

— Você teve algum quadro de enxaqueca ou algum quadro infeccioso recente?

— Nossa... há uns dois meses eu tive uma gripe que quase evoluiu para uma pneumonia e tive que tomar antibióticos — falei.

A médica se recostou à cadeira e me olhou com um ar condescendente.

— Antibióticos são excelentes agentes infiltrados na ação contraceptiva da injeção de progesterona. Beta-bloqueadores também, que são medicamentos usados para o controle de enxaquecas, por isso questionei a existência de algum quadro. Ao que indica, sua injeção foi "anulada" — ela enfatizou as aspas — com a ingestão do medicamento para a infecção que você teve.

— Oh, céus.

— Não era esperado?

— Não, de jeito nenhum.

— O que quer fazer? — ela perguntou, séria.

— Como assim?

— Veja bem, senhorita Carpenter. Diariamente, meu consultório recebe a visita de jovens como você, que são notificadas sobre gravidezes indesejadas. Há opções quando se está no início...

— Não! Não... a senhora está falando de interrupção? Abortar? — Ela balançou a cabeça afirmativamente. — Não, doutora. Isso não é uma opção. É uma notícia inesperada, sim, mas nem por isso vou encarar como algo ruim. Se aconteceu, é porque teve uma razão para acontecer.

— Que bom, minha querida. Bem, aqui estão algumas receitas de vitaminas pré-natais que você vai precisar tomar, mas preciso que faça também o exame de imagem, pois assim colocaremos na sua ficha, seu tempo aproximado de gestação, bem como a data provável do parto — disse e me entregou o papel com os nomes dos medicamentos.

O papel com o exame de sangue, onde o resultado mostrava a taxa de Beta-HCG também estava anexado junto."

Eu olhava para a TV sem enxergar o que realmente estava passando.

Algum programa de dança, só sabia disso. E que a temática era sobre músicas latinas.

Vic sentou ao meu lado desabando o corpo de tal forma que quase me arremessou para o outro lado da sala.

— Ei, boneca. Como passou o dia? Foi à confeitaria que Charlie disse para ir? — perguntou e bateu a mão no meu joelho.

— Hum-hum.

— E como foi?

— Foi ótimo. O dono nos pediu exames de saúde — falei, mas sem olhar para ele.

— Uau. Isso indica que ele vai te contratar, é isso? — O tom eufórico de Vic me fez olhar para ele.

— Estou grávida.

Vic estava com um sorriso de orelha a orelha. Sabe quando o sorriso vai esmorecendo devagar, em câmera lenta? Foi o que aconteceu. Simultaneamente aos olhos arregalando e adquirindo tamanhos de pratos da culinária chinesa.

— O quê?

— Essa foi a mesma pergunta que fiz à médica simpática quando ela me deu o resultado. Eu estava esperando toda feliz, imaginando que fosse apenas dizer: "a senhorita está muito bem de saúde, pode seguir a vida e tentar o emprego com o seu empregador hipocondríaco". Mas não... ela olhou pra mim e disse: "parabéns, querida. Você está grávida".

— Mas como, Mila?

— Bom, Vic... tudo começa assim, o homem introduz o p... — Vic cobriu a minha boca com a mão.

— Sssshhh! Cale-se! Você não pratica isso!

Comecei a rir.

— Isso, o quê?

— Sexo!

— Claro que pratico! Tanto que olha aqui o resultado! — Apontei para a minha barriga ainda completamente chapada. Bem, nem tão chapada porque eu não era dessas garotas malhadas que tinham os músculos abdominais travados como as que Vic admirava.

— Você entendeu meu ponto, sua idiota. — Bati no seu braço. Senti a pancada mais do que ele. — Meu Deus. E agora?

— Eu já me fiz essa pergunta várias vezes, Vic.

Vic se levantou e desligou a TV.

— Ei! Eu estava assistindo!

— Quem estava dançando?

— O quê?

— Qual era o casal competidor?

— Não sei...

— Que música estava sendo tocada?

— Hummm... não sei.

— Significa que você não estava assistindo. Definitivamente. O que é estranho, porque o ator que estava dançando era um desses que você tinha paixonite quando mais nova.

Droga. Como eu havia ficado tão absorta assim que não percebi? E que ator era? A curiosidade agora me mataria.

— Quem era o ator? — perguntei desconfiada.

— Não mude de assunto — Vic retrucou implacavelmente. — O que você vai fazer?

— Bom, a médica me perguntou isso também, deixando uma sugestão muito sutil de que há muitas mulheres que optam pela interrupção...

— O quê? Não! Você não vai abortar!

— É claro que não, Vic. Deixa de ser tonto. Eu nunca faria isso.

Vic sentou-se ao meu lado e pegou minha mão. Estava tão gelada quanto o Iceberg que derrubou o Titanic.

— Você vai procurá-lo?

Eu sabia sobre quem Vic estava se referindo. Obviamente. Ao pai do bebê. Adam. Claro que não.

Céus. O mais justo seria procurá-lo, não é? Fazer uma criança crescer sem o pai poderia ser tão ou mais cruel do que deixá-lo abandonado na presença dos dois, certo?

— Não.

— Mas, Mila...

— Vic... eu tenho que confessar um segredo.

Droga. Precisava confessar um pecado grave. Era naquele momento que quase podia sentir como se Vic fosse um padre católico e eu estivesse em alguma espécie de confessionário estranho.

— Eu olhei no Google — sussurrei.

— Com que frequência? — Vic perguntou e eu sorri.

— O tempo todo.

Começamos a rir, porque adaptamos a fala do filme icônico "O sexto sentido". E foi até mesmo libertador confessar a Vic que eu dava algumas buscas de vez em "sempre", apenas para averiguar como andavam as apostas na Bolsa de Valores em relação às Empresas St. James.

— Tá. Você tem olhado no Google e descobriu o quê?

Era difícil admitir aquilo. Mas poderia ser até uma espécie de catarse.

— Que ele seguiu em frente.

— Com a loira?

— Eu não procurei por fotos ou notícias dos dois juntos — menti. Vi uma ou duas dos dois em um evento beneficente. Nada reportado a um casamento em breve, mas ainda assim, eles estavam lado a lado. — Mas ele está lá, eu estou aqui, Vic.

— Mas ele é o pai e têm direitos e obrigações, Mila.

— Sim, mas como é um cara multimilionário, qual vai ser a variável que vão pensar que estou mais interessada? — questionei.

Vic me abraçou e apoiou o queixo sobre a minha cabeça.

— Faz sentido. Estarei aqui pra te apoiar no que você precisar.

— Eu sei.

— Então pronto. Até posso me casar com você, que tal?

Empurrei Vic pra longe e dei-lhe uns tapas.

— Está louco, Victorio? Eu nunca me casaria com você!

— Nossa, que baque na minha autoestima. Há uma fila de mulheres que dariam um rim, um pedaço do fígado e as córneas para se casarem comigo, sabia?

— Sabia. Porque você é lindo e maravilhoso — falei e passei a mão em seus cabelos. — Mas é meu amigo. Praticamente meu irmão. E no mundo de hoje, eu não preciso de um cavaleiro da armadura reluzente para me salvar. Eu posso muito bem empunhar a espada sozinha.

— Nossa... se eu não fosse seu melhor amigo e não te visse como minha irmã desde sempre, essa fala teria me feito cair apaixonado por você — brincou e me abraçou fortemente.

— Só não sei como será com o tal emprego agora.

— Você vai dizer a verdade. Diga que está no início da gestação. Veja o que o cara vai falar. Se ele encrencar, você sai de lá de cabeça erguida e pronto. Nós vamos dar um jeito.

O otimismo de Vic me deixava animada. Eu ergueria minha cabeça, sacudiria meus cabelos e enfrentaria o que viesse pela frente.

CAPÍTULO 20

Mila

Meus pés estavam me matando. Trabalhar em pé durante mais de cinco horas, ostentando uma barriga de sete meses, não era para qualquer um. Mas eu estava feliz. Havia conseguido aquele emprego, mesmo quando assumi minha gravidez, meses atrás, mostrei meu trabalho e, se tudo desse certo, em breve eu poderia tentar entregar alguns currículos para o trabalho que realmente eu queria desempenhar. Bem, não tão logo. Meus planos haviam mudado porque agora eu precisaria dividir o tempo com um bebê, e que escola aceitaria empregar uma professora recém-formada, mãe solteira de um pequeno bebezinho que necessitaria de seus cuidados por muito tempo ainda?

— Ei, garota. Vá se sentar. Eu me canso só de olhar pra você — Stephanie disse enquanto limpava o balcão cheio de farinha de trigo.

— Já vou. Só vou finalizar essa massa aqui.

A confeitaria em que trabalhava servia agradáveis refeições leves de dez da manhã às dezesseis horas e sempre estava movimentada. O fluxo alto era de universitários querendo encher seus sistemas de açúcar. Alguns atletas passaram a frequentar depois que Vic tornou-se um membro assíduo. Ele ia sempre depois do treino.

Como naquele exato momento.

— Aquele seu amigo pãozinho entrou agora — Stephanie informou.

Olhei por cima do ombro e o vi sentando-se à mesa, com duas garotas e mais um colega do time de basquete.

Cumprimentei de longe, mesmo com a mão besuntada de massa e sorri.

Ele devolveu com uma carranca, preocupado com o fato de eu estar em pé, ou talvez com a minha barriga protuberante estar tomada de farinha. Ou meu rosto. Bem, o que chegasse primeiro. Na atual conjuntura, a barriga sempre vencia as paradas.

Vic fez um gesto mostrando a barriga volumosa, e eu sabia que ele estava falando sobre o fato de eu estar trabalhando ainda grávida.

Devolvi com o dedo médio. Ele riu.

Foi somente depois de uns quinze minutos que consegui sair e me reunir com eles em sua mesa animada. Vic sinalizou para que eu me sentasse ao seu lado, o que não agradou a uma das garotas, mas a outra era extremamente simpática.

— Oi. Mila, não é? Eu sou a Gladys — falou e deu um sorriso fulgurante.

— Oi. É um prazer.

— Essa é a Belinda.

A outra garota apenas acenou com a cabeça.

— Ian você já conhece, não é? — Sorri para o amigo engraçado e simpático.

— Sim. Como vai?

— Bem, coração. E esse bebê?

— Está chutando como um bom jogador de futebol — falei.

— Por que ele não poderia ser um jogador de basquete? — Vic perguntou ressabiado.

— Só se a minha barriga for a bola de basquete, não é, Vic? — respondi e seus amigos riram.

Conversamos por alguns minutos até que o momento em que eu deveria voltar à cozinha chegou.

Antes que eu me afastasse, Vic segurou minha mão.

— Ei, eu vou esperar você, tá bom? Pra irmos juntos pra casa — falou e piscou de forma marota.

— Você sabe que não precisa, não é?

— Sei. Mas mesmo assim eu quero, olha que interessante, não é? — retrucou no mesmo tom.

Voltei ao meu serviço e quase quarenta minutos depois estava mais do que pronta para ir embora.

Vic me esperava sentado no mesmo lugar, entretido com o celular.

— Ei, bonitão. Você vem sempre aqui? — brinquei.

Ele se levantou rapidamente e pegou a bolsa da minha mão. Revirei os olhos.

— Eu consigo carregar minha bolsa, Vic. Olha o tamanho da barriga que já carrego aqui!

— Exatamente! Olha o tamanho da barriga que você já tem que carregar aí na frente, como uma mãe canguru! — ralhou. — Daí imagina somar mais

119

este peso... minha nossa, Mila. O que você carrega nessa bolsa? Tijolos?

— Sim. Pra acertar na sua cabeça de vez em quando.

Saímos da confeitaria para uma noite fresca em Denver. O caminho até nosso apartamento foi feito com uma conversa tranquila e sem muita lógica, mas até então, nossas conversas sempre eram assim.

Quando chegamos em casa, Vic chamou minha atenção assim que entramos no hall.

— Mila?

— Humm?

— Se eu tivesse que me mudar daqui, hipoteticamente se eu fosse solicitado no *draft* daqui a um mês, você iria comigo? — perguntou e aguardou a resposta.

Olhei para meu amigo, meio assustada com a possibilidade. Caramba, eu tinha acabado de me instalar ali.

— Como assim?

— Há um leve indício que o *draft* poderá levar alguns atletas para outros Estados, representando algum time da NBA — ele disse. — Eu quero saber se você toparia ir comigo, porque não quero deixá-la aqui sozinha. Não de novo. Não com o bebê chegando.

Sentei-me no balcão da cozinha, pensando nas alternativas.

— Eu não sei, Vic.

Ele chegou à minha frente e segurou minhas mãos.

— Olha, eu não quero deixar você sozinha, entende? Eu quero te ajudar a cuidar do bebê. E não vou conseguir fazer isso se estiver longe.

— Mas eu não posso estar sempre à sua sombra, Vic. Eu tenho que fazer meu próprio caminho, construir uma vida pra mim e para o meu bebê — falei.

— Mila, eu sei de tudo isso. Mas quero estar ao seu lado como suporte e família. Se você optou em não ter o auxílio do filho da puta...

— Ele não é um filho da put...

— É. É, sim! Você é que ainda não conseguiu internalizar isso. Ainda está bloqueando o que aconteceu. Sabe o que acho que você fez? Você colocou um véu sobre essa história que você viveu com esse Adam. E não consegue enxergar realmente o que rolou.

Aquilo poderia ser verdade?

— Vic, eu entendo o que aconteceu.

— Entende mesmo? Olha, você teve um lance com ele. Gostou do cara, certo?

Ele estava errado. Naqueles poucos dias em que ficamos juntos, eu podia garantir que entreguei meu coração a Adam St. James.

Acenei a cabeça afirmativamente.

— Ele estava brincando com você. O cara é um figurão, mais rico que Midas, quis provar de um doce diferente àquele encruado que estava acostumado. Você descobriu. Pronto. Coloque um ponto final.

— Mas o ponto final não pôde ser um ponto mesmo, Vic. Teve que se transformar em um ponto e vírgula. Porque o bebê entrou na equação — falei.

— Só que você trocou esse ponto e vírgula por reticências, Mila. É isso o que quero dizer. Você parece estar à espera de algo.

— Eu não estou assim! Eu estou construindo uma nova vida, não estou?

— E por que não aceitou a nenhum dos convites que recebeu para sair? — ele perguntou.

— Ahn... porque eu estou grávida??? — contestei o óbvio.

— Isso não é desculpa. Se um cara teve a vontade de te chamar pra sair, mesmo constatando a evidente gravidez, é porque você o atraiu e continua atraente. Mas você bloqueou todo mundo.

— Vic...

— E aí eu percebi que você não construiu uma vida aqui, como disse ter feito. Você ainda está estagnada com a mente em Manhattan — falou. Eu sabia que ele estava certo. — É por isso que quero saber se você topa ir comigo. A gente acha outro lugar, outra casa, apartamento, o que for. E podemos construir outra história diferente pra você e a criança.

— Eu sei.

— Eu já propus me casar com você. Dar meu nome ao bebê — ele falou.

— E eu agradeci pela sua consideração, mas não. Eu vou aceitar a sua presença como um tio e padrinho muito importantes na vida dele, tá bom assim?

— Você fala como se soubesse que é um garoto... — disse com suspeita.

— Eu tenho quase certeza de que é um garoto.

— Eu vou ser um tio muito babão.

— Tenho certeza disso.

— Mas você não respondeu minha pergunta.

— Se eu toparia me mudar com você?

— É.

Fiquei olhando para ele por um longo tempo, apenas pensando nas alternativas.

— Se você não for comigo, vou acabar recusando, porque não vou conseguir te deixar aqui sozinha — ele disse e revirei os olhos. Vic tinha mania de usar de chantagens emocionais para tentar me convencer. Normalmente

121

ele conseguia. Filho da puta. Eu nunca deixaria que ele perdesse a chance da sua vida. Não por minha causa. — E então, qual é a sua resposta?

— Não sei, Vic. Vamos deixar isso para quando tivermos que atravessar essa ponte, que tal? — falei.

— Tudo bem.

Terminamos aquela conversa em um clima mais ameno. Mas meu coração estava pesado. Meu Deus. Eu realmente ainda não havia abandonado as esperanças de que Adam surgisse na minha vida do nada. De que tudo não passasse de uma grande mentira e que meu conto de fadas não tivesse sido desfeito num passe de mágica.

Um mês depois, estávamos indo de mudança para Houston. Vic havia passado no *draft* da Universidade e mesmo com a proposta do time de Denver, os Nuggets, a proposta de Houston superou, e muito, em números.

Tivemos que viajar de carro, já que aos oito meses, a médica não autorizou a viagem de avião, e Vic não poderia aguardar o nascimento do bebê. Eu ainda tentei fazer com que ele fosse antes, se instalasse, mas ele se recusou terminantemente. Não queria correr o risco de eu simplesmente entrar em trabalho de parto sozinha.

Nós nos mudamos para uma casa no subúrbio de Houston, muito bacana, em uma área arborizada e familiar. Vic estava montando um quartinho para o afilhado, um mês depois, quando minha bolsa rompeu. Eu estava pintando a parede do banheiro.

Corremos para o hospital e Vic não aguentou a barra de esperar as quase onze horas até que o pequeno Ethan resolvesse saltar para saudar o mundo.

Mas foi lindo. Intenso. Muito mais do que sonhei.

Todos aqueles livros que narram as emoções que as mães sentem imediatamente ao nascimento de seus filhos estavam tão certos ou até mesmo subestimavam as sensações intensas que acometeram meu coração assim que o médico de plantão colocou meu bebê no meu colo.

Ele era meu.

Eu sabia que tinha um pai. Que não foi concebido sozinho. Em um recôndito da minha mente e um compartimento do meu coração, ainda ardia a dor e a dúvida, por não ter tido a coragem suficiente em chegar e dizer a Adam que ele teria um filho.

Agora eu considerava tarde demais.

Mas Ethan Carpenter seria amado com toda a minha alma. Eu dedicaria todos os meus dias a fazê-lo feliz. Nem que para isso eu me esfolasse no processo.

CAPÍTULO 21

Adam

Quando apenas um toque é o suficiente para aquecer o que antes estava insensível e frio...

Eu transitava entre os convidados, sentindo-me preso e irritado por ter que cumprir a porra de um protocolo da empresa. Anne estava ao meu lado, com o braço completamente acirrado ao meu e em dados momentos eu podia sentir suas unhas afiadas cravando-se em minha pele através da barreira do *smoking*.

Normalmente estes episódios, que estavam fazendo com que minha irritação crescesse epicamente, estavam vinculados com algumas das belas mulheres que circulavam pelo salão e que muitas vezes deixavam seus olhos passearem pela figura que nós dois fazíamos.

Eu era o poderoso dono de uma empresa multimilionária. Muito bem constituído, sempre me esforcei para manter meu físico impecável, modéstia à parte. Então associe um pouco de beleza máscula e poder financeiro em um mesmo homem... as mulheres se aproximavam como mariposas à luz. Eu era muito bem resolvido comigo mesmo para perceber e captar estes detalhes que sempre me perseguiram desde jovem.

Muitas destas mulheres viam apenas o potencial peixe grande a ser fisgado. O que acontecia com Anne. Nós nos conhecíamos há anos e nossas famílias sempre tiveram pretensões em nos ver unidos por uma aliança marital. Coisa que eu não desejava em hipótese alguma. Até pouco mais de um ano atrás, quando este desejo acendeu-se em meu coração por conta de uma garota doce e espontânea que entrou em minha vida de maneira furtiva.

Mila Carpenter conquistou meu coração aos poucos, em cada uma das vezes em que eu ia tomar um café da manhã na *delicatessen* onde ela trabalhava. Depois de meses, finalmente consegui tê-la no lugar onde eu queria. Exatamente debaixo do meu corpo. Somente o pensamento dela já me acendia de uma forma inexplicável, mas, em contrapartida, trazia junto uma onda de dormência ao meu coração.

Por conta daquele maldito desentendimento, e uma merda que não previ, Mila simplesmente desapareceu da minha vista. Sumiu de Nova York e nem com os melhores detetives da cidade consegui identificar seu paradeiro.

A lembrança dela, porém, permaneceria eternamente em minha memória, sempre que fosse associada à xícara de um delicioso *cappuccino*... E tantas outras lembranças mais. Que se atropelavam na minha mente, sem pedir licença, sempre que queriam, fazendo-me lembrar daquilo que uma vez tive e já não tinha mais.

Doía amargamente a sensação de culpa associada com a rejeição. Culpa por não ter me esforçado para fazê-la entender que havia um mal-entendido, e dor pela rejeição imposta, já que ela simplesmente optou pela saída mais fácil. Fugir. O que significava, talvez, que o que tivemos no pouco tempo em que estivemos juntos não representou absolutamente nada para ela, como foi para mim.

— Adam... — Anne ronronou em meu ouvido. Porra. Como eu odiava aquele teatro ridículo na tentativa de atrair minha atenção.

— O que é, Anne? — falei sem disfarçar minha irritação latente.

— Nossa... você poderia ser um pouco mais galante e delicado, meu querido — ela disse e seu tom era ferino. — Estou aqui ao seu lado, mas você me ignora por completo.

Suspirei, tentando conter a onda de ódio que assolava meu corpo naquele momento.

Quando pensei em virar para Anne e mandar que ela calasse a maldita boca, um vislumbre rápido de cabelos castanhos amontoados em um coque e uma risada deliciosa, chamou minha atenção para longe.

Entrecerrei os olhos tentando ver por trás das pessoas que obstruíam minha visão do objeto que chamara minha atenção.

Quando a maré de corpos se moveu, eu a vi. Mila. Minha Mila estava exatamente a pouco mais de trinta passos de distância. No mesmo salão, lotado, em uma cidade completamente distante de Nova York, o que me deixou muito mais intrigado sobre sua presença ali. Logo, meu cérebro au-

125

tomaticamente projetou que fosse uma miragem. Como todas as vezes em que eu pensava tê-la visto em Nova York, mas percebia tardiamente que era apenas alguém que se assemelhava ao longe.

Soltando o braço de Anne, eu apenas dei uma desculpa qualquer e a deixei plantada no salão, levando meus passos para a fonte dos meus tormentos.

Era ela. Continuava tão linda como eu me lembrava, mas em seu rosto eu podia notar sinais de fadiga. Quando meus olhos por fim se concentraram, percebi que ela estava vestida com o mesmo uniforme dos garçons e garçonetes que circulavam pelo local, servindo aos convidados do Baile Anual de Houston.

Caminhei mais apressadamente quando ela virou as costas e foi se afastando, desviando das pessoas ao redor, sempre com um sorriso educado no rosto, dirigindo-se para o que deveria ser a copa.

Ela sumiu por trás de uma porta basculante e continuei minha marcha em busca de respostas.

Quando cheguei à porta, pouco antes de adentrar intempestivamente no lugar, ouvi sua voz.

— Acabou meu turno, Sharon. Cumpri as horas necessárias do *Buffet* e agora preciso correr porque Ethan precisa de mim — ela disse calmamente.

Ethan? Quem era *esse* Ethan?

Olhei pelo vitral da porta, sentindo-me um completo perseguidor, mas não pude evitar. As pessoas estavam andando atropeladamente pelo local, e entre tilintares de copos e talheres, bandejas e cristais, eu simplesmente entrei e segui para a direção que Mila havia ido.

Entrei em um amplo corredor, onde duas portas mostravam que deveria ser o vestiário do lugar. Encostei-me à parede e cruzei meus braços à frente do corpo, sentindo o coração retumbar no peito. Apenas um pedaço de madeira me separava da mulher que havia atormentado todos os meus sonhos naqueles quase dois anos de puro martírio.

Quando a porta se abriu, me preparei para o que estava por vir.

Deparei com os belos olhos esverdeados de Mila, me encarando como se eu fosse uma assombração, recém-saído de um filme de terror.

Vi em seus olhos o relampejar da indecisão entre correr ou entrar de volta e fechar a porta.

Sua boca abriu e assim ficou, sem que nenhuma palavra saísse adequadamente daqueles lábios macios.

— Perdeu a habilidade de falar, Mila? — Meu tom jocoso, recheado de ironia e pura irritação não deve ter passado despercebido. Estava difícil conter meu temperamento.

Toda a mágoa e rancor, por todo aquele tempo em que ela simplesmente se afastou sem falar absolutamente nada, voltaram com força total.

— A-adam...

— Ao menos você ainda se lembra do meu nome, não?

Vi quando ela fechou os olhos e respirou fundo. O ar de cansaço marcava aquele rosto lindo que me perseguia em sonhos e nunca havia abandonado meus pensamentos.

Um leve toque de arrependimento pelo meu tom brusco tentou bater em meu peito, mas não deixei que o sentimento se assentasse.

— Olha, eu... eu... nem sei o que dizer... — ela gaguejou. — Na verdade, quer dizer, achei que provavelmente nossos caminhos nunca mais se cruzariam, que... que eu seria uma página virada na sua vida a esta altura do campeonato e... — Quando ela passou a língua suavemente pelos lábios, tive que conter minha vontade louca de arrancá-la dali e me refugiar com ela no meu quarto de hotel. Depois de castigá-la pelo abandono brutal. — Será... será que podemos conversar depois?

Percebi claramente que ela tentava fugir de mim.

— Por quê? Precisa voltar para o tal do *seu* Ethan?

Seus olhos abriram assustados e percebi quando ela ofegou em choque.

Uma das muitas coisas que ganhei com meu relacionamento tempestuoso com Mila foi essa faceta de homem ciumento e possessivo. Bastava que o nome de outro homem saísse de sua boca e eu praticamente sentia as chamas arderem dentro de mim.

E lá estava eu, quase ofegando em ódio puro, imaginando o tal Ethan colocando as mãos naquilo que eu achava que me pertencia.

Mas a quem eu queria enganar? Mila provavelmente não deve ter sentido a mesma fagulha do que senti por ela, já que me abandonar foi fácil e simples.

Com uma mão em seu braço, a puxei pelo longo corredor, atravessando a copa onde entrei sem permissão para pegá-la desprevenida. Estava disposto a levá-la dali, imediatamente, para o meu quarto de hotel, querendo arrancar a verdade de seus lábios. Mesmo que doessem e partissem o coração que uma vez julguei ter-lhe entregue de bandeja.

Quando saímos da área da cozinha, Mila afastou o braço em um safanão, como se meu toque a queimasse.

— Adam, eu... eu realmente preciso ir para casa...

— Mila, eu não acho que você tenha entendido... — falei da maneira mais branda que pude. — É chegada a hora de você me esclarecer os motivos que a levaram a simplesmente desaparecer da face da Terra.

Vi quando ela ajeitou a alça da bolsa, nervosamente, no ombro.

Naquele momento ínfimo, Anne apareceu no corredor, em toda a sua arrogância.

— Adam, querido — falou e olhou de mim para Mila. — O que você está fazendo aqui na ala dos subalternos?

Quando virei meus olhos para lançar um olhar irritado à mulher que se achava a minha dona, e fora a causadora de todo o conflito em que meu relacionamento com Mila se envolveu, segurei meu temperamento.

— Anne, me aguarde no saguão, por favor.

— Não. Estão à sua procura no hall de entrada. Alguns convidados estão perguntando por você. — Anne olhou para Mila e não passou despercebido por mim, o olhar minuciosamente cheio de ódio que ela lançou.

— Vá na frente. Eu já sigo. Agora — eu disse em um tom imperioso que não admitia contestação.

Anne afastou-se, a contragosto, não sem antes lançar um olhar odioso que prometia retaliação. Era chegada a hora de pôr fim àquela merda do caralho.

Voltei minha atenção à Mila e pedi:

— Por favor, Mila. Converse comigo. Me espere apenas resolver este assunto para que possamos conversar...

Ela acenou a cabeça e pensei ter visto uma concordância ali em seus olhos.

Respirei fundo e saí em direção ao compromisso que me tirou da frente da mulher que fugira de mim tanto tempo antes e levara meu coração consigo.

CAPÍTULO 22

Mila

Quando Adam se afastou, atrás da perua irritante, que fora motivo de todas as minhas lágrimas tanto tempo atrás, resolvi que era a hora da minha fuga.

Fingi concordar em esperá-lo, mas sabia que estava mentindo. Eu nunca poderia confrontar Adam naquele momento. Nem em um próximo.

Ele não fazia ideia da existência de Ethan e nunca poderia fazer. Eu sabia que estava sendo egoísta. Para uma pessoa que cresceu sem os pais e foi criada em lares adotivos, retirar a possibilidade do meu filho de ter contato com o verdadeiro pai, era algo quase... criminoso.

Mas o pouco tempo de relacionamento que tive com Adam St. James mostrou uma coisa muito importante. Ele era um homem rico, de muitas posses e nenhum comprometimento com uma pessoa só. Qual não foi minha surpresa ao deparar com a notícia de seu noivado com aquela vaca perua loira que acabara de aparecer por ali, não é mesmo? Não poderia esquecer nunca os sentimentos daquele fatídico dia, ou dos outros tantos que se seguiram, sempre confirmando a impressão que tive: de que Adam mantinha um relacionamento de longa data com aquela mulher.

Corri o mais rápido que minhas pernas curtas poderiam me levar para fora do hotel chique e percorri algumas ruas de Houston, direto para o ponto de táxi.

— Me leve para Bellaire, por favor — pedi ao taxista, torcendo para que meu tempo fosse hábil e minha fuga eficaz novamente.

Peguei meu celular e disquei rapidamente o número de Vic.

— Vic? — falei rapidamente quando ele atendeu. — Preciso de você.

— O que houve?

— Preciso de uns dias na sua casa.

Era meio vergonhoso admitir que eu ficava na sombra protetora de meu amigo, sempre que precisava, mas a quem mais eu poderia recorrer?

Durante os seis primeiros meses de Ethan, morei com Vic, mas depois, bati o pé e resolvi que estava mais do que na hora de arranjar um lugar para nós dois. Vic precisava do espaço dele e nós do nosso.

Eu precisava provar para mim mesma que era capaz de reconstruir minha vida, como meu amigo mesmo havia apontado tanto tempo atrás, que eu havia deixado estagnada.

Vic já estava jogando pelo time que o havia contratado, o Houston Rockets, e ganhando razoavelmente bem, então o acordo foi que ficássemos na casa que alugamos assim que chegamos à cidade, enquanto ele se mudou para um apartamento de luxo, em Midtown. Ali ele poderia ter a privacidade que necessitava para suas conquistas amorosas.

— Claro, meu bem. Onde está Ethan?

— Estou indo buscá-lo agora. Deixei com a vizinha enquanto trabalhava em um evento.

— Mila, eu já falei que você pode deixar o pequenino aqui comigo quando precisar.

— Vic, eu não posso ficar abusando de você. E nunca sei da sua agenda, além de não querer ser uma empata foda. Ou querer este título para o meu garotinho. Ele é muito pequeno para carregar esse trauma.

Vic riu e trouxe um pouco de alento ao meu coração perturbado.

— Vou te buscar, boneca.

Quando o táxi parou, paguei o motorista e desci rapidamente. Entrei em casa, recolhi os pertences de Ethan e os meus em uma mala improvisada, assim como alguns brinquedinhos que ele tanto amava, desliguei alguns aparelhos da tomada, olhei se havia algo na geladeira que poderia ficar muito podre e atrair os vizinhos, para o caso de eu demorar a retornar.

Saí e bati na porta da minha vizinha, e a Sra. Commbs abriu a porta com um sorriso.

— Mila, o garotinho dormiu placidamente.

— Oh, obrigada, Sra. Commbs. A senhora é um verdadeiro anjo. — Minha sinceridade trouxe um abraço caloroso. — Vou pegar meu garotinho agora. Posso esperar minha carona aqui? Estamos indo passar uns dias na casa de um amigo.

— Oh... por quê?

Havia apenas um problema com a Sra. Commbs. Sua curiosidade latente. Ela sempre queria saber absolutamente tudo da vida de todos.

— Apenas para um descanso. Sabe como é...

Naquele momento o celular tocou alertando que Vic estava lá do lado de fora.

Abri a porta da Sra. Combbs e sinalizei para Vic, mostrando que estava na casa vizinha, ao invés da nossa. Quando ele apareceu na porta, entreguei a mala e algumas sacolas para que ele levasse para o carro, enquanto fui para a sala da Sra. Commbs e peguei meu filho de apenas um ano de idade, que dormia como um anjo no sofá, no colo.

Cheguei ao carro de Vic e me instalei no banco traseiro, com Ethan ainda dormindo. Vic afivelou o cinto de segurança e deixou um beijinho na cabeça cheia de cachos escuros de Ethan.

— Obrigada, Vic — agradeci de coração. Mais uma vez ele me salvava.

— Não há problemas. Mas prepare-se para começar a contar o porquê dessa fuga alucinada. Eu só vi isso uma vez e estava relacionada ao pai deste bebê. — Vic me olhou pelo retrovisor.

— Pode apostar que tem tudo a ver com ele. E não se esqueça de que estávamos fugindo juntos. Ou melhor, você meio que me sequestrou — ralhei.

Vic teve a ousadia de dar um sorriso e piscar pelo espelho.

— Então, o que está esperando?

— Não prefere que cheguemos à sua casa? — tentei mudar o assunto.

— Não. Eu adoro dirigir ouvindo você tagarelar. Fiz isso desde Denver até aqui, lembra?

— Mentiroso. Eu dormi a viagem inteira — brinquei.

— É verdade. Devo estar confundindo então.

— Vic... Adam estava na festa que eu trabalhei hoje à noite.

Vic assoviou rapidamente.

— Mila, eu já disse que não haveria necessidade de você pegar esses trabalhos extras se não fosse tão cabeçuda e aceitasse minha ajuda...

— Mais do que já aceitei?

— Sim, e qual é o problema?

— Vic, eu gosto de pegar esses trabalhos, tá? Além do mais, complementa a renda de maneira bacana.

— Mas você não precisa disso. Tinha que se concentrar com o emprego dos seus sonhos.

— Bom, enquanto ele não aparece, já que nenhuma escola quer contratar uma professora com um bebê pequeno, vou me virando como posso. E sou ótima em servir. Então vai ter que ser assim — falei enfaticamente.

— Merda, Mila. Por que você tem que ser tão teimosa?

— Não sei, Vic — respondi e ri logo em seguida.

— Certo, agora me diga que história é essa de ele estar no mesmo lugar que você, em um Estado distante pra caralho de Nova York.

— Eu tive a mesma pergunta revirando meu cérebro, Vic. Nunca imaginei dar de cara com Adam St. James novamente. Em uma festa Black-tie, especialmente. Não em um lugar tão distante. Em um circuito próximo? Até poderia correr um risco, embora nós não frequentemos o mesmo círculo social. Hoje isso ficou bem comprovado. Ele era o figurão, eu era a abelha operária servindo o banquete — falei e tentei disfarçar o tom amargo em minha voz. — Entrei na cozinha para entregar as bandejas e sair do meu turno e bam! Quando saí, ele estava do lado de fora, me esperando.

— Puta merda. Durante o evento você não o viu?

— Não! E nem imaginei que poderia vê-lo algum dia assim! Já disse.

— Que festa era essa?

— Algum evento beneficente de uma grande multinacional. Não sei os detalhes. — Minha nossa... como fui burra. Bastava que eu tivesse ficado mais atenta ao panfleto entregue pelo *Buffet* organizador e talvez eu tivesse visto o nome da Companhia St. James ali. Eles sempre homenageiam algumas empresas exponenciais no Baile Anual de Houston.

— Bom, e aí?

— Ele me pediu pra conversar e...

— E?

— A loira apareceu.

— A noiva?

— Honestamente, pode ser que agora ela seja a esposa — admiti. Eu havia parado de pesquisar a vida de Adam há uns meses, desde quando o vi em outra festa, lindo e sorridente, enquanto estava fazendo uma mamadeira para Ethan e tentando controlar sua febre.

Naquele dia eu decidi que não iria mais procurar saber nada da vida do pai do meu filho. Ele tinha seguido com a vida dele. Eu deveria seguir com a minha.

— A mulher o chamou para voltar ao salão e ele simplesmente me pediu para esperar.

— E você foi obediente como um cordeirinho. — O tom irônico de Vic não me passou despercebido.

— Mais ou menos isso.

— Mila, não seria essa uma oportunidade para encerrar esse episódio?

— Que episódio?

— Esse episódio St. James na sua vida.

— Já está encerrado.

— Se já estivesse encerrado, Mila, você teria ficado para conversar numa boa.

— Ele perguntou quem era Ethan. Acho que me ouviu dizer à Sharon, a gerente do *Buffet*, que eu tinha que voltar pra casa.

— No meu entendimento, no mínimo ele deve ter pensado que era algum cara.

— Então deixe-o pensar. Melhor assim.

— Melhor pra quem, Mila?

— Pra todos nós.

— Tem certeza de que para o Ethan, também?

Antes que eu pudesse responder e perguntar de que lado ele estava, chegamos ao estacionamento subterrâneo do prédio chique de Vic.

— Eu levo o guri. Vá chamando o elevador. Eu volto e pego as malas depois — ele disse assim que abriu a porta e pegou Ethan do meu colo.

Peguei as sacolas pequenas e fiz o que Vic comandou, como um autômato. Minha cabeça estava revoando de pensamentos, todos em Adam e no medo daquele reencontro. Esperei que Vic entrasse no elevador, juntamente com Ethan adormecido em seu colo. Peguei minha própria chave do apartamento dele, abrindo a porta e percebendo que Vic deixara tudo aceso. Eu me sentia em casa. Ethan e eu tínhamos um quarto reservado, independente de estarmos morando em outro lugar agora. Vic era um amigo leal assim. Ele era minha única família.

Ajeitei o berço de Ethan e esperei que Vic o colocasse ali, ficando em silêncio quando meu amigo saiu para buscar as malas.

Meus pensamentos vagaram para os tormentosos olhos azuis de Adam St. James quando me viu depois de tanto tempo.

CAPÍTULO 23

Adam

De todas as certezas que a vida pode trazer, apenas uma é incontestável: o toque.

Eu tinha a certeza absoluta de que ela fugiria novamente. Estava escrito em seus olhos. Na forma como a mágoa ficou evidente em seu rosto quando Anne surgiu no corredor.

Como eu precisava fechar aquele evento sem falta, minha alternativa foi ligar para Simpson, meu motorista contratado na cidade, pedindo que ele seguisse Mila, e lhe enviei uma foto dela, para que soubesse exatamente a quem eu estava me referindo na hora de observar quem saía do hotel.

Recebi uma mensagem dele cerca de vinte minutos depois, dizendo que ela havia ido para um bairro no subúrbio de Houston, ficado pouco mais de quinze minutos em casa e que, depois disso, um carro esporte utilitário, com um homem alto, a havia buscado no local. Depois seguiram para um complexo chique de apartamentos.

O que mais me assombrou no relato de Simpson foi a pequena informação de que havia um bebê junto.

Mila havia tido um bebê? Ela havia se casado, era isso? Com aquele tal Ethan? Seria ele o homem que a buscara e o pai do bebê?

Aquela notícia foi como uma bomba corrosiva dentro do meu estômago, e senti meu temperamento migrando de amargo a rabugento em um piscar de olhos.

Eu estava irritado ao extremo, impedindo Anne de sequer chegar ao meu lado, ameaçando-a com o olhar. Estava esgotado da persistência da mulher em tentar manter um domínio que achava que devia ter pelos laços familiares.

Quando cheguei ao hotel de luxo em que estávamos hospedados, fui direto para o quarto, sem nem ao menos dar atenção aos outros membros da diretoria que também compareceram ao evento.

Meu celular tocou quase que imediatamente.

— O complexo de apartamentos fica em Midtown, Bel Air Allen Parkway, e o apartamento para onde a senhorita foi está registrado no nome de um tal de Victorio Marquezi.

Respirei fundo e engoli a onda de ciúmes que quase me engolfou. Muito tempo já havia se passado. Era óbvio que ela já devia estar com outra pessoa.

— Ele é jogador do Houston Rockets, senhor. Joga na posição de ala. Um dos atletas que tem se revelado na temporada.

E eu lá queria saber esse detalhe, porra? Foda-se para o cara e sua capacidade de encestar bolas perfeitas!

— Ela mora aí? — perguntei. Estava me sentindo um cretino por ter colocado Simpson para voltar ao local e investigar mais ainda, mas a culpa sequer deu as caras.

— Não, senhor. Ela mora no bairro onde o Sr. Marquezi a pegou primeiro.

— Ótimo, Simpson. Obrigado pelos seus serviços.

Eu deveria pensar o que faria dali em diante. Uma coisa era certa. Não sairia de Houston sem respostas. Não sairia sem fechar aquela página da minha vida.

Já amargava e necessitava daquele encerramento há muito tempo, até mesmo para poder seguir em frente. Se Mila havia conseguido, eu também conseguiria.

O som de uma batida na porta despertou meus devaneios e levantei do sofá onde estava praticamente dormindo, sonhando acordado com um par de olhos verdes como os de um gato.

Abri e infelizmente tive que deparar com Anne.

— Adam, eu não gosto de ser tratada dessa forma — falou e foi entrando.

— Anne, estou cansado e sem um pingo de paciência para lidar com sua crise existencial. Vá fazer compras, vá a algum SPA, vá fazer alguma coisa fútil com alguém.

— É mais de meia-noite, Adam. Não consigo fazer nem uma coisa nem outra — respondeu com escárnio. — Não consigo entender que bicho te mordeu pra ter te deixado assim tão irritado.

Anne tentou chegar à minha frente e passar a mão em meu peito que estava desnudo, já que minha camisa social estava aberta e a gravata encontrava-se pendurada.

— Anne, eu venho tentando ser cavalheiro com você por muito tempo. Tenho tentado ser educado, respeitar o bom convívio de nossas famílias, mas essa sua obsessão já está passando dos limites.

— Obsessão? Você considera o meu amor uma obsessão? — perguntou irritada.

— O que você sente por mim nunca foi amor, Anne. Nunca será. Você está apenas acostumada com a ideia de ser uma St. James, colocou isso na cabeça e nada que eu diga faz com que entenda que não sinto nada por você.

— Adam, nós funcionamos tão bem juntos.

— Não. Eu funcionava bem junto com uma mulher, há muito tempo, a mesma mulher que simplesmente teve a ideia errônea de que eu e você éramos noivos.

— Meu Deus, Adam... você fala em obsessão, mas quem está preso a um sentimento assim, hein? Acredito que seja você, querido.

— Você não me conhece, não sabe nada do que sinto — falei irritado.

— A garota tem um filho, Adam. Ela com certeza seguiu sua vida. Casou-se com algum idiota, sei lá. Você não pode estar... oh, meu Deus — Anne falou chocada. — Você não pode estar pensando que o filho daquela vigarista seja seu, não é? Uma mulher daquelas nunca perderia a oportunidade de extorquir todo o seu dinheiro, Adam! Se fosse seu, ela já o teria procurado há muito tempo! — Anne declarou e riu escancaradamente.

Olhei para Anne, assombrado com sua sagacidade.

— Como você sabe que ela tem um filho, Anne?

— Quando vi que você demonstrou interesse na empregadinha dos serviços do *Buffet*, fui atrás da gerência. Dei uma desculpa qualquer para saber informações — ela admitiu e sentou-se na poltrona, cruzando as pernas longilíneas, em uma atitude que julgava sedutora. — Ela tem um filho pequeno, é mãe solteira, vive com alguém ou viveu. Mulheres compartilham segredos entre elas. E por uma quantidade adorável de notas do velho Benjamin, consegui arrancar preciosas informações. Logo, meu querido, se você tinha alguma ideia nessa sua cabeça, faça o favor de demovê-la.

— Vá embora do meu quarto, Anne. Agora.

— Quero saber se nossos compromissos ainda estão de pé.

— Os compromissos da Empresa serão devidamente cumpridos, mas em nenhum deles quero sua presença ao meu lado, compreendeu? — Fui duro. Áspero até. Mas eu precisava que ela entendesse que sua presença não era bem-vinda.

— Eu vou falar com seus pais, Adam. Eles precisam saber desse comportamento pouco cavalheiresco da sua parte.

— Eu não devo satisfações da minha vida aos meus pais, Anne. Não sou um garotinho e acho que você não entendeu isso ainda. Quem comanda a empresa St. James há muito tempo sou eu, se não percebeu. — Ela arregalou os olhos. — Você está brincando com o homem errado. Já disse que vem me irritando além da conta, mas está passando dos limites do aceitável. Vá embora do meu quarto agora!

Anne saiu quase aos tropeções, assustada com o meu arroubo temperamental.

A ideia de que Mila poderia ter um filho com outro homem irritou o macho alfa que ainda achava que ela me pertencia. Mas a simples menção de que aquela criança poderia ser minha... aquilo ali passaria a me assombrar até que eu descobrisse a verdade.

No dia seguinte, simplesmente descartei todos os compromissos que tinha na agenda. Reunião com um grupo de fazendeiros e empresários texanos? Cancelada. Mandei que colocassem tudo para o próximo dia, ou em datas adiante. Eu não fazia ideia de quanto tempo ficaria ali em Houston, mas sabia que meus planos haviam mudado no momento em que meus olhos se encontraram com os de Mila novamente.

Depois de solicitar o café da manhã no quarto bem cedo, mandei que Simpson me esperasse diante da portaria do Hotel, isso porque suas ordens foram de que mantivesse o olho aberto na movimentação da saída do complexo de apartamentos do tal Victorio Marquezi.

— O que tem para me informar, Simpson? — perguntei, ajeitando a gravata assim que me sentei no banco do passageiro, ao seu lado. Ele me olhou assustado. Eu nunca me sentava ali. Era sempre numa função de motoristas que eu os tratava.

— Meu irmão ficou mantendo vigia durante as primeiras horas da manhã, senhor. Acabou de me passar uma mensagem dizendo que a senhorita saiu com a criança para um pequeno passeio, a pé, para um parque nas proximidades.

Meu coração estava acelerado ante a expectativa de revê-la, mesmo que ao longe.

Quando chegamos ao local indicado, cerca de quinze minutos angustiantes depois, Simpson encostou o carro na calçada de uma praça arborizada e movimentada. Retirei o paletó, já que era inviável mantê-lo no calor abafado do Texas, abaixei os óculos e resolvi apenas observar pela janela aberta.

Estava à procura dos cabelos escuros. Não tinha visto Mila em nenhum lugar ainda.

— Tem certeza de que é esse o local? — perguntei esperando a confirmação.

— Sim, senhor. Aquele ali é o prédio onde o jogador do Houston mora — ele disse e seu tom parecia orgulhoso.

Evitei rosnar diante da constatação de que o tal homem, pelo jeito era bem de vida.

Quando estava quase perguntando novamente, vi a massa de cabelos castanhos presos em um longo rabo de cavalo.

Ela segurava uma criança pequena pela mão, eu sequer poderia estimar a idade, já que nunca havia convivido com bebês. Só sei que era pequeno e caminhava com dificuldade, sendo amparado por Mila. Provavelmente, teria por volta de um ano.

Mila sentou-se em um banco próximo ao parquinho, onde várias mães mantinham seus carrinhos estacionados. Aquilo me fez sorrir, já que realmente se assemelhava a um estacionamento de carrinhos de bebês.

Ela conversava com uma mãe, enquanto o pequeno brincava aos seus pés. Ele seguia levantando, para logo em seguida, cair sentado. Levantando. Caindo sentado. E Mila ria. Em cada uma das vezes. E meu coração se aquecia. Mesmo ao longe. Porque era como se uma camada de gelo estivesse derretendo, com o brilho da luz solar ao longe e o calor que dela emanava.

Eu debatia entre sair daquele veículo e pegar Mila pelos ombros, exigindo saber porquê o sentimento que eu imaginava sentir dela não foi tão forte e suficiente para fazê-la ficar, ao invés de fugir, para fazê-la brigar comigo, se aquela fosse a sua vontade, para só assim os fatos poderem ser esclarecidos.

Estava quase saindo quando percebi que Mila gritou o nome de Ethan. Então ele era Ethan. Aquele nome sem rosto do qual senti um ciúme doentio ao ouvi-la pronunciar com tanto amor e cuidado.

Olhei para a cena e o medo quase congelou minhas entranhas. Um carro vinha a toda velocidade na pista que atravessava o parque por dentro. E o pequeno tinha conseguido sair tropegamente de perto da mãe.

Mesmo que Mila corresse, ela o pegaria, mas o carro a acertaria em cheio. Os dois, na verdade.

Sem nem pensar no que estava fazendo, quase arranquei a porta da dobradiça e saí em disparada. Eu podia sentir meus músculos queimando, tamanho o esforço que fazia para correr o mais rápido que podia, com o intuito de alcançá-los a tempo.

Dizem que a adrenalina pode dar uma espécie de força sobrenatural, mobilidade e agilidade nunca antes experimentadas, e talvez aquilo tenha sido o que aconteceu. Ou talvez, de maneira inexplicável, eu tenha sido impulsionado por uma mola ejetora e simplesmente arremessei meu corpo como um aríete, agarrei Mila e o pequeno, ao mesmo tempo em que sentia o impacto na lateral do meu corpo. Ainda consegui girar para não cair por cima deles, com medo de esmagá-los com meu peso morto. Bem, eu esperava que não estivesse morto, mas pelo impacto e a dor que estava sentindo no momento, podia jurar que estava bem perto disso.

Quando caí no chão, ouvi a lamúria de alguém ao meu lado, um gemido baixo e o choro de um bebê. Abri os olhos, mas nunca esperei deparar com a exata cópia de mim mesmo, me encarando com os olhinhos azuis cheios de lágrimas e um choro típico de crianças que caem e sofrem pelos seus "dodóis".

— Oh, meu Deus! Ethan... Adam... Adam... — a voz fraca de Mila chegou aos meus ouvidos, mas eu não conseguia desconectar meus olhos do pequeno que me devolvia o olhar com igual intensidade.

Os olhinhos do bebê mostravam inquietação e medo, além de curiosidade. Os meus demonstravam um amor recém-descoberto.

Aquele ali era meu filho. Eu tinha absoluta certeza.

— Você é meu filho — foi a última coisa que disse antes de apagar por completo.

CAPÍTULO 24

Mila

Embora meu corpo estivesse todo dolorido, recheado de contusões e com uma luxação no pulso, meus pensamentos estavam voltados para Ethan e Adam. Ethan não havia se machucado muito na queda, tivera apenas alguns ralados e uma leve concussão, mas como era muito pequeno, os médicos preferiram mantê-lo em observação para garantir que não tivesse nada em casa. O susto fora enorme, ele ainda estava em choque, desde o momento do acidente, só queria o meu colo e, o mais estranho de tudo, queria ficar perto de Adam.

E como eu sabia daquilo? Quando eu o afastei dele, na hora em que as ambulâncias fizeram o socorro no local do atropelamento, Ethan chorava e apontava o dedinho para onde Adam estava sendo colocado.

E ainda não me saía da cabeça o que ele falara antes de perder os sentidos. Adam notara que Ethan era seu filho? Será que eu havia batido a cabeça no processo e imaginei aquilo? Meu lado nerd apontou um momento bem Star Wars e uma fala quase Darth Vader, onde o vilão diz a Luke Skywalker que ele é seu pai. Bem, eu não podia categorizar Adam St. James como um vilão ao estilo Darth. Era muita maldade.

O medo pela saúde de Ethan acabou suplantando a dúvida e me esqueci daquele detalhe, mas agora começava a ficar preocupada com a possibilidade de Adam ligar totalmente os pontos.

Ele tem muito mais dinheiro e poder aquisitivo do que eu. Em um caso de solicitação de guarda, tenho a plena certeza de que a balança da Justiça penderia para o lado dos St. James, ao invés de uma Maria Ninguém, oriunda do sistema de adoção, mãe solteira, com um emprego meia-boca e que mal tinha dinheiro pra comprar um carro. Eu poderia pedir socorro para Vic, como sempre, mas seria justo com meu amigo fazer aquilo? E seria justo com meu próprio filho? Ou com o pai dele?

Eu estava nervosa também porque Adam fora levado ao hospital em um estado crítico, tendo sido encaminhado imediatamente para o centro cirúrgico. Eu ainda não havia recebido notícias, estava roendo as unhas e acompanhando o sono tranquilo do meu bebê em sua cama, quando a porta do meu quarto se abriu se supetão.

Um Vic completamente descabelado e apavorado entrou como um tornado, me agarrou em seus braços, ignorando os gemidos que eu dava, para logo em seguida espalmar meu rosto em busca de ferimentos mais graves.

— Você está bem? Está bem mesmo? E Ethan? Meu Deus... como ele está? — Vic estava tremendo, eu podia sentir suas mãos geladas e chacoalhando meu rosto.

— Eu estou bem. Apenas uns machucados aqui e outros acolá. E essa luxação aqui — ergui o braço imobilizado para mostrar —, fora isso, estou bem. Ou a medicação pra dor está deixando tudo meio entorpecido.

Vic riu e me abraçou novamente, beijando a minha cabeça. Ele nos guiou até a enorme cama hospitalar, onde Ethan dormia profundamente, com um dos dedinhos na boca.

— E Ethan? O que os médicos disseram?

— Ele foi o que teve menos avaria no processo todo. Está com alguns esfolados que vão doer pra burro na hora do banho, bateu a cabeça e tem um pequeno galo leve, mas não apresenta inchaço no cérebro, então está fora de perigo. Foi apenas um susto. Mas os médicos pediram que ele dormisse aqui essa noite, pra observação — falei e passei a mão livre pela cabecinha do meu filho.

— Claro... melhor pecar pelo excesso do que pela falta. Sou totalmente de acordo. E... como foi? O que aconteceu?

— Vic, eu não sei. Foi tudo tão de repente. Estávamos no parque perto do seu prédio. Eu estava conversando com algumas mães, estava rindo de alguma coisa que havia sido dita, quando Ethan se levantou capengando daquele jeito dele e se afastou um pouquinho. Um carro vinha desgovernado. Eu só corri pra tentar tirá-lo da frente, não sei. Imaginei arremessar meu bebê na grama. Eu só queria pegar meu menino no colo — falei chorando. Vic me abraçou. — De repente estávamos voando nos braços de Adam St. James. Claro que só percebi que era Adam quando a gente caiu já numa poça de corpos e tal.

Respirei fundo pra tentar resgatar o fôlego.

— Ele levou a pior pancada porque o carro o atingiu em cheio, antes de conseguir frear e ser parado pelo paralelepípedo gigante. Vic, eu nem sei notícias dele. Só sei que saiu de lá desacordado.

— Ei, calma que vai dar tudo certo, okay? Vamos apenas ter fé de que ele vai se recuperar. Nossa... nem posso odiá-lo mais. Ele salvou as duas pessoas que mais amo nessa vida — Vic falou e me abraçou novamente.

— Eu posso ter imaginado, mas acho que ele disse algo sobre ter certeza de que era o pai de Ethan. Antes de apagar — falei e olhei para Vic, que me olhava assombrado. — Estou com medo — admiti.

— Medo de quê?

— Medo de ele simplesmente resolver tomar meu bebê de mim.

— Ele não é louco de tentar fazer isso, Mila. E nem adianta vir com esse olhar apavorado no rosto.

— Eu acho que estou mais apavorada agora se algo acontecer com ele — falei baixinho.

— Eu vou tentar descobrir algo, tá bom? Vou jogar meu charme fabuloso em alguma enfermeira gostosa e descobrir alguma informação.

Sorri, mesmo sabendo que doeria minha mandíbula esfolada.

— Seu bobo.

Vic saiu e fiquei ali contemplando meu filho dormir. Apenas agradecendo que Deus nos guardou e enviou um anjo chamado Adam para nos proteger naquele momento assustador.

Depois de quase quarenta minutos Vic voltou com a informação de que Adam tinha saído da cirurgia, que havia tido uma hemorragia interna, mas que fora controlada e que uma costela quebrada havia perfurado o pulmão, por isso ele passaria a noite na UTI, no suporte ventilatório. Se tudo corresse bem, no dia seguinte os médicos averiguariam o estado do sistema pulmonar e ele seria reavaliado, mas fora aquilo, Adam não tivera nenhuma outra fratura mais grave.

Chorei de alívio ao ouvir aquelas notícias e Vic me abraçou. Ali pude soltar toda a tensão que senti durante o dia, desde o momento do acidente até a exata consciência de que minha batalha apenas começaria, assim que Adam St. James acordasse de sua sedação.

Dormi com Vic me segurando, abraçado a mim, falando palavras de consolo e dizendo que tudo daria certo no final, bastava eu acreditar.

CAPÍTULO 25

Adam

Quando uma dúvida é cruel e muda o rumo dos sonhos planejados...

Acordei com o som de um pinga-pinga insuportável, acompanhando um leve zumbido e um bip ao lado do meu ouvido. Levei apenas dois segundos para rememorar todo o evento e abrir os olhos de uma vez, preocupado com tudo o que pudesse ter decorrido desde o momento do acidente. Será que eles estavam bem? O pequeno? Mila? Será que ela ainda estaria ali? Há quanto tempo ele estava apagado?

Procurando na lateral da cama pelo botão que chamaria a enfermeira, o encontrei e acionei imediatamente. Uma enfermeira de meia-idade entrou com um sorriso e uma prancheta em mãos, já dizendo:

— Sr. St. James, que bom vê-lo acordado. O senhor foi o nosso herói do dia. Estamos apelidando o senhor de "Homem de Aço" — brincou.

Bem, ele não se sentia como o Homem de Aço, porque duvidava que o Superman sentisse as dores que ele estava sentindo naquele momento, mas não discutiria com a mulher.

— Há quanto tempo estou desacordado? — perguntei e senti a garganta seca.

— Pouco mais de um dia. O senhor chegou aqui ontem, por volta das dez da manhã, passou por uma cirurgia e esteve hibernando desde lá. Mas vejo que acordou bem, não é?

— Como estão o menino e a mãe? — perguntei de pronto.

— O garotinho que o senhor salvou? Está ótimo. Sem danos. Passou a noite no hospital por medidas de precaução.

— E a mãe?

— Teve algumas escoriações e uma luxação — ela disse e me olhou com curiosidade. — O senhor é parente?

— Pode-se dizer que sim.

— Bom, agora que está devidamente acordado, vou prepará-lo para o seu quarto. O senhor vai ficar livre da UTI.

Graças a Deus. Ninguém merecia aqueles ruídos insuportáveis que só serviam para mostrar que você estava doente. Ou ao lado de outras pessoas em piores condições que a sua. Talvez isso fosse até bom, para mostrar que você poderia estar pior e que deveria ser grato por estar vivo. Mas no momento? Eu só queria sair dali e rastrear Mila Carpenter por onde ela estivesse. Queria exigir respostas. E queria ver o bebê também. Olhar naqueles olhinhos azuis e confirmar se realmente o que vi ali fora apenas um devaneio de meus desejos mais secretos ou se fora a verdade absoluta.

Depois de mais de uma hora é que consegui finalmente me ver acomodado em um quarto de luxo do Hospital Memorial Houston. Estava pensando em como acionar a enfermeira e saber como chegar até Mila, quando minha porta abriu e Anne McAllister entrou com uma nuvem de perfume.

— Meu Deus! Adam, meu amor! Que preocupação! Que susto! Você quase me matou! — disse e quase me fez ver estrelas quando se debruçou sobre meu tórax enfaixado.

— Porra, Anne! Saia de cima de mim! — falei arfando de dor.

— Nossa, me desculpe. Meu Deus, que susto. Quando Simpson conseguiu nos contatar, eu estava em um SPA e quase tive um desmaio na mesa de massagem — disse e eu quase revirei os olhos diante daquela informação tão preciosa. — Querido, como você está se sentindo?

— Como você acha, Anne?

— Adam, eu avisei seus pais, mas disse que eles não precisavam voar até aqui, porque eu cuidaria de tudo e cuidaria de você — ela disse.

Bufei revoltado e antes que pudesse dizer qualquer coisa para a mulher que achava que tinha algum direito sobre mim, a porta se abriu novamente, dando passagem a um homem que eu não conhecia.

— Olá, senhor St. James. O senhor não me conhece, mas vim agradecer-lhe pessoalmente por ter protegido e salvado a vida de Mila e Ethan — ao dizer aquilo, meu coração pulou uma batida e senti uma vontade imensa de pular no pescoço do rapaz bem-apessoado que só poderia ser o tal Victorio Marquezi. Talvez o homem que me tomou a minha Mila.

— Humm... Quem é você? — perguntei, mesmo sabendo a resposta.

— Eu sou o Vic, amigo de infância de Mila — ele respondeu, como se quisesse me dar um recado. Ao mesmo tempo respirei meio aliviado, porque não disse "namorado", ou "noivo", "marido", enfim... Logo a memória de Mila, tanto tempo atrás, me falando sobre o tal amigo chegou ao meu cérebro embotado. — E sou padrinho de Ethan também.

Sabendo que homens têm uma linguagem e entendimento próprio, não adiantaria eu tentar dourar a pílula, então fui logo à pergunta que não me saía da cabeça:

— Ethan é meu filho?

Percebi a movimentação de Anne no quarto e só aí me lembrei que ela ainda estava ali.

— Olha, vou ser bem honesto com você. Por mim, Mila deveria ter te contado a verdade desde o início. Sempre disse que você tinha direito e obrigações, por igual.

— O quê? Você viu isso, Adam? Estão atrás do seu dinheiro! — Anne quase gritou do outro lado.

— Cala a boca, Anne!

— Eu não vim aqui pra iniciar um conflito entre você e a sua noiva — ele disse.

— O quê? — perguntei espantado.

— Só vim agradecer. Mila e Ethan estão recebendo alta e vou levá-los embora. Mas queria deixá-lo saber que sempre terá meu eterno agradecimento — falou e começou a sair do quarto.

— Espera! — gritei e arranquei o acesso venoso que estava enfiado no meu braço. Espirrou sangue na camisola hospitalar horrorosa que eu estava usando e espalmei atrás do meu corpo, conferindo, graças a Deus, que a mesma fosse completamente fechada e não deixasse a minha bunda livre para toda a população do hospital apreciar.

— Adam! — Anne gritou atrás de mim, mas eu não parei. Marchei meio mancando, meio num passe de zumbi atropelado, recém-operado, segurando as costelas, garantindo que o curativo que estava fixo ali não se soltasse, mas sentindo uma dor tão filha da puta que acabei chamando a atenção das enfermeiras que estavam no posto de enfermagem próximo.

— Ei! Senhor St. James! O senhor não pode sair da cama! Não pode se levantar! Vai romper os pontos! — uma delas ralhava e tentava me conter.

Vic estava se afastando, mas ainda assim eu simplesmente agarrei a mão da enfermeira e disse:

— Moça, por tudo o que é mais sagrado... me coloque em uma cadeira de rodas, o que você quiser, mas me leve até o quarto onde um bebê chamado Ethan Carpenter está internado e recebendo alta. Ou então... melhor ainda... — falei e dei um sorriso, mesmo sentindo dor por todo o corpo. — Siga aquele homem.

— Adam!

Anne ainda vinha em meu encalço, mas eu estava resoluto. Não deixaria Mila fugir de mim mais uma vez. Aquela história acabava ali. Mas não para ter um ponto final. E sim para ter uma continuidade. Bastava que eu colocasse os pingos nos is.

CAPÍTULO 26

Mila

Eu estava empacotando tudo. Bem, nem eram tantas coisas assim, mas bebês tendiam a juntar tralhas por onde andavam e Vic fizera o favor de levar um milhão de brinquedos ao hospital, mesmo sabendo que sairíamos no dia seguinte.

Ethan estava brincando no berço, tentando quebrar o chocalho na grade de proteção, ainda meio revoltado por ter sido apalpado pela enfermeira que retirou o acesso de seu braço.

Vic entrou no quarto, com um sorriso satisfeito no rosto, como um gato que comeu um canário.

— O que foi? — perguntei.

— Nada. Já estamos prontos? — perguntou em contrapartida.

— Sim. O médico vai passar pra dar alta dentro de instantes. Será que você poderia amarrar meus tênis, por favor? Esse gesso está dificultando meu trabalho — pedi meio sem graça.

— Claro, boneca. Sente-se aí.

Sentei-me na poltrona reclinável e Vic agachou-se à minha frente, puxando meu pé para cima da sua coxa.

Antes que eu pudesse agradecer pelo serviço prestado, como um bom e agradável lacaio, a porta se abriu e uma comitiva improvável entrou.

Meus olhos quase saltaram das órbitas, porque Adam St. James estava ali, em pessoa, mesmo que empurrado de cadeira de rodas por uma enfermeira rechonchuda, mas ainda assim, exalando imponência e masculinidade. Porém, para massacrar minha cena romântica de um reencontro perfeito, a vaca loira entrou logo atrás, empesteando o ambiente com um

147

aroma adocicado que indicava o uso abusivo de algum perfume caríssimo. Chanel com um toque de antisséptico hospitalar. Hummm... excelente essência para seduzir alguém.

Nem bem abri a boca para falar alguma coisa e Adam disse:

— Se você pensar em fugir daqui, como deve estar pensando nesse momento, eu vou até os confins do mundo pra encontrar você e meu filho.

Foi a última coisa que ouvi. Porque acho que apaguei.

CAPÍTULO 27

Mila

Acordei com o cheiro de álcool no nariz. Afastei o rosto rapidamente, tentando me livrar do odor irritante.

— Vamos, Mila. Acorde — a voz que eu conhecia desde adolescente falou ao longe.

— Ela acordou? — outra voz masculina, dessa vez uma que eu sentia saudades, perguntou e senti vontade de permanecer no limbo onde estava.

Pisquei rapidamente os olhos e deparei com a enfermeira rechonchuda que tinha visto empurrando Adam antes.

— Olá, queridinha. Fortes emoções?

— Hummm... acho que sim.

— Mama... mama... — Essa voz eu conhecia bem e era a que me movia todos os dias. Tentei me levantar, mas a enfermeira espalmou meu peito e me fez ficar recostada.

— Fique aí quietinha. Aquele adorável rapaz já está com o garotinho no colo. Você só precisa se recuperar, teve uma queda de pressão.

Sim, sim. Pressão. Que rimava com emoção. Que rimava com tensão. Tudo ocasionado por aquela pequena e breve ameaça que Adam havia proferido de maneira tão sutil.

— Já está acordada? — o objeto do meu desgosto perguntou. Fechei os olhos de novo.

— Mila? — Vic perguntou.

— Sim. Estou ouvindo vocês. Que droga.

— Ótimo. Porque esse momento vai ser perfeito pra você entender de uma vez por todas que sua fuga de Nova York foi totalmente despropositada. Que talvez esse tempo em que estivemos afastados não deveria sequer ter acontecido.

— Eu não acho isso. Mas também não acho que aqui seja o lugar para essa conversa.

— Aqui é um lugar bom como outro qualquer, Mila.

— Adam, vamos embora, querido. Você precisa repousar — Anne disse.

— Cale-se, Anne — Adam disse e olhou com ira para a loira empoada. — Você é a razão de toda essa merda e eu nunca vou perdoá-la por isso.

— O-o quê?

Até eu estava assombrada com seu tom de voz.

— Nós nunca estivemos noivos. Nunca. Nunca sequer tivemos envolvimento nenhum e você sabe disso. Eu sei disso. Meu pau sabe disso, porra! A única pessoa que se recusa a saber disso é você, que parece ter criado uma fantasia doentia na cabeça, de que existe alguma espécie de relacionamento entre nós.

— Mas... mas...

— Mas nada! Os pais dela são amigos dos meus. Nós nos conhecemos ainda jovens, nas rodas sociais e nas festas às quais frequentávamos. Nossos pais têm uma parceria e pelo jeito deixarão de ter por sua causa, pela sua inabilidade em compreender que não existe a merda de um relacionamento íntimo e amoroso entre nós dois e nem nunca haverá — ele disse, olhando diretamente para a loira. Meu coração martelava no peito. — Você vai enviar uma nota à imprensa. Vai esclarecer que houve um mal-entendido, que você se enganou, que ficou louca, que trocou de noivo, o que for. Eu quero que você desminta a porra da onda de boatos mentirosos que deixou crescer como uma erva daninha ao longo dos anos!

Adam virou-se pra mim naquele momento.

— Eu sei que a culpa é minha, por nunca ter dado um basta ou ter sido mais incisivo com Anne, Mila. Eu só soube que ela disse pra você que éramos noivos quando Faoul me disse, no dia seguinte, que você havia aparecido no meu apartamento, levando-me um prato de sopa, tanto tempo atrás. Eu a procurei imediatamente, mas você já tinha evaporado — quando ele disse aquilo, olhou de forma acusatória para Vic, que virou o rosto, constrangido.

Eu abaixei o rosto, também constrangida com minha atitude precipitada. Eu deveria ter ficado e enfrentado a situação. Esperado que ele viesse me procurar, ou tê-lo procurado e até mesmo lhe dito poucas e boas, e então o mal-entendido teria sido esclarecido e desfeito na mesma hora.

Daí, quase dois anos não teriam sido perdidos... meses e meses de choro, mágoa, dor e saudade.

Meses de lamento por um amor perdido e deixado no passado.

Eu podia sentir as lágrimas descendo pelo meu rosto.

— Eu quero a chance de recomeçar, Mila. Mas antes, quero ouvir o porquê você achou que eu não era digno para saber da existência de um filho.

Aquelas palavras doeram como uma punhalada no peito. Eu sabia que ele estava certo e eu, errada. Fui egoísta em tentar esconder Ethan dele. Vic me alertou daquilo. Eu não dei ouvidos. Agora tinha que arcar com as consequências dos meus atos.

— Adam! — a vaca loira se lamuriou do outro lado.

— Eu vou te dar dois segundos pra sumir daqui, Anne. Ou vou ligar para o seu pai pedindo que ele faça uma intervenção e a interne em alguma clínica psiquiátrica. Pior: coloco uma ordem de restrição contra você. E para arrematar com chave de ouro, jogo toda a merda no ventilador, deixando a imprensa se esbaldar. Você nunca mais será aceita em nenhuma festa da Alta Sociedade — ameaçou.

A mulher simplesmente sumiu dali. Como se estivesse sendo perseguida pelos cães do inferno.

Adam voltou o olhar gelado para mim e Vic pigarreou no canto do quarto.

— Bem, eu acho que eu e o pequeno Ethan vamos dar uma volta.

O olhar de adoração que Adam lançou na direção de Ethan foi tão eloquente que senti um nó se formar em minha garganta. Que merda eu havia feito?

Adam arrastou a cadeira de rodas da melhor maneira que pôde para perto de onde eu ainda estava meio recostada depois do desmaio ridículo. Tentei me sentar, para conseguir olhá-lo de uma forma mais digna e não tão frágil, mas ele estendeu a mão, pedindo que eu ficasse quieta.

— Quem está mais baqueado pelo acidente é você, Adam. Na verdade, você nem deveria estar fora da cama, não é? — eu disse, sobressaltada com aquela constatação.

Ele acenou com a mão, como se aquilo não fosse nada.

— Se um carro não conseguiu me matar, não é uma saída do leito hospitalar, depois de uma cirurgia, que vai conseguir, Mila — brincou. A sombra de um sorriso se projetou naqueles lábios lindos que eu amava.

— Obrigada, Adam.

— Se estiver agradecendo pelo que acho que está, não deveria nem ter se incomodado — falou.

151

— Mas vou agradecer do mesmo jeito. Você salvou a vida do meu... do...

— Nosso filho. Admita, Mila. Não vai doer.

— Do nosso filho. Você salvou a vida do nosso filho.

— E a sua.

— Sim. E a minha. Muito obrigada.

— Porque você sabe que foi completamente irresponsável e louca de se jogar na frente do carro, certo? O que achava que conseguiria? — ele perguntou irritado.

— Você teria feito diferente? Eu fiz o que achei que qualquer mãe faria naquela situação. Eu tentaria salvar meu filho, nem que eu morresse no processo. Daria minha vida pela dele — falei de maneira apaixonada.

— Mas graças a Deus não precisou disso, não é? — Adam disse com um brilho intenso nos olhos.

— Sim. Obrigada.

— Eu faria de novo, sabe?

— O quê? — perguntei, meio confusa.

— Tudo. Você. A *deli*. Cada risada sua que consegui pra mim. E me jogaria na frente de qualquer coisa por você. E pelo nosso filho. Mas mesmo que ele não fosse. Somente pelo fato de ser seu. Eu já faria isso.

Engoli em seco diante de suas palavras.

— E sabe por quê, Mila? — perguntou com a voz baixa.

— Não...

— Porque não tive a chance de dizer naquela época, mas tenho agora... — ele disse e seus olhos nunca se desconectaram dos meus. Eu parecia sob efeito de alguma espécie de hipnose. — Somos capazes de qualquer coisa pela pessoa que amamos.

Oh, meu Deus. Eu podia sentir que estava hiperventilando. O ataque de pânico estava chegando sorrateiramente, de novo, querendo me engolfar como uma onda cheia de espuma.

— Respire, Mila. — A voz de Adam foi me acalmando e senti sua mão agarrando a minha. Meus dedos se conectaram aos deles, mantendo um elo que havia sido perdido há muito tempo, mas que ardia para ser refeito. — Eu não vou sair daqui tão cedo. E quando digo daqui, estou dizendo de Houston, não do hospital.

Aquela frase foi suficiente para arrancar de mim uma risada simples e espontânea. Eu podia sentir um pequeno fulgor de quem fomos no passado, querendo saltar à vida. Estava ali ainda. Aquela facilidade de rir juntos, conectar os pensamentos e simplesmente... coexistir.

CAPÍTULO 28

Mila

Eu olhava a chuva fina que caía pela janela do apartamento de Vic. Estava roendo uma unha, impaciente com o que aconteceria dali pra frente. Adam sairia do hospital naquela manhã. E como se fosse o que eu deveria esperar, simplesmente avisou Vic que estava se encaminhando diretamente para o apartamento dele. Como se aquilo fosse normal.

Não era. De forma alguma. Quando eu imaginava que meu coração já estava mais do que acostumado a lidar com a ausência de Adam na minha vida... Quando eu já estava me preparando para reerguer, e quem sabe, até mesmo aceitar o convite do dono do *Buffet* onde aceitava os serviços esporadicamente. No ato da contratação daquele trabalho mesmo... David Manchester simplesmente deixou bem claro que gostaria de me levar para sair em outra ocasião.

Então o destino tinha que dar aquela reviravolta em nossas vidas. E eu digo nossas, porque não era somente a minha que seria afetada com o retorno de Adam, mas também Ethan. Meu filho sequer tinha consciência, pela pouca idade, obviamente, que tinha realmente um pai. A figura masculina que imperava em sua vida desde que nasceu sempre foi a de Vic. Eu achava que muito em breve Ethan acabaria chamando Vic de "pai" sem nem ao menos perceber. E nem eu mesma sabia como reagiria àquilo.

Senti a presença do meu amigo ao lado, bem como o braço sobre meus ombros. O peso que eu carregava neles era muito mais pesado do que aquele conjunto de músculos que agora depositavam apenas sua força ali.

— Você está preocupada? — perguntou o óbvio.

— Não é pra estar? — Olhei pra ele e dei um sorriso triste.

Vic pegou meu pulso que ainda se encontrava imobilizado e beijou os dedos que estavam sobressaindo dali.

— Não. Não é pra estar. Eu não vou permitir que nada de mal aconteça com você ou com Ethan, Mila — disse ele e seu olhar era a garantia que eu precisava para realmente acreditar.

— Mas ele tem poder e dinheiro para tomar meu filho se essa for a vontade dele, Vic — falei em voz alta o medo que assolava meu coração.

— Mas tenho certeza que ele tem um coração batendo ali dentro, Mila. Ou não teria simplesmente se jogado na frente daquele carro para proteger vocês — falou e logo em seguida Vic me puxou para o conforto de seus braços.

O som da campainha fez com que meu coração disparasse em um ritmo louco e preocupante.

— Ei, ei... calma, boneca. — Vic me segurou pelos ombros e abaixou os olhos ao nível dos meus, encarando firmemente as lágrimas que teimavam em querer descer sem rumo. Seus polegares colheram as que ele alcançou. — Você fica aqui e eu recebo o cara, tá bom?

Apenas acenei afirmativamente com a cabeça, já que sentia a garganta seca e obstruída como se tivesse uma bola incandescente no interior.

Ouvi as vozes dos dois homens entrando na sala. Sequei as mãos na calça *jeans* antes de me virar.

— Mila.

Apenas ouvir o som de sua voz trouxe as recordações que custei a apagar da memória. Meu rosto ainda estava abaixado e tinha certeza de que meus olhos estavam fechados com tanta força, que tinha medo dos cílios terem se entrelaçado.

— Olhe pra mim — ele pediu.

Ergui a cabeça esperando ver a acusação naqueles olhos que eu tanto amava e sentia saudade. Olhos que eu via todos os dias, em uma versão diminuta e que me olhavam com tanta adoração. Ethan era a cópia exata do pai. Não havia a menor dúvida de sua paternidade. E talvez aquele tenha sido o meu grande medo desde o início daquele reencontro. Que quando Adam colocasse os olhos em Ethan, se reconhecesse imediatamente, como se estivesse vendo uma versão reduzida de si mesmo.

— Como você está? — perguntou e notei que ele mantinha as mãos nos bolsos.

Aquela pergunta quem deveria fazer era eu, não?

— Estou bem. E você? — Abracei meu corpo, tentando ganhar calor. Estava me sentindo gelada, como se meu termostato interno estivesse quebrado.

— Bem melhor. Ainda sentindo dores nas costelas, mas o pulmão vai se recuperar e os ossos também se repararão com o tempo. Essas coisas saram com mais facilidade — ele disse e senti que suas palavras tinham muito mais significado do que queriam dizer.

— Você quer se sentar? — perguntei solícita.

Parecíamos dois estranhos. Eu estava constrangida, mas não sabia por onde começar. Sentia vontade de agradecê-lo pela proteção, por ter salvado a vida do meu filho. A minha. Espera... nosso. Nosso filho.

Sentei e esperei que ele espelhasse meus movimentos. Reparei que Adam se sentou mais lentamente e fez uma careta ao conseguir se recostar nas almofadas do sofá espaçoso de Vic.

— Está sentindo dor? — perguntei o óbvio.

— Sim. Um pouco. Mas nada que não se resolva com alguns analgésicos depois.

Mais um momento de silêncio.

— Adam...

— Mila...

Começamos juntos. E acabamos rindo em sequência.

— Você primeiro — falei.

— Não. Diga-me você — ele retrucou.

Fechei os olhos. Droga. O momento temido havia chegado.

— Por onde você quer que eu comece? — brinquei.

— Que tal pelo início? Quase dois anos atrás, quando você simplesmente desapareceu sem deixar vestígios? — Agora seu tom ressentido carregava irritação.

Suspirei audivelmente e sentei-me quase de frente pra ele.

— Eu fui imatura, Adam. Deveria ter lidado com a situação de outra maneira, mas acabei me precipitando e não dei um desfecho digno ao que tínhamos começado — admiti.

— Eu vou aceitar a parte da imaturidade, Mila. Porque acredito piamente que isso definiu você na época. O mínimo que eu merecia naquele momento era a atitude de uma mulher adulta que sabia o que queria e sentia.

Uau. As palavras dele eram ácidas e cortavam como uma faca afiada.

— Você simplesmente fugiu. Como se o que tínhamos não tivesse significado absolutamente nada pra você. Como se eu fosse descartável como uma folha inconveniente que cai de uma árvore e aterrissa em cima de você.

— Não, Adam...

Ele ergueu a mão para me impedir de continuar.

— Eu me apaixonei por você. Durante aqueles meses em que estive ali, observando-a trabalhar, eu simplesmente fui um apaixonado à distância. Dei-lhe o tempo que achei que seria necessário para conseguir chegar e não assustá-la com a bagagem que eu carrego — falou. — Sempre soube que a diferença social poderia ser um empecilho que se interporia entre nós, mas fiz questão de me mostrar a você primeiro, como um homem mais do que comum. Nunca quis abordá-la com o que eu poderia lhe oferecer.

Cada verdade que ele admitia agia como um torno amassando meu coração. Era como se eu tivesse esmagado as chances que tive. Ou como se tivesse desperdiçado o amor que ele declarava de forma tão apaixonada.

— Quando a tive... foi como se tivesse sido eletrocutado por um raio. E minha mente se abriu para tantas resoluções que eu tinha como certas na vida — ele disse e inclinou a cabeça para o lado. Seu olhar era triste. — Nunca antes tinha sequer pensado em ter uma família. Mas você fez com que eu passasse a desejar ardentemente uma. E isso em um piscar de olhos. Eu te amei inconscientemente por meses, mas abri minha mente no momento em que coloquei as mãos em você. E tive a certeza no meu coração no momento em que a perdi.

Eu podia sentir uma lágrima deslizando pelo meu rosto. Uma sequência desceu como um balé ensaiado.

— Eu a procurei desesperadamente até afirmar para mim mesmo que se você quisesse realmente ter dado uma chance ao que poderíamos construir, nunca teria desaparecido como se o que vivemos fosse descartável. E assim segui minha vida. Com uma fissura. Criada por você.

— Eu sinto muito, Adam.

— Por que você não me confrontou, Mila? Por que não pôde agir como o esperado, como a maioria das mulheres que simplesmente teria xingado, gritado, feito o que quisesse, me acusado das maiores atrocidades, como a traição que acreditava ter acontecido? — perguntou. — Você preferiu acreditar no pior de mim. Por quê?

— Eu sinto muito — repeti e escondi o rosto entre as mãos. Deixei que o choro varresse meu corpo por alguns minutos, antes de limpar as lágrimas com a manga da blusa. — Não há palavras que possam expressar ou fazer esse momento voltar atrás e me fazer agir de forma diferente.

— Não, não há. O que foi, já foi. Todo ato tem consequências.

Eu sabia daquilo. E Ethan era uma daquelas consequências, de alguma forma. E eu acabei banindo Adam da vida dele, talvez sem razão aparente.

— A-aquela... aquela mulher disse ser sua noiva... eu-eu... eu simplesmente preferi acreditar que um homem como você nunca poderia realmente estar interessado verdadeiramente em alguém tão simples como eu. Que... que sua vida era com alguém como ela — falei aos soluços. — Então, quando ela disse ser sua noiva, eu simplesmente acreditei.

— Mas ela nunca foi minha noiva.

— Agora eu soube, Adam. Mas na época, tudo provava o contrário. Quando Vic foi pra Nova York na manhã seguinte — eu disse e vi que Adam rangeu os dentes —, ele pesquisou na internet e vimos que houve uma festa de um suposto noivado, entende? Tudo se juntou como um quebra-cabeça na minha mente já destruída e... o que eu já tinha como certo, ficou mais certo ainda. Um cara como você nunca poderia estar disponível pra mim. Você pertencia à Alta Sociedade e às mulheres como a loira chiquetosa lá — falei e vi quando ele deu um sorriso triste.

— Se eu quisesse a loira chiquetosa, eu sequer teria ido atrás da morena delicada e singela, Mila. Sequer teria saído do nicho ao qual você acredita que eu pertença como uma espécie de maldito panteão divino e me aventurado onde os reles mortais vivem. Você não acha?

Abaixei a cabeça.

— Eu acredito que minha precipitação e dedução do que realmente aconteceu tenham sido apenas o catalisador de tudo — falei.

— Não. O fato de você ser ingênua e imatura foi o catalisador. E o fato de ter um amigo controlador e filho da puta — disse ele e aquilo me fez erguer o rosto rapidamente. — E não adianta me olhar de cara feia, Mila. Se Vic não tivesse interferido, poderíamos ter nos acertado. Eu teria te procurado, você teria me xingado, me acusado de ser um imbecil, sem vergonha e vagabundo, um traidor. Eu teria lhe provado que tudo aquilo não passava de um mal-entendido, teria te agarrado e provado que nós dois pertencíamos um ao outro — ele disse com raiva.

— Eu não posso jogar a culpa em Vic, muito menos você, Adam. A decisão também foi minha — tentei defender meu amigo. — Se eu não tivesse falado que estava chateada, talvez ele não tivesse ido em meu socorro, achando que eu precisava de alguma espécie de resgate — falei.

— Não importa, Mila. O que importa é que aconteceu. Porém o mais importante. O que nos leva a esse momento de agora — falou e me encarou com seriedade. — Quando soube que estava grávida de um filho meu, aí sim, você deveria ter tido a decência e dignidade de me falar a verdade. Isso é indefensável.

A forma como Adam colocou as palavras feriam minha alma.

— Adam, eu tive medo de...

— Não importa se teve medo. Era um direito meu saber que seria pai. Você não poderia ter decidido isso sozinha. Isso foi egoísta da sua parte. Eu faria questão de dar o meu nome a um filho meu. Seria uma honra, não um fardo. Eu me responsabilizaria por ele, e por você, porque o fizemos juntos. Encontre outro argumento, Mila. Vamos... estou esperando. Você alega ter medo. Qual mais?

Senti meu coração acelerando e as mãos começando a suar. Ali era o momento para admitir meu maior temor?

— Tive medo que você o tirasse de mim — falei baixinho. Minha cabeça estava baixa, eu mesma sentia vergonha da minha admissão.

— O quê?

— Eu fiquei com medo que você o tomasse de mim, Adam! Eu sou pobre, na escala hierárquica da sociedade, então, se houvesse uma batalha pela guarda do meu filho, a quem você acha que um juiz poderia favorecer? — quase gritei. Eu estava exaltada com toda a situação.

— Você imaginou que eu tomaria a criança da mãe? — ele perguntou chocado. — Primeiro, qualquer tribunal que se preze sempre favorece o lado materno, salvo se a mãe coloca o bebê em risco com conduta inapropriada ou não pode lhe dar o sustento. Esse não é o seu caso. Em nenhuma das variáveis. Segundo, eu nunca, nunca faria algo assim com você. Isso só prova o quanto você me conhece tão pouco. O quanto você se permitiu conhecer. Eu não escondi nenhuma faceta da minha personalidade, porque não havia nenhuma a esconder, Mila. Quando estive com você, fui verdadeiro em todos os momentos. Cada. Segundo. — Adam também estava irritado. — Eu exigiria participar da vida dele, mas nunca faria a atrocidade de tomá-lo de você. Esse não pode ter sido o único motivo que tenha impedido você de me procurar. Recuso-me a pensar que você pensava tão baixo de mim assim...

Fechei os olhos por um instante, tentando ganhar coragem, além de segurar as lágrimas teimosas que queriam continuar participando do embate.

— Eu imaginei que você estivesse noivo. Ou não quis conferir a verdade.

158

M.S. FAYES

— Exatamente. Você nunca quis conferir a verdade, porque no fundo, você sempre soube que encontraria uma mentira, não é? E talvez sua fuga tenha sido uma forma peculiar de fugir dos próprios sentimentos ou de admitir que poderia viver uma história de amor, não é? Ou ter um lar de verdade.

Aquela afirmativa foi como um tapa na cara e fez com que eu arregalasse meus olhos. Coloquei a mão no peito, tentando fazer com que o ritmo do meu coração se acalmasse.

— Co-como... como você... — eu tinha até medo de terminar a pergunta.

— Como sei que perdeu seus pais aos cinco anos e foi criada em lares adotivos? Como sei que passou por vários até que saiu aos dezoito e se instalou em Nova York? — perguntou e eu apenas acenei afirmativamente. Estava mais do que chocada. — Eu coloquei um detetive atrás de você. Quando sumiu. Ele acabou descobrindo tudo sobre sua vida passada.

Quase me levantei do sofá, mas Adam segurou minha mão, impedindo minha fuga.

— E o que falei é a mais pura verdade, não é? Você não se acha digna de receber ou viver um amor tão real, formar uma família, ter um lar somente seu. Viver uma verdadeira história de amor... porque não foi criada com amor algum. E pra você foi muito mais fácil acreditar que ficaria órfã novamente e abandonar, antes que fosse abandonada.

Meu Deus. Eu podia sentir que estava hiperventilando. Meu coração estava num ritmo anormal.

Acho que somente depois de um tempo foi que Adam notou que algo não ia bem.

— Mila?

Os pontos negros iam se formando à frente dos meus olhos, eu podia sentir a pressão apertando minha garganta, como se uma garra invisível estivesse me sufocando.

— Mila!

Devo ter apagado por alguns segundos. Quando abri os olhos já estava deitada no sofá, com Adam acima de mim.

— Respire devagar. Inspire e expire.

Tentei fazer o que ele mandava. Juro que tentei, mas era como se um choro sufocado estivesse me impedindo de respirar. Vic entrou na sala e afastou Adam com um safanão.

— Mila! — ele gritou e me puxou sentada, me apertando em seus

159

braços. — Volta aqui! Ei! — gritava no meu ouvido e eu podia sentir suas mãos afagando minhas costas. Meus olhos se conectaram com os atormentados de Adam, à minha frente.

Quando consegui respirar normalmente, e Vic sentiu que eu tinha me acalmado, fez com que eu me deitasse novamente e passou a mão nos meus cabelos.

— Fique aqui. Vou buscar uma água pra ela — ele disse para Adam. Saiu dali marchando como se a casa estivesse em chamas.

Adam assumiu o lugar que antes Vic estava sentado e sua mão agora trêmula acariciava delicadamente meus cabelos.

— Mila... — ele disse e um suspiro resignado saiu exalado por seus lábios. — Porra... eu sinto muito.

Por que ele me pedia desculpas? Eu que havia feito merda. Eu que havia sido criança, idiota, egoísta. Feito todas as coisas que ele me acusou.

Meu Deus. Todas as verdades jogadas de maneira tão nua e crua na minha cara foram como uma facada no cérebro. Bem, eu não sabia como era uma facada no cérebro, não é? Mas eu imaginava que devia ser uma merda e provavelmente causaria um curto-circuito esquisito como o que aconteceu momentos antes.

Vic voltou à sala com um copo de água e outra taça e se agachou ao meu lado, já que Adam se recusou a sair de onde estava.

— Beba isso aqui antes. Depois a água.

— O que é isso? — perguntei desconfiada.

— Uísque.

— Pra quê?

— Pra te colocar pra cima — falou e sorriu.

Bebi e quase vomitei na cara dele, talvez como uma rajada de dragão ou algo assim, já que queimava como o inferno.

— Beba a água.

— Vá embora, Victorio — Adam disse.

— Não vou, não. Você fez com que ela tivesse um ataque de pânico, porra!

— Você estava ouvindo atrás das portas? — perguntou em um tom acusatório.

— Se você não percebeu, imbecil, isso aqui é uma sala aberta, então não há uma porta para que eu possa estar atrás espionando — Vic disse zombando. — Mas pode ser que eu estivesse na varanda ouvindo com um pouco mais de clareza certas coisas que você dizia — assumiu e deu um sorriso de escárnio.

Adam fez uma cara irritada e achei que fosse partir pra cima de Vic.

— Não concordo que queira jogar a culpa pra mim, cara. Eu fui resgatar minha amiga. Você sequer devia ter deixado a gralha seca ter entrado no seu apartamento — Vic disse. Bem, talvez aquele argumento fosse interessante a ser debatido.

— Anne McAllister é uma amiga da família. Havia saído para compras aquele dia com minha mãe, que passou no meu apartamento antes, mas saiu antes que eu chegasse. Quando cheguei do trabalho, baqueado do resfriado, Anne já estava lá. Posso ser muitas coisas, mas não sou abusivo com mulheres e muito menos destrato as que tinham de alguma forma alguma ligação com minha família. Até que soube do que Anne falou para Mila, essa sempre foi a maneira com que lidei com ela. À distância e como uma conhecida da família.

Eu prestava atenção ao que ele falava. Atentamente.

— Mas e o que me diz desse tempo todo que se passou e você sempre foi visto ao lado dessa mesma mulher? — Vic insistiu. Os braços cruzados, mostrando que estava averiguando os fatos e não desistiria tão cedo.

— Como eu disse. Uma conhecida da família. Sempre nos mesmos lugares, mesmo eventos, pois os St. James e McAllister mantêm alianças comerciais. As fotos são publicitárias e sempre enfocadas nos momentos em que Anne estava ao lado, mas nunca programadas. O mundo da Alta Sociedade funciona assim. Infelizmente. Em nenhum dos momentos estivemos no mesmo lugar como algo combinado e predeterminado. Mesmo aqui no evento de Houston. Anne veio como representante das empresas do pai, mesmo que não faça absolutamente nada. Ela acredita, em sua mente doentia, que existe algo entre nós. Quando não existe e nem nunca existiu. Eu nunca toquei naquela mulher. E mesmo se tivesse tocado, não é pra você que devo satisfações, certo? — Adam disse com escárnio. Seu olhar se voltou imediatamente pra mim.

Abaixei meu rosto, envergonhada.

Naquele momento ouvimos os passinhos trôpegos no corredor. Não tive nem tempo de me preparar. Ethan simplesmente resolveu que era hora de interferir.

CAPÍTULO 29

Mila

— Mama... — A voz de meu filho me tirou do torpor em que me enfiei. Nem tive tempo de me levantar. Vic se ergueu do chão e correu para pegar o pequeno que completou o trajeto engatinhando.

— Ei, carinha. Não era pra você estar dormindo ainda, hein? — perguntou e depositou um beijo estalado na bochecha de Ethan que riu abertamente.

Olhei para Adam que observava a cena com os olhos marejados. Eu podia sentir que estava tenso, nervoso e emocionado ao mesmo tempo.

Vic chegou ao nosso lado e colocou Ethan no meu colo. Sem dizer nada ele saiu da sala.

Ethan deitou a cabeça no meu ombro, mas seus olhos estavam focados no homem à minha frente. Ele o reconheceu. E a curiosidade era óbvia. Parecia algo tão instintivo.

Adam ergueu a mão e passou um dedo pelos cabelos castanhos de Ethan, afastando uma mecha da testa ralada do nosso filho.

— Oi — disse com a voz embargada.

— Mama — Ethan disse e arrancou um sorriso meu e de Adam.

— Ele só fala "mama". Por enquanto. Vic está fazendo um bolão de apostas para ver qual será sua próxima palavra — eu esclareci, mas imediatamente notei que Adam não gostou da referência óbvia de que quem acompanhava o desenvolvimento de Ethan era Vic.

— Ele é lindo — Adam disse. Seus olhares eram sedentos, analisando Ethan da ponta dos pés à cabeça.

— Sim, ele é.

Adam deu um suspiro exalado de maneira brusca, passou as mãos nos cabelos e fechou os olhos.

— Por quê, Mila? — perguntou e focou o olhar profundo em mim.

Abracei meu filho como se pudesse me proteger de sua ira daquela forma.

— Como fugi de você, achei que seria muito estranho retornar meses depois e dizer: "olá, tudo bem? Se lembra de mim? Estou esperando um filho seu..." — tentei brincar, de ânimo leve, mas Adam não achou a menor graça. Seu semblante manteve-se sério.

— Em nenhum momento você chegou a achar que eu poderia querer conhecer meu filho?

Bom, aquela era uma pergunta muito interessante. Eu já havia pensado naquilo? Claro que sim. Mas o medo sempre prevaleceu. E nunca imaginei que nossos caminhos se cruzariam de novo, honestamente.

— Eu sinto muito, Adam. Sei que vai parecer repetitivo e muito pouco, mas... é o que posso oferecer. No momento. Um pedido de desculpas.

Adam me encarou por um longo instante.

— Um pedido de desculpas realmente é muito pouco, Mila.

— Bom, eu não sei mais o que você poderia querer, Adam.

Seus olhos brilharam e um sorriso quis surgir no canto daqueles lábios que tanto souberam me amar tanto tempo atrás.

— Nós vamos encontrar uma alternativa, não é mesmo? — perguntou e aguardou uma confirmação minha.

— O que vai querer fazer, Adam? — perguntei sentindo um medo brotar no meu peito.

— Vou querer participar da vida do meu filho, Mila.

Abracei Ethan com mais força, como se aquilo pudesse protegê-lo e a mim mesma.

— E você sabe muito bem que não é um pedido absurdo esse o que estou fazendo, concorda?

Acenei a cabeça a abaixei a cabeça.

— Mila, olhe pra mim.

Ergui a cabeça e senti a mãozinha do meu filho na minha bochecha. Uma lágrima deslizava sorrateiramente.

— Mama?

— O que foi, bebê?

— Mama? — perguntou de novo, passando a mão pelo meu rosto úmido.

Dei um sorriso fraco e beijei a ponta de seu narizinho.

— É lágrima de alegria, meu amorzinho. Porque você acordou. E está brincando. E... e agora conhece o... Adam — falei rapidamente.

Adam olhou pra mim de maneira interrogativa. Com uma sobrancelha erguida e os braços cruzados. Meu Deus. O que ele esperava?

— Vamos, Mila. Coragem. Ele é apenas um bebê — Adam disse. — O tempo certo para inserir na cabecinha dele quem sou eu.

— Adam... você não acha melhor definirmos o que...

— Não! Não tem nada a ser definido aqui! — gritou e Ethan se assustou com a reação de Adam. — Eu não vou sumir como você fez, então se acostume com a minha presença a partir de agora na vida do meu filho, logo, já é tempo de dizer a ele, mesmo em tão tenra idade, quem sou eu.

Olhei de Adam para Ethan e passei a mão pelos cabelos do meu bebê. Tão parecido com o pai.

— Ethan... esse... é... — Eu podia sentir o suor escorrendo pelas minhas costas. — Seu papai, meu amor.

Ethan pode não compreender muitas coisas. Pela pouca idade, por ser um bebê e tal. Mas há um peso imenso na palavra "papai". Ethan olhou imediatamente para Adam e o viu com outros olhos. Ele já o encarava com curiosidade como o adulto que o protegera do carro desgovernado. Provavelmente em sua mente Adam era uma espécie de herói. Tínhamos a tendência de achar que bebês não absorviam nada ao redor, que não captavam as coisas, mas como estávamos enganados.

Meu Deus... como estávamos enganados...

No momento em que apresentei Adam St. James oficialmente como "seu papai", Ethan simplesmente estendeu os bracinhos em direção a Adam, pegando tanto a mim, quanto a ele desprevenidos.

Aquele homem enorme, forte e magnífico, com porte atlético e sempre confiante, de repente mostrou-se receoso e me olhou assustado. Eu apenas dei de ombros, sinalizando que aquela era a vontade de Ethan, então que deixasse o barco fluir.

Apenas observei o que viria.

— Mama? — Ethan disse. Adam e eu rimos.

— Todo mundo é "Mama" pra você? — ele perguntou com um tom carinhoso.

A mãozinha de Ethan acariciou a face com a barba bem aparada de Adam, testando a textura, e aquilo arrancou um sorriso meu e do pai quando ele soltou um risinho ao tentar puxar um pouco dos pelos curtos.

Fiquei pensando se deveria deixar os dois sozinhos. Sei lá... tendo um momento de conexão. Adam deve ter sentido a vibração da minha "fuga" iminente, porque acenou com a cabeça negativamente.

164

Recostei no sofá e apenas os observei. Eles formavam um quadro lindo. Eram exatamente iguais. Ao constatar aquilo senti meus olhos marejando novamente. Senti-me a pior das egoístas, privando Adam de conhecer a beleza da paternidade, bem como Ethan de conhecer a doçura encontrada naquele olhar terno que o pai o contemplava agora. Ou a própria segurança com que as mãos fortes de Adam o seguravam.

Afastei o olhar e deixei que os pensamentos atormentados fossem embora. Eu tinha medo que outro ataque de pânico me sobreviesse, ante o medo de Adam resolver simplesmente me afastar do meu filho.

Foi o som do celular de Adam que quebrou a magia do momento que já durava alguns minutos. Os risinhos de Ethan ficariam eternizados em minha memória.

— Alô? — Adam atendeu depois de alguns instantes. — Oi, mãe. Eu estou bem. Sério. Não, não estou mentindo. Já disse que não precisa vir aqui. Em breve estarei voando de volta a Manhattan para resolver algumas coisas — ele disse e seus olhos se voltaram para mim. Afastei rapidamente o olhar e coloquei uma mecha de cabelo atrás da orelha. — Não sei bem. Aviso assim que souber mais detalhes. Também te amo.

Quando ele encerrou a ligação, o silêncio imperou por alguns segundos.

— Ahn... — tentei quebrar o gelo, mas Adam se adiantou.

— Eu vou a Manhattan, mas estarei de volta a Houston, por tempo indeterminado.

Ao dizer aquilo, senti meu coração fraquejar, bem como o estômago quase revirar o conteúdo logo à frente.

— Eu disse que vou participar da vida do meu filho, Mila. E não estou brincando. E para isso vou reconstruir o relacionamento que me foi roubado nesses meses — disse resoluto. — Mas também vou lutar com unhas e dentes para resgatar algo que não deveria ter sido destruído tanto tempo atrás.

Nossos olhares se conectaram por um longo tempo. Eu não queria acreditar no que ele estava insinuando. Talvez porque achasse que não era merecedora de uma segunda chance. Não sei.

Adam se levantou do sofá, gemeu no processo, já que ainda sentia dores e estava com Ethan no colo, mas sua altura avantajada fez com o pequeno delirasse de alegria.

— Eu tenho que ir, mas espero poder voltar. Só preciso saber como contatá-la e se você estará aqui ou na casa em que vive.

Olhei estupefata, depois que me levantei do sofá.

165

— Como você sabe...?

— Eu disse que sei de tudo, Mila. — Adam deu um sorriso conhecedor.

Ele me entregou nosso filho, não sem antes lhe dar um beijo delicado no rosto.

— Obrigado por este tempo — agradeceu. — E por ter preenchido as lacunas que eu precisava. Eu conheço a saída — disse e se virou para ir embora.

Eu fiquei parada, estática, com Ethan no colo, puxando meu cabelo.

— Mama?

Mais uma vez meu filho me tirava do torpor onde eu tinha me inserido.

— Quem quer uma mamadeira muito gostosa agora? — perguntei e ganhei um sorriso maravilhoso.

CAPÍTULO 30

Mila

Nos dias que se seguiram ao acidente tentei estabelecer uma rotina com Ethan. Eu o levava para passear em nosso antigo bairro, já que voltei à nossa casa. Não havia necessidade de me esconder de Adam, agora que ele sabia da existência do nosso filho e que também resolvera acampar ali.

Vic passava depois dos treinos e só se ausentava se tivesse jogos fora, mas como estava longe da temporada começar, ele estava mais presente do que antes. Acredito que queria garantir que Adam não nos machucaria.

Adam passava todos os dias de noite, depois das seis da tarde, disposto a ainda encontrar com Ethan acordado e colocá-lo para dormir. Até minha rotina com meu filho tive que readaptar, mas tentei afogar a mágoa porque sabia que a grande culpada da situação tinha sido eu.

Eu fui a pessoa que o privei de ter contato com o filho. Tirei-lhe a oportunidade de apreciar os primeiros meses, aqueles cuidados que todo pai ama ter, ou ao menos deveria amar.

Então eu tinha que engolir o orgulho e ser capaz de aceitar que meus erros vinham com consequências desastrosas. E uma delas estava sentada diante de mim, naquele momento, tomando um café que eu havia acabado de fazer, e me encarando com cara de poucos amigos.

— Vou ficar ausente amanhã, mas passo na sexta-feira para buscar vocês dois para um passeio — ele disse.

Coloquei uma mecha atrás da orelha e engoli em seco.

— Ah, eu tenho um evento para atender na sexta-feira à noite — anunciei e esperei a crítica.

— E Ethan vai ficar com quem? — sua pergunta foi feita em um tom brusco.

— Com uma babá.

— E por que você tem que fazer esse evento?

Respirei fundo e soprei a mecha de cabelo teimosa pra cima.

— Porque tenho que ganhar dinheiro, Adam.

— Eu vou suprir as necessidades que você precisar, Mila.

— Ah, não. Não, senhor. Se você quiser exercer seu dever com Ethan, é uma coisa, ele é seu filho. Coloque uma pensão que seja depositada o máximo possível para a faculdade que ele vá fazer no futuro, mas eu banco minhas próprias contas — falei exaltada.

— Uma parte do dinheiro que ele deve receber também cabe a você como mãe, para que possa despender os cuidados necessários com ele — argumentou.

— Sim, mas não arcar com meus gastos ou as coisas da minha casa. Eu trabalho pra me sustentar.

— Se esse seu amigo Vic é tão seu amigo assim e rico, como um jogador profissional, por que ainda insiste em trabalhar em subempregos?

— Porque eu não os considero subempregos! — gritei nervosa. — É um trabalho muito digno e essa mesma briga eu tive com Vic que queria me sufocar com um sustento que eu não queria receber! Eu não sou uma sanguessuga que fica à sombra do melhor amigo super-rico! Não vou ser alvo de nenhum tipo de piada ou pensamento que leve a isso. De que sou sustentada por um... por um cara rico!

— Não é isso, Mila. Às vezes as pessoas têm que aceitar que necessitam de ajuda.

— Eu tenho duas pernas e dois braços e posso trabalhar, Adam. Isso é o suficiente. E tenho uma babá fantástica que me dá o suporte para cuidar de Ethan quando eu preciso.

— E por que você ainda não está usando o grau que obteve na faculdade? — perguntou irritado.

— Porque as escolas não querem empregar uma mãe solteira, com um filho pequeno. E isso não é da sua conta — falei e me arrependi pela grosseria. — Me desculpa. Você não merece esse tipo de tratamento descortês, mas também não pode achar que tem o direito de se meter na minha vida.

— Okay, eu peço desculpas — ele disse e se levantou. — Muito obrigado pelo café.

Adam saiu e um sentimento de perda imediatamente assumiu no meu peito.

Nossa relação fácil já não existia mais. Há muito havia se esvaído.

Eu sabia que precisava ao menos estabelecer um bom convívio pelo bem do nosso filho, afinal, ele era o elo que nós dois teríamos para o resto da vida.

Sentei-me à mesa e bebi o restante do meu café, observando sua xícara largada de qualquer maneira.

Senti falta do tempo em que eu o servia na *delicatessen* da Sra. Doodley. Da conversa simples e dos sorrisos despretensiosos. Senti falta do olhar enternecido com que ele, às vezes, me contemplava.

Oh, meu Deus. A quem eu queria enganar. Eu simplesmente senti falta de Adam e pronto. Ele foi o homem que me acordou para o amor de tal forma que joguei os receios para o alto e me joguei em uma noite sem limites. Uma semana idílica, sem nenhuma culpa ou arrependimento.

O que me doía agora era saber que joguei fora a oportunidade de algo que poderíamos ter construído. Algo tão forte e belo.

Ninguém nunca sabe se um relacionamento realmente vai durar para sempre, mas eu tinha certeza de que o tempo em que estivesse com Adam, seria o tempo em que me encontraria como mulher. Na expressão da palavra.

Aqueles quase dois anos ficaram por conta dos cuidados com Ethan, então, posso dizer que meu lado feminino, cheio de desejos, estava meio apagado e oculto, por baixo de camadas e mais camadas de fraldas, brinquedos e farinha, de quando eu tinha que trabalhar em algum lugar.

Criei coragem e levei as duas xícaras para a pia, lavando-as em seguida.

Passei pelo quarto do meu filho e dei-lhe um beijo suave na testa, acariciando seus cabelinhos. Ele realmente era a cara de Adam St. James. E naquele tempo todo em que estivemos afastados, era um tormento e um alento olhar pra Ethan todos os dias, sabendo que uma vez tive o pai daquele garotinho lindo, e o amei. Com todo o meu coração.

Depois de tomar um banho, finalmente permiti que meu corpo se rendesse aos sonhos que eu evitava a todo custo. Eu sabia que quando fechasse os olhos, muito provavelmente sonharia com Adam. Sonharia com suas mãos, boca e as sensações que uma vez senti.

CAPÍTULO 31

Adam

Não há teia mais cruel do destino do que a incerteza da presença da pessoa amada ao lado.

Eu estava puto pra caralho. Minha boa educação, paga em escolas tão caras e conservadoras não permitia que me expressasse muitas vezes assim, diante das pessoas, porque eu precisava manter o decoro e a *finesse* com os quais minha mãe fez questão de me criar.

Mas confesso que já estava mandando este pacote de gentileza de berço para o raio que o partisse, desde que Anne McAllister estava fazendo da minha vida, em Houston, um inferno. Bem, ela já o fazia, mesmo em Manhattan.

Não bastasse eu já estar irritado por não poder ir à casa de Mila no dia de hoje, ainda tinha que aguentar a autointitulada Diretora-Executiva do Grupo McAllister alegar que precisava acompanhar de perto as fusões que os St. James estavam efetuando no Texas, para aprimorarem os procedimentos dentro de sua própria empresa.

A verdade era, a amizade de meu pai com o pai de Anne vinha de longa data. Ambos se formaram em Harvard, trabalharam com comércio exterior juntos, mas meu pai tinha um tino comercial muito mais acurado, tanto que expandiu a empresa do meu avô de forma exponencial, enquanto os McAllister continuaram apenas mantendo o *low profile* com pequenas empresas no mercado. Em suma, nós éramos tubarões entre as multinacionais, os McAllisters eram apenas barracudas.

— Anne, eu não preciso da sua companhia, pelo amor de Deus. Eu vou simplesmente formalizar um acordo com uma empresa de exportação de gado — falei, mais irritado do que o normal.

Para piorar ela estava sentada na ponta da minha mesa, como se achasse que ali era seu lugar de direito.

— Adam, papai disse que você me permitiria participar ativamente de tudo. Nós estamos muito próximos, eu gosto de aprender com você, gosto de vê-lo atuar. Isso me excita — ela disse e lambeu os lábios.

Creio que ela achava que a ação seria *sexy*, quando na verdade teve um efeito contrário. Eu odiava aquela performance escancarada de tentativa de sedução. Achava Anne vulgar ao extremo. Ela fazia questão de usar roupas que acreditava serem feitas para chamar a atenção dos homens. Bem, em sua maioria, pode ser que alguns olhares se desviassem para suas léguas de pernas à mostra, mas eu gostava das garotas doces, porém de atitude. Das mulheres com sorriso fácil, porém com o olhar puro e cheio de riso. Nada premeditado. E eu só havia conhecido uma mulher assim. E ela estava sentada na casa dela, com meu filho, enquanto eu estava enclausurado aqui, nesta merda de escritório, com uma megera que colocara na cabeça que queria ser minha aprendiz.

— Eu não quero você ao meu lado. Será que terei que ligar para o seu pai, a fim de que ele a faça entender?

— Adam, você não faria isso... — disse num tom amuado.

— Faria, sim. Não me teste, Anne. Eu não estou com humor para nenhuma das suas brincadeiras ou tentativas de sedução.

— Sedução? Adam... nós sempre fomos tão bom juntos...

Revirei os olhos e me levantei de uma só vez da poltrona, assustando-a e quase fazendo com que caísse dali.

— Puta que pariu! Quando você vai enfiar na merda da sua cabeça que nunca existiu um nós, porra? Eu não quero você, nunca quis. E o tempo verbal não vai mudar, Anne. Pelo bem do relacionamento das nossas famílias e relacionamento comercial, já falei isso várias vezes, tenha um pouco de autorrespeito e vá encher a cabeça de outra pessoa, ou serei obrigado a intervir.

— Adam... meu Deus. Você não pode estar falando sério.

— Sim, porra! Estou falando muito sério! Você já me encheu. Já deu. Não quero sua presença próxima da minha empresa, dos meus escritórios, do meu carro, meu apartamento, minha casa, lancha, jato, o caralho a quatro. Ou vou colocar uma medida restritiva contra você. E tenho certeza de que isso não vai pegar nada bem no meio em que circulamos.

Saí marchando dali, deixando sozinha e boquiaberta. Entreguei uma pasta de documentos à assistente que estava responsável pela reunião do dia.

— Reagende.

— Mas, senhor...

— Faça o que estou mandando.

Saí do escritório e entrei no carro.

— Simpson, vá para a casa de Mila Carpenter.

— Sim, senhor.

Toquei a campainha duas vezes até que ela abriu a porta, vestida em um vestido florido e um avental branco. Mila me olhou boquiaberta.

— A-adam?

— Eu mesmo. Posso entrar?

— Ah, sim. — Mila olhou pra trás e me deu passagem, mas podia sentir que ela estava nervosa.

Quando a segui até a cozinha, descobri a razão. Um homem estava à beira do fogão, enquanto uma jovem adolescente segurava Ethan no colo.

Nem fiz as vezes de educado e já estendi as mãos para que a garota me passasse sua carga, sem tirar os olhos do homem que cozinhava algo na cozinha de Mila.

— Mila, o que preciso que você faça amanhã, no serviço, é apenas coordenar para que a equipe de cozinha não toque fogo no fogão, ao invés de flambar o aperitivo — ele disse e olhou para trás. Só então ele percebeu que tinha companhia.

Homens são extremamente territorialistas. E ali havia um macho beta. Porque se havia um alfa naquela porra de matilha, esse, era eu. E se havia algo que eu poderia atestar, com toda certeza, era a de que aquele homem queria Mila com todas as suas forças e entranhas. Isso era fato.

— Adam, este é David. David, Adam — ela apresentou. — Adam é o pai de Ethan. Aquela é Kendra, a filha de David.

Uma facada teria doído menos. Ao me apresentar apenas como o pai de Ethan, ela deixava claro para aquele imbecil que não havia nada entre nós. O que fez com que os olhos dele percorressem o corpo dela e se voltassem para mim, como se estivessem atestando um fato.

Era algo como se ele tivesse olhado lascivamente para ela, na minha frente, para avaliar minha reação. Filho da puta.

Ethan puxou meu cabelo, me distraindo, o que fez com que eu não pegasse a faca que estava sobre a bancada e arremessasse no infeliz.

— Bem, Mila. Você conseguiu captar a essência da magia de flambar, meu bem? — perguntou e riu.

Meu bem? Ele a chamou de meu bem?

Olhei atentamente para Mila, tentando descobrir se ela tinha algum envolvimento com aquele homem. A garota que antes tinha Ethan no colo me observava com cuidado, como se também estivesse me avaliando.

— Entendi perfeitamente, David. Eu vou ficar atenta para que a equipe não torne a arte de flambar um desastre total e não precisemos da equipe de bombeiros.

Os dois riram e fiquei apenas apertando os dentes, no intuito de sentir dor e não partir pra cima do imbecil que estava assediando minha garota escancaradamente.

Espera. O quê? Mila não era mais minha garota. Ela já fora. Há quase dois anos. Agora ela era praticamente uma estranha. Tinha uma vida da qual eu não fazia parte. Na verdade, sequer fiz parte, aparentemente, dos momentos em que passamos juntos há tanto tempo.

Eu amei aquela mulher. Isso era fato. Mila foi a luz que iluminou meus dias por muito tempo. Era como um farol para o marinheiro à deriva no mar.

Então, no período em que simplesmente desapareceu, me vi inserido na escuridão novamente e mergulhei em um ritmo de trabalho tão alucinante que quando chegava em casa do escritório, só o que eu conseguia era tomar banho, um copo de uísque e cama.

Nos primeiros dias, sem sonhos.

Nos meses seguintes, eu sonhava apenas com ela.

E assim vivi um tormento até conseguir assimilar que ela realmente havia partido.

Saí da cozinha com meu filho no colo, sem me despedir de ninguém.

Que todos flambassem a si próprios, eu estava pouco me lixando.

CAPÍTULO 32

Mila

Depois do dia em que Adam havia deparado com David na cozinha da minha casa, ele nunca mais passou ali por mais do que vinte minutos. Ele sempre chegava na hora em que eu ia colocar Ethan para dormir, contava uma história para nosso filho, lhe dava um beijo na testa e saía, sem ao menos se despedir adequadamente. Apenas um breve tchau.

Mas o que devia ser o "despedir adequadamente" que eu esperava? Que ele se oferecesse para tomar um café comigo? Que pedisse uma taça de vinho? Que perguntasse como foi meu dia?

Aqueles sentimentos de dúvida amargavam em meu interior e me deixavam mais confusa do que antes. Eu achava que podia ter algo a ver com David, mas não queria acreditar naquilo.

Será que ele achava que eu e David estávamos envolvidos de alguma forma?

Na semana que se passou, Adam acabou ficando um pouco mais maleável e menos irritadiço.

Uma noite ele estava com Ethan, que estava enjoadinho, e me chamou do quarto.

Cheguei à porta a tempo de vê-lo com Ethan no colo, choramingando. Ele olhou interrogativamente para mim, sem saber o que fazer.

Quando cheguei perto e coloquei uma mão sobre a testinha de Ethan, percebi que ele estava pelando de febre. Provavelmente algum dentinho estava querendo fazer uma aparição.

— Ele está com febre — afirmei o óbvio.

— E o que fazer nesses casos? Devemos levar ao hospital, não é?

— Não — respondi com um sorriso. — Deve ser um dente. Hoje ele passou o dia inteiro coçando a gengiva. Tire a roupa dele, por favor.

— O quê?

— A roupa, Adam. Tire a roupa dele.

Adam fez o que pedi e começou a retirar o pijaminha que eu tinha colocado em Ethan.

Enquanto isso, fui para o banheiro e enchi a banheira com uma água mais morna, para aplacar o calor do corpo de Ethan.

— Adam?

— Sim?

— Traga o Ethan aqui, por favor.

Eu estava ajoelhada no chão, já tinha arregaçado as mangas da camisa e prendido o cabelo em um coque no alto da cabeça.

Adam entrou com o pequeno resmungão no colo, choramingando e se debatendo.

— Ei, rapazinho, acho que sua mãe quer fazer você dar um mergulho.

Ele o depositou nos meus braços e Ethan se acalmou imediatamente. Coloquei meu filho dentro da banheira, sorrindo imediatamente com o suspiro de alívio e a onda de alegria que exalou dele. Eu podia jurar que aquele menino tinha um lado meio peixe.

— Ei... está gostando? Hein? — Passei as mãos pelo seu corpo, e com o formato de uma cunha, joguei água em sua cabecinha. Eu precisava resfriá-lo, mas também não podia exagerar.

Adam ficou o tempo inteiro recostado ao batente da porta, acompanhando toda a interação.

Pela minha visão periférica eu podia perfeitamente acompanhar a figura viril de Adam. Aquilo estava me fazendo uma mãe distraída em minha tarefa de cuidar do meu bebê doente. Na verdade, eu estava nervosa. Queria que Adam saísse, me esperasse na sala, em qualquer lugar, menos naquele espaço confinado, onde o vapor da água e as bolhas de sabão criavam um clima tão intimista.

Bom, havia um bebê no mesmo recinto, mas Adam tinha uma presença de espírito tão impactante que sobrepujava a todos os outros. Era algo difícil de descrever.

— Acho que está bom, não? Você já se divertiu o suficiente, rapazinho — ele disse da porta.

Engoli em seco. Adam se agachou ao meu lado e seus olhos não estavam em Ethan, estavam em mim. Evitei seguir o percurso do seu olhar

175

para não ficar mais embaraçada, mas tinha quase certeza que poderia ter algo a ver com a blusa que eu vestia e que agora estava completamente encharcada e transparente.

— Ahn, será que você poderia pegar aquela toalha ali pra mim, por favor? — pedi, na esperança de que ele saísse dali e eu pudesse checar o estrago.

Quando Adam se levantou, olhei pra baixo a tempo de ver que, sim, tudo era visível. Merda. Eu estava praticamente nua. *Oh, Ethan... em que situação você colocou sua mamãe?*

Parecendo ter ouvido meus pensamentos, Ethan jogou mais água em mim, fazendo com que eu quase desse um mergulho. Que ótimo. Agora meus cabelos estavam encharcados também. O que completava um visual aterrador. Porque, vamos combinar... em filmes essas cenas ficam simplesmente divinas. A garota toda molhada, *sexy*, seduzindo o cara gostoso.

Aqui eu era uma mãe esfarrapada, cansada, com os cabelos desgrenhados, a camiseta esgarçada e sem um pingo de maquiagem ou glamour. Enfim... eu era a visão do apocalipse maternal.

Adam trouxe a toalha e consegui executar a manobra ninja de retirar Ethan da banheira, sem que ele pegasse tanta friagem no processo.

Saí dali com meu filho enrolado num pacote atoalhado e um homem curioso às minhas costas. Meu Deus, até minha bunda estava molhada, então eu só podia imaginar a visão graciosa que ele devia estar tendo no momento...

— O banho abaixa a febre? — perguntou com a voz rouca.

— Sim — respondi sucintamente. Eu precisava que Adam me desse espaço. — Você não quer ir lá pra sala? Ethan vai dormir assim que eu terminar de fechar o lacre da fralda — falei.

— Não. Aqui está ótimo.

Filho da mãe.

Executei os atos maternos de colocar a fralda, vestir as meias e o macacãozinho em Ethan, para logo em seguida colocá-lo no berço enquanto voltava ao banheiro e pegava o remédio contra a febre.

— Segure isso aqui pra mim, por favor — pedi a Adam que atendeu de imediato.

Estendi o frasco de remédio e o conta-gotas, evitando o olhar aquecido de Adam, que não tirava os olhos de mim.

— Você pode ficar com ele um pouco, enquanto busco uma mamadeira de água? Ele odeia o gosto do remédio — informei. Meu Deus. Eu estava nervosa.

— Claro.

Saí em disparada para o corredor, puxando a camiseta para frente, numa tentativa de disfarçar todo o grude indecente que o material havia deixado ali. Parecia que eu estava usando um collant de alguma super-heroína, marcando todas as minhas curvas das formas mais pecaminosas possíveis. Minha vontade era correr para o meu quarto e trocar de blusa, mas quanto mais rápido eu desse o remédio a Ethan, mais rápido Adam iria embora.

Voltei ao quarto e ele estava com Ethan deitado no ombro. Completamente adormecido.

— Então o espertinho sacou que teria que tomar o remédio que odeia e resolveu dormir antes, achando que assim escaparia — brinquei. Adam deu um sorriso de lado. — Mas deite o teimoso no seu braço, vou dar a dose mesmo assim.

— Mas com ele dormindo? — perguntou incerto.

— Sim. Vai ser indolor, você vai ver.

E assim fizemos. Em uma tarefa conjunta. Adam ajeitou Ethan na curva do braço, enquanto eu abri sua boquinha e apliquei as gotas do antitérmico e, já esperando a careta que se seguiria, com o choro irritado, coloquei a mamadeira com a água, para aplacar o gosto ruim.

Ignorei os arrepios no meu corpo com a proximidade de Adam. Eu não poderia pensar em nada daquilo. Nossa história era passado.

Tínhamos, sim, um presente que fora criado por todo aquele arroubo de amor irrefreado, mas havia, há muito, ficado para trás.

Eu não poderia tentar ressuscitar nenhuma espécie de desejo ou sonho que envolvesse Adam St. James na mesma equação, sob o risco de sofrer novamente.

E dessa vez, não aguentar.

CAPÍTULO 33

Adam

Quando o amor não consegue vencer as mágoas e obstáculos que a vida impõe...

Acordei sobressaltado. O sonho recorrente mais uma vez perturbava meu sono e me fazia despertar às cinco da madrugada, o que me deixava totalmente irritado, não que eu dormisse até muito mais tarde do que isso, mas pela impossibilidade de estar realizando aquilo que eu sonhava.

Mila era a estrela de cada um dos meus sonhos. Em todas as vezes. E eu acordava fervendo de um desejo que há muito imaginei ter arrefecido.

Vê-la em toda a sua glória, ou ao menos os contornos daquilo que uma vez possuí, naquela noite em que deu banho em Ethan na minha frente, quase me levou a fazer uma loucura no momento de me despedir para ir embora.

Eu quase mandei tudo às favas e a agarrei ali mesmo, em sua sala de espera, empurrei seu corpo miúdo, aquele corpo do qual sentia tanta saudade, para a parede mais próxima e simplesmente satisfiz meu desejo de possuí-la.

Eu a queria. Sim. Como já tive o prazer de tê-la feito minha.

Era difícil imaginar que a mágoa cederia com tanta velocidade e daria vez aos sentimentos que ela uma vez me despertou.

Quando Mila desapareceu de Nova York, sumindo da minha vida sem deixar vestígios, vivenciei as fases da psicologia que tratam os sentimentos de perda. E acredito que fiquei em negação por muito tempo. Depois me estendi um bom período em ódio. Dediquei toda a minha irritação à mulher que havia me feito sofrer de maneira tão brutal.

Eu pensava que já era um homem formado e não deveria estar sofrendo as merdas das agruras que os contos de amor traziam em seus versos e estrofes. Mas sentia cada uma delas.

E por um tempo dediquei meus dias a esquecê-la. Ou afogando as mágoas em copos de uísque bem servido, ou em mulheres aleatórias que estavam dispostas a apenas uma noite e nada mais.

Mas voltava para o meu apartamento me sentindo um perdedor, solitário e idiota. Feito de imbecil por uma mulher mesquinha que não tinha se dado ao trabalho de encerrar as coisas da maneira mais justa.

Eu me sentia um adolescente. E odiava aquela sensação.

Então deixei que uma frieza se instalasse em meu peito e a deixei ali. Talvez sonhasse com o momento em que a encontrasse novamente. Em algumas vezes, quando cheguei a pensar que ela estava no mesmo lugar, podia sentir a raiva vibrando.

E me alimentei dela.

Pensei que a raiva cederia à resignação e ao fechamento que tanto precisava. Mas quando Ethan entrou na equação, quando comecei a conviver com Mila novamente, quando sua presença começou a me impregnar outra vez com aquela essência de pureza e doçura... porra. Aí eu vi que estava perdido.

Perdido em um amor que nunca deixou de existir, mas eu sabia que não poderia me permitir, pois uma nova desilusão poderia acabar com o que me sobrou de virilidade.

Levantei da cama de um salto e fui ao banheiro do *flat* que estava alugando. Era próximo ao do amigo de Mila e eu não sabia explicar, eu só queria ter a certeza de que poderia ficar de olho nela.

Olhei meu reflexo no espelho e passei as mãos nos cabelos bagunçados. Meu olhar delatava as noites maldormidas. Minha irritação entregava meu total estado de espírito.

Eu não tinha ânimo para trabalhar. Absolutamente nenhum.

Suspirei, resignado em compreender que eu queria e sentia a necessidade constante da presença de Mila Carpenter na minha vida, como precisava do ar para respirar.

E aquele conhecimento ora me trazia um ânimo renovado, ora me irritava, pois eu achava que estava me entregando novamente a um estado de fraqueza que poderia me deixar mais debilitado do que o que já uma vez fiquei.

Eu era um empresário conceituado. Dono de uma multinacional que tinha um renome tão imponente quanto as maiores empresas na América. Mas estava rendido. Naquele momento eu pouco me importava qual era a colocação da fortuna dos St. James na escala da Revista Forbes.

Eu queria simplesmente ser o dono da atenção de Mila. Entrar em sua vida e permanecer nela.

Fazê-la me desejar ardentemente e com tanto anseio quanto o que eu sentia por ela. Torná-la tão dependente de mim, quanto me sentia dela.

E aquilo me fazia o quê? Um cara patético, certo?

Eu queria minha família.

Quando disse a Mila que faria questão de estar na vida do meu filho, era verdade. Eu estaria retomando aquilo que me foi roubado. Os minutos de sua vida que não presenciei.

Mas também acrescentei que provavelmente lutaria por algo que me foi tomado, e aquilo eu me referia a ela. Eu a tinha perdido no momento em que ela saiu da minha vida, mas a queria de volta.

E mostraria, em passos de bebê, como os de Ethan, trôpegos e tentando ganhar confiança, que eu estava ali para ficar.

E começaria com uma artilharia pesada.

Tomei um banho demorado e me vesti de maneira casual. Era um sábado e eu sabia que Mila estaria em casa, mas não tinha averiguado, realmente, se ela teria algum trabalho naquele final de semana.

Disposto a conferir, resolvi arriscar e aparecer do nada.

Peguei a carteira e o celular e como eu tinha dispensado Simpson, o motorista que ficara por minha conta em Houston, e cujo qual acabei estendendo uma espécie de amizade estranha, me preparei para dirigir nas ruas confusas e cheias de viadutos da cidade texana.

Era um pouco mais de nove horas quando parei à frente de sua casa e fiquei olhando para a porta, pensativo, tentando decidir se realmente tocaria a campainha ou não.

Optei pela coragem em enfrentar a tarefa de averiguar se ela estava ali e desci.

Toquei duas vezes e esperei.

Mila apareceu cerca de alguns minutos depois, vestida em nada mais do que um short curto branco e uma camiseta regata preta. Um pano de prato estava pendurado sobre um ombro. Os cabelos estavam lindos em uma trança lateral, do lado oposto ao pano e um sorriso contido delineou-se em seus lábios assim que me viu.

— Adam?

— Bom, essa é minha identidade, fico sempre satisfeito quando você me reconhece de imediato — brinquei.

Ela riu e ainda assim ficou postada diante da porta.

— Não já passamos das formalidades de você ter que me convidar a entrar? — perguntei.

Ela se afastou e disse:

— Desculpa. Que falta de educação a minha. O que está fazendo aqui? — questionou e marchou para a cozinha, sem perceber que meus olhos se direcionaram para sua bunda delineada pelo short revelador.

Segurei um gemido, porque seria um pouco inexplicável dizer: *"Olá, você está realmente comestível com essa roupa e eu meio que não consegui conter meus impulsos animais"*.

— Onde está Ethan?

— Com Vic. Ele o levou para um pequeno passeio — ela disse. Um ciúme irracional ardeu em meu peito.

Ela voltou para o que fazia na cozinha, enquanto me acomodei à mesa, tentando não devorá-la com o olhar.

— Daqui a pouquinho eles estarão aqui de volta. Vic vai ficar com Ethan hoje pra mim — falou, sem se virar.

— Por quê? — perguntei.

Mila olhou por cima do ombro e deu um sorriso.

— Tenho um trabalho hoje. Vou gerenciar uma recepção em um hotel. O serviço de *Buffet* de David está defasado com a equipe dele, então... ele me pediu ajuda.

Hum... sabia que ajuda o filho da puta queria dela. Isso eu tinha certeza.

— Eu posso ficar com Ethan — ofereci de supetão. Eu não sabia nada sobre cuidar de um bebê por conta própria, mas não achava que poderia ser uma tarefa tão difícil.

Bom, eu movimentava milhões de dólares, gerenciava milhares de funcionários de diferentes empresas associadas do Grupo St. James, então, cuidar de um pequeno bebê, ainda mais um que herdava o meu sangue, não devia ser algo tão fora do comum, certo?

— O quê? — ela perguntou e se virou de uma vez, em uma velocidade tão alta que derrubou o vasilhame que tinha nas mãos.

O vidro se espatifou aos seus pés.

— Oh, merda! — gritou e saltou no lugar. Olhei assustado e vi que estava descalça.

— Não se mexa! — gritei de volta. — Você vai cortar os pés.

Levantei de pronto e a arranquei do local cheio de cacos de vidros, colocando-a sentada no balcão da cozinha. Por um instante ínfimo, quando minhas mãos tocaram a pele exposta de sua cintura, onde a camiseta se afastou, senti o ar ficar retido nos pulmões.

181

Nossos olhos se encontraram e minhas mãos pareciam ter ficado coladas em seu corpo. Eu sentia a temperatura de sua pele. Sentia sua respiração acelerada, podia quase ouvir seus batimentos cardíacos, talvez repercutindo os meus. Observei sua boca abrir e engolfei o ar, em busca de oxigênio.

Estava aproximando meu rosto do dela, quando a porta da sala se abrindo nos tirou do encanto onde estávamos envolvidos.

— Mila! Há um garoto aqui com um presente na fralda, e esse presente é pra você!

Afastei-me rapidamente e comecei a afastar os cacos de vidro com meu pé, olhando de esguelha para ela, ainda boquiaberta e sentada no balcão.

— Onde acho uma vassoura para tirar isso daqui? — perguntei.

— Ahn... pode deixar... pode... que... eu... deixa...

— Onde está a vassoura, Mila? — repeti.

Ela apontou para uma porta anexa e abri, deparando com uma despensa, avistando a vassoura e uma pá logo no canto.

Quando voltei, Vic já estava ali, com Ethan no colo, olhando a cena, sem entender.

— Eu... eu... deixei cair a vasilha — ela informou para o amigo.

— Hummm... — ele disse e me encarou, enquanto eu já executava a tarefa de limpar a bagunça.

O silêncio foi um pouco perturbador, sendo rompido apenas pelo tagarelar ininteligível de Ethan.

— Mama! Ti-Vi...

— O tio Vic? O que ele fez?

— Popô...

— O quê? — ela perguntou e começou a rir.

— Ora, seu safado. Quem fez cocô foi você! — Vic ralhou e Ethan puxou seus cabelos. — E agora está me acusando. É sério, Mila. Esse garoto é uma bomba atômica. Veja, ele é perigoso. Se estivéssemos em algum lugar, cercado por mulheres gatas e o cheiro exalasse... O que elas poderiam pensar?

Segurei o riso, mas Mila não conseguiu.

— Humm... talvez que ele tivesse enchido a fralda, Vic?

— Sim, mas ele não poderia atestar isso, certo? Falar: ei, moças! Fui eu quem fiz poops, e não meu tio quem liberou um gás letal... — Vic disse.

— Oh, meu Deus, Vic! É sério que você se preocupou com isso? — Mila ria tanto que temi que pudesse escorregar do balcão.

— É sério, Mila! Pare de rir. Essa desculpa da fralda suja é a mais antiga de todos os tempos. O cara pode muito bem soltar um peido monstruoso no ambiente, resultado de chillis ardidos que comeu no restaurante mexicano da esquina, e daí, pah! Coloca a culpa no moleque. Como as mulheres realmente atestam se é verdade? Elas teriam que chegar perto do pirralho e cheirar o elemento. E garanto, as moças morreriam. Está terrível — ele completou.

— Tudo bem. Eu vou dar um jeito nessa bomba... — Mila disse e pulou da bancada.

Minha vontade era oferecer para retirá-la dali, mas não poderia garantir minhas mãos sobre ela novamente.

CAPÍTULO 34

Mila

Eu tinha que confessar algo. Não estava com a menor vontade de ir trabalhar naquele sábado. A visita surpresa de Adam foi tão surpreendente que encheu meu dia de uma expectativa diferente e cheia de tensão. Ao invés da empolgação que sempre sentia quando tinha um novo trabalho e sabia que teria recursos para mais algum tempo, eu ardia de vontade de simplesmente me entregar ao ócio e poder passar mais tempo ao lado dele.

Quando Adam se ofereceu para ficar com Ethan, cheguei a ficar tão assombrada que perdi o rumo dos pensamentos e derrubei a merda da vasilha que estava lavando. Quando ele me colocou sobre a bancada da cozinha, por um instante, achei que fosse me beijar e... Oh... desejei tanto que aquilo acontecesse. Senti medo até mesmo de ter fechado os olhos, e feito aquele bico, à espera do beijo que poderia vir.

Mas nada aconteceu. Bem, Vic aconteceu.

Ainda me pego rindo de seu relato da fralda de Ethan. Que foi devidamente trocada, com a necessidade premente de um banho, já que o pai ficaria com ele, então era melhor que já deixasse meio caminho andado para Adam.

Lá pelas três horas da tarde me preparei pra sair. Deixei todas as papinhas de Ethan prontas, com todas as anotações necessárias, mamadeiras, brinquedos, roupas extras, tudo o que ele precisasse, deixei à mão.

Mas confesso que estava nervosa. Não por não confiar nele como uma pessoa capaz de cuidar de Ethan. Mas por todas as mudanças que aquele simples gesto poderia causar a partir dali.

Nossa amizade estava alcançando um patamar desconhecido. Eu não sabia se estávamos voltando àquele conforto de convivência que tínhamos naqueles meses em que ele frequentava a *deli* da Sra. Doodley, ou se era algo novo.

Eu não sabia se tínhamos algo para ser classificado. Meu Deus. Tudo o que eu sabia era que Adam St. James ainda fazia com que minhas pernas tremessem como gelatina, com que meu estômago doesse quando descíamos em uma montanha-russa vertiginosa...

Adam vinha me fazendo sonhar... quase todas as noites eu acordava suada e esbaforida. E não sabia o que fazer com aquilo.

Pelo bem de Ethan eu sabia que devíamos ter um relacionamento amigável. Que poderíamos ser pais agradáveis que zelavam pelo bem-estar do filho, tratando-se com respeito e consideração.

Eu tinha medo de desejar que voltássemos às fagulhas da paixão de outrora.

Sentia medo de me permitir desejar aquilo outra vez. O medo tinha muito a ver com as complicações que poderiam ocorrer caso nunca déssemos certo como uma vez chegamos a dar.

E se aquilo estragasse a pequena ponte que estávamos construindo para ligar a minha vida, como mãe, à dele, como pai de Ethan?

Terminei de ajeitar o vestido preto no corpo e arrumei os cabelos pela última vez. Saí do quarto e segui as risadas. Os dois estavam no chão, brincando com os brinquedos de Ethan.

Adam estava deitado, enquanto Ethan montava alguma coisa em seu abdômen chapado. Oh, minha nossa.

— Bom... ahn... eu devo estar de volta às dez e meia, mas se você precisar de qualquer coisa, Adam, qualquer mesmo, você pode me ligar, ou ligar para o Vic — falei, nervosa. Seu olhar concentrado em mim estava me deixando desconcertada.

— Tudo bem — respondeu.

Abaixei rapidamente e dei um beijo em Ethan, sabendo que Adam mantinha o olhar fixo em mim.

— Eu não ganho um beijo de despedida? — perguntou com um sorriso safado no rosto.

Dei um sorriso sem graça e apenas acenei um tchau.

Não sei como consegui trabalhar. Estava contando os minutos. Faltavam pouco mais de vinte para encerrar o turno do evento e eu poderia dispensar todos os contratados. A cozinha já estava sendo devidamente organizada enquanto os últimos garçons voltavam com suas bandejas remanescentes.

Eu estava fazendo as anotações dos utensílios, quando senti a presença de David às minhas costas.

— Excelente trabalho, querida — falou.

Dei-lhe um sorriso.

— Obrigada.

— Eu já disse que preciso de você como minha gerente operacional de forma definitiva — disse e passou a mão pelo meu braço. — Um emprego fixo, não apenas esporádico quando os eventos surgirem, Mila. O que me diz?

Olhei para o homem que vinha me rondando nos últimos tempos e o encarei. David Manchester era um homem bonito. Não havia sombra de dúvida naquilo. Era simpático e trabalhador também. Divorciado, tinha uma filha adolescente, Kendra, que podia ser um pouco difícil, mas nunca me tratara mal.

Mas onde antes eu via uma possibilidade, agora eu não conseguia sequer cogitar a ideia de me envolver. Com Adam de volta e tão próximo, era meio difícil explicar, mas sentia como se o estivesse traindo, mesmo que não estivéssemos envolvidos de forma alguma.

— É uma proposta muito tentadora, David. Mas tenho que organizar tudo em prol de Ethan — falei seriamente.

— Ora, Mila. Você terá mais recursos para arranjar uma creche pra ele. Ou uma babá em tempo integral, se essa for a sua vontade.

Ali é que estava a coisa. Eu não queria abrir mão dos cuidados do meu filho para me dedicar a um trabalho exaustivo. E eu sabia que trabalhar com ele se enquadraria naquela categoria.

— Eu sei.

— Você tem uma oportunidade fantástica aqui, meu bem.

Eu não gostava quando ele me chamava de "meu bem". Dava a impressão de que eu era algo a mais do que era e não curtia que os outros funcionários, mesmo que terceirizados, pensassem diferente do que realmente existia.

— Você veio com seu carro?

David sabia que eu não tinha um carro. Na verdade, recusei terminantemente que Vic comprasse um carro pra mim, mesmo que a desculpa que ele deu fosse a de que o uso era para mim e Ethan. Eu estava juntando dinheiro, e em breve, poderia comprar um econômico.

Eu era assim. Odiava a sensação de esmola. Talvez a culpa fosse da maneira com a qual sempre fui tratada em todos os lares pelos quais passei. Como uma indigente que só merecesse esmola e pena das pessoas. Então jurei a mim mesma que nunca precisaria disso e faria questão de me erguer sozinha, de onde fosse.

Eu tinha pernas e braços. As pernas me levariam para todo lugar, e eu não tinha problemas em caminhar, usar transportes públicos e afins. Os braços me faziam executar tarefas que fossem necessárias para garantir o sustento do meu filho.

Nesse esquema das coisas, quem mais odiava essa minha teimosia era Vic. Por estar começando a viver de acordo com seu salário mais condizente à profissão que escolheu, ele odiava que eu não aceitasse sua ajuda em quase nada, somente naquilo que eu achava imprescindível, ou quando ele usava de argumentos tão infalíveis que não tinha como vencê-lo. Como o fato de deixá-lo pagar meu plano de saúde e o de Ethan.

— Não se preocupe. Vou voltar de *Uber*.

— Eu faço questão de levá-la em casa — ele disse, categórico.

— Sério, David...

— Por favor. Faço questão.

— Está bem.

Depois de tudo encerrado, aceitei a carona e segui em um silêncio um pouco desconfortável dentro do carro aquecido de David.

Quando chegamos à frente da minha casa, ele parou, mas segurou minha mão antes que eu conseguisse abrir a porta.

— Quando vai aceitar sair comigo, Mila? — perguntou sem rodeios.

Engoli em seco. Coloquei uma mecha que havia se desfeito do penteado, atrás da orelha.

— David... eu não acho que seria bom misturarmos as coisas — falei com sinceridade.

— Isso tem a ver com o homem que chegou à sua casa aquele dia?

— O quê?

— O pai de Ethan? Sua recusa tem a ver com o pai dele? — insistiu.

Eu não sabia o que responder. Honestamente.

— Não... nã-não...

— Você gaguejou. Isso já é um sinal, meu bem — brincou.

187

— Olha, existe uma longa história ali, mas é passado — falei.

Eu estava irritada. Não tinha que dar satisfações da minha vida, mas sentia que era o que estava fazendo.

— Então se ele é passado, por que você não agarra o que está bem na sua frente, no presente? — perguntou e me puxou para um beijo molhado e cheio de língua afoita.

Eu odiei. Com muita força. Quase o mordi. Mas senti nojo do sangue que provavelmente sairia.

Empurrei com mais brusquidão do que necessário e o fulminei com o olhar.

— Nunca mais coloque as mãos em mim, sem que eu peça por isso! — falei por entre os dentes.

— Ei... ei... me desculpe. Eu... achei que você também queria isso... — disse e parecia arrependido.

— Se eu quisesse, teria aceitado seu convite quando fez da primeira vez e você saberia — respondi com irritação. — Não gosto de ser agarrada, David.

Ele ergueu as mãos, como se estivesse pedindo desculpas.

— Me perdoe, Mila. Achei que poderíamos estar na mesma página, meu bem.

— Para estarmos na mesma página, David, nós deveríamos estar, pelo menos, no mesmo livro. O que não é o caso. Então, com licença — disse e saí marchando para a porta da frente.

David ainda conseguiu me alcançar na entrada.

— Ei!... por favor, meu bem... me perdoa — pediu novamente. — Não vamos deixar que isso estrague nosso relacionamento...

A porta se abriu de uma vez e um Adam descabelado, com Ethan adormecido no ombro, estava ali. Em uma cena doméstica e fofa ao mesmo tempo. E se o olhar em seu rosto fosse um indicativo, também havia um quê de protetor vindo em defesa de alguma mocinha "indefesa", coisa que eu não era. Embora todos os homens da minha vida teimassem em achar isso.

— Boa noite, David — falei e olhei para sua mão enfaticamente, de modo que ele me soltasse. Adam também o encarava com cara de poucos amigos.

— Vou ligar pra você.

Nem me dignei a responder, virei-lhe as costas e entrei, sendo seguida por Adam, com nosso filho dormindo.

— Você podia ter colocado o Ethan pra dormir no bercinho, Adam — falei, ainda de costas, retirando os sapatos.

— Mila?

— Hum?

— O que aconteceu ali?

— Humm? — perguntei, tentando desconversar. Fui diretamente à cozinha. Cozinhas tendem a distrair sobre assuntos diversos.

— Mila.

— O quê?

— O. Que. Aconteceu. Ali? — perguntou novamente.

— Nada, Adam.

— Nada não é uma resposta suficiente, Mila. Você está nitidamente aborrecida, então me diga o que aconteceu.

Olhei para Adam, que ainda mantinha Ethan no colo.

— Posso colocar nosso filho na cama? — perguntei.

Ele me seguiu e entrei no quarto de Ethan, com ele às minhas costas. Adam estava mais próximo do que o necessário, para dizer a verdade, mas talvez eu precisasse de uma proximidade naquele momento, então deixei.

Afastei as cobertas do bercinho e quando me virei para retirá-lo de seu colo, ele se afastou.

— Deixe que eu o coloco aí — disse.

Cruzei os braços, abraçando meu próprio corpo. Estava saindo do quarto quando o senti atrás de mim.

Estendi a mão para apagar a luz e sua mão segurou meus dedos, fazendo com que nossos dedos desligassem o interruptor juntos.

Ele me puxou pelo cotovelo para a sala, em silêncio. Fiz menção de me dirigir já à porta de saída, indicando que talvez ele fosse embora, mas Adam me puxou para o sofá.

Acabamos sentados lado a lado. Eu evitava seu olhar.

— Agora você vai me falar?

— Não há nada pra falar, Adam — eu disse e suspirei. Aproveitei e soltei o penteado que já começava a me dar dor de cabeça. — Ele apenas excedeu um limite que sempre deixei claro. Apenas isso.

— Que limite?

— Ah, meu Deus, Adam. O que isso te interessa? — perguntei, irritada.

— Você tem alguma coisa com esse cara, Mila?

Olhei para ele. Sua pergunta saiu em um tom raivoso.

— Não. Ele é meu chefe em alguns serviços que pego. Já me ofereceu trabalho fixo, mas não aceitei.

Fiquei calada e mordi o lábio inferior, sem saber se revelava mais coisa ou não.

— O que mais?

— Só isso.

— Não é só isso, Mila. Você é uma péssima mentirosa. E vou dizer algo muito óbvio, até mesmo para um cego a dez quarteirões de distância. Aquele cara ali está a fim de você.

Bom, eu não poderia me fazer de idiota e negar. E Adam era inteligente. Se ele tinha sacado, era porque David fora muito óbvio e homens pareciam não ser perceptivos, mas eram.

— Eu sei. Mas a recíproca não é verdadeira — falei e evitei seu olhar.

— Ele te chamou pra sair? — Adam insistiu na entrevista minuciosa.

— Sim — respondi. *E que merda era aquela? Ele era alguma espécie de terapeuta confessional?*

— E você aceitou?

— Não! — respondi indignada.

— E por que não?

— Meu Deus, Adam! O que é isso? Estou sob investigação?

— Você está aflita. Quero saber a razão.

— Não tem razão nenhuma, Adam. — Tentei me levantar, mas ele segurou minha mão. As ondas de eletricidade percorreram minha pele, causando um estremecimento imediato.

— Mila.

— Tá, ele me beijou e não gostei. Foi isso. Não gosto de ser coagida a beijar alguém ou ser pega de surpresa, sei lá. Eu... eu... não gosto. Ou... ao menos, com ele, não gostei. É isso.

Adam pareceu tremer ao meu lado e olhei para seu rosto que estava duro como pedra.

— Ele te agarrou?

— Não no sentido sórdido. Apenas me puxou para um beijo. Mas eu estou exagerando... é isso. É só que não gosto da sensação de ser beijada à força.

Adam se levantou rapidamente do sofá. Andou de um lado ao outro, como se estivesse buscando paciência em algum lugar. Olhou para cima e suspirou rapidamente e várias vezes.

— Eu posso voltar amanhã ou tem algum programa? — perguntou.

— Não tenho nada programado.

— Então vou levar você e Ethan para um passeio, tudo bem? — Ele pegou o celular e carteira na mesa de centro e me encarou.

Levantei do sofá e fui em direção à porta. Adam parou ali, quando eu a segurava aberta para que ele saísse.

— Obrigado pela confiança em ter me deixado ficar com nosso filho — ele disse.

— Eu que agradeço por ter se disponibilizado para ficar com ele, Adam.

— Foi um prazer. Tivemos altos papos — disse sorrindo.

Adam desceu as escadas e começou a se afastar rumo ao carro estacionado na calçada. Eu estava recostada de braços cruzados na porta ainda aberta.

De repente ele parou, voltou até onde eu estava e se postou à minha frente. Como era muito mais alto, e eu já havia me desfeito dos meus saltos, tive que inclinar totalmente o rosto para cima.

Adam segurou minha nuca, e sua mão era tão grande que um polegar ficou apoiado na minha mandíbula.

Então desceu a boca suavemente na minha, mas parou a milímetros de alcançar o alvo. Nossos olhos nunca se desconectando. Depositou um beijo em cada canto e se afastou.

— Aqui está o beijo de despedida que você ficou me devendo quando saiu, antes de ir trabalhar. E também para tirar um pouco da impressão pérfida do crápula que ousou colocar as mãos em você — falou. — Só não vou beijá-la com a vontade que sinto agora, porque quando acontecer, quero que seja porque você quer também.

Ao dizer aquilo, Adam virou e se afastou. Entrou no carro e sumiu de vista.

Oh, meu Deus. Se ele soubesse que a minha vontade era simplesmente implorar que ele tirasse o gosto de David e marcasse apenas o dele. Que forjasse sua marca e me mostrasse o que eu sentia falta há tanto tempo...

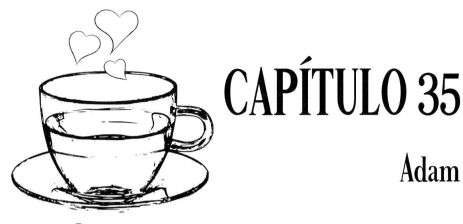

CAPÍTULO 35

Adam

Busca-se na força interior, a necessidade para se seguir adiante.

Contei os minutos no relógio. Quando saí da casa de Mila na noite anterior e a deixei com apenas aquela sombra de beijo, não sabia que perderia o sono já há muito perdido.

Deixei-a de aviso de que passaria no domingo de manhã cedo para buscá-los para um passeio. Não fazia a menor ideia de onde levá-los para que se divertissem um pouco, ali naquela cidade até então desconhecida para mim.

Mas me esforçaria, porque o que importava era sua companhia. Eu a queria ao meu lado. Queria viver aquela sensação familiar de tê-la e também a Ethan, em um momento idílico, onde eu pudesse sonhar que estávamos juntos, felizes e caminhando para algo muito maior.

Eu precisava elaborar meus passos e preparar uma artilharia mais pesada. Para isso, tinha que colocar minha mãe na equação, e, assim que o dia amanheceu, fiz questão de entrar em contato.

— Adam? Estou surpresa com sua ligação, meu filho. Tudo bem que você me liga aos domingos, mas normalmente quem pega o telefone para ligar sou eu, já que nunca se lembra da minha existência ou de seu pai — ralhou. Respirei fundo, porque às vezes meus pais conseguiam me irritar profundamente com suas cobranças.

Por mais incrível que pudesse parecer, ao invés dos dois se aventurarem em viagens maravilhosas ao redor do mundo para descansar e curtirem a companhia do outro, eles se ocupavam, muitas vezes, de se lamuriarem pela ausência que eu impus, principalmente nos últimos tempos.

O sofrimento com a rejeição de Mila realmente me colocou em um tempo de reclusão, onde buscava muito mais a minha própria companhia, do que a de meus pais ou conhecidos, ainda mais porque minha mãe tentava fazer as vezes de alcoviteira, armando encontros fortuitos com as filhas de suas amigas de longa data. Nesse meio tempo, eu sabia que ela desejava que eu e Anne, em algum momento, nos acertássemos de alguma forma. O que não aconteceria nunca.

— Mãe... como sempre, ainda cultivando a veia dramática, não é? Andou assistindo a algum espetáculo da Broadway? — cacoei com ironia.

— Tão desaforado, meu filho... não sei a quem puxou esse comportamento arredio. Ah, sim. A mim! — ela respondeu e riu.

Sua risada espontânea me arrancou um sorriso e um suspiro de saudade.

— Mãe, tenho algo pra lhe dizer — falei e aguardei que ela se acalmasse em sua crise de risos.

— Oh, parece meio sério. O que houve? Não foi outro acidente, não é? Adam, é sério. Você está pior do que criança...

— Não, mãe. Não é nada disso. Mas tem algo a ver com aquele acidente de algum tempo atrás — disse e afastei a cortina para olhar a vista do alto, do meu apartamento —, também tem algo a ver com a mulher e o garotinho que estavam envolvidos naquele acidente.

— Certo. O que aconteceu?

— A criança é meu filho, mãe — falei de pronto. O silêncio foi imediato.

— O quê? — O tom de sua pergunta foi em alguns decibéis acima do permitido por lei. — Adam! Como assim? Você tem um filho e esteve escondendo isso de mim e do seu pai?

— Eu só soube há pouco tempo, mãe. Somente nesta viagem a Houston é que tive a grata surpresa e acabou sendo da maneira mais intensa e trágica.

— Meu Deus. Preciso de um drink. Não, espera. Está muito cedo. Preciso de um café forte.

Contive a vontade de sorrir ante sua agonia óbvia.

— Adam... quantos anos ele tem?

— Um ano. Eu e a mãe dele tivemos um breve romance há uns dois anos — eu disse, mas retive a informação de que eu era apaixonado pela mãe. Era não. O verbo estava completamente defasado. Sou. Ainda sou apaixonado por Mila. — Ela desapareceu da minha vida e...

193

— E nunca apareceu por imaginar que você pensaria que ela estava lhe dando um golpe da barriga — minha mãe completou.

— Sim.

— E você tem a plena certeza de que ele é seu?

— Mãe. Espere um momento. Vou desligar a ligação. Mas tenho certeza de que em menos de alguns segundos, você vai me retornar.

E foi o que fiz. Encerrei nossa ligação e enviei uma foto que eu havia tirado de Ethan, na sala da casa de Mila. Além de uma minha com ele, adormecido em meu colo.

Menos de um minuto depois, o celular tocou na minha mão.

— Meu Deus, meu Deus! Eu tenho um neto! — ela gritava do outro lado. — Ele é a sua cópia, Adam! Na sua idade! Não restam dúvidas, esse garotinho é tão seu, quanto meu e do seu pai. O sangue dos St. James corre nessas veias em miniatura!

Revirei os olhos porque tudo para meus pais era ligado à hereditariedade e propagação do nome dos St. James. A posteridade estava garantida aos seus olhos, pelo jeito.

— Sim, mãe.

— Eu quero conhecê-lo, Adam. Eu e seu pai queremos conhecer nosso neto. O quanto antes. Oh, meu Deus! Eu sou avó! Tudo bem que não tenho cara de avó, porque sou muito bem cuidada, mas serei a avó mais elegante de Nova York. Minhas amigas morrerão de inveja!

Sua euforia era contagiante.

— Quero conhecer a mãe dele também — ela disse, abrandando o tom. — Vocês... ahn, vocês têm um relacionamento?

Eu não sabia o que responder.

— Não como eu gostaria, mãe.

— Ela é casada? Está em outra? — Comecei a rir da tentativa da minha mãe em falar coloquialmente. — Se vocês já produziram esse garotinho lindo, tenho certeza de que a fagulha ainda está aí, em algum lugar. Adormecida, talvez.

— Eu estou trabalhando para tentar reconquistá-la — admiti. — Mas quero que as coisas sejam devagar. Sem pressa. Nosso relacionamento foi meio explosivo e talvez não tenha durado o que projetei porque falhei em alguma coisa. Devo ter me precipitado.

— Você nunca se precipita, Adam. Você é um articulador nato. Você programa, organiza, avalia e observa. Depois age.

Bem, aquilo era verdade. Definia bem a forma como me aproximei de

Mila nos meses que antecederam ao momento em que finalmente a toquei e a tive para mim.

— Eu sei. E essa deve ser a abordagem que tenho que executar.

— Talvez seja hora então de uma reviravolta, meu filho. Esqueça as sutilezas e parta para o ataque. Mostre a essa garota que você a quer. Assim. Sem deixar nenhuma margem para dúvidas, entende? Muitas vezes, nós, mulheres, não entendemos quando um homem apenas está rondando. Isso envia mensagens dúbias. Às vezes o melhor ataque é... um ataque mesmo. Eu ia usar o ditado popular de "o melhor ataque é a defesa", mas percebi que não tem nada a ver aqui. Talvez só se você "defender" seu coração para garantir que não vai sair ferido.

As palavras sábias da minha mãe diziam tudo o que eu precisava saber para me decidir e finalmente tomar uma atitude.

— Eu vou levá-los para conhecê-los, mãe.

— O mais rápido possível.

— Sim.

— Há um feriado na próxima semana. Eu e seu pai estaremos sem fazer absolutamente nada — ela disse, dando a dica.

— Sim, senhora.

— Adam?

— Sim, mãe.

— Estou ansiosa para conhecer meu neto e a mulher que conquistou seu coração.

Encerramos a ligação e saí do apartamento completamente renovado em minhas ideias. Eu levaria Mila e Ethan em um passeio naquele domingo de sol, e a convenceria, de alguma forma, a ir comigo a Nova York.

Eu não sabia como, mas se uma vez pude contar com meu charme para me aproximar dela e conquistá-la, talvez fosse chegado o momento de desenferrujar estas ferramentas e conferir se estavam aptas ainda a obter o efeito desejado.

CAPÍTULO 36

Mila

Adam chegou de manhã bem cedo, trazendo um sem número de sacolas e um sorriso aberto no rosto.

Abri a porta de casa, ainda sonolenta, sem coragem para qualquer evento que ele tenha programado, mas sua empolgação era tão contagiante que não consegui dizer que preferia ficar em casa.

— Preciso saber se você já levou Ethan para conhecer o Zoológico — Adam ia falando enquanto retirava algumas compras das sacolas e colocava na mesa da cozinha —, porque, eu sei que ele é pequeno, mas pesquisei na internet e este é um passeio que está listado entre os dez mais adorados pelas crianças do mundo inteiro.

Recostei-me ao balcão e cruzei os braços, sorrindo de sua vibração com a possibilidade do passeio. Eu não sabia se ele estava mais excitado, ou se Ethan ficaria tanto quanto.

— Ahn, o dia em que Vic ia levá-lo, choveu. Então, não. Ethan ainda não conheceu o Zoológico de Houston — respondi e ganhei um olhar quente acompanhado de um sorriso exultante.

— Maravilha. Será sua primeira experiência. Será inesquecível.

Eu podia apostar que sim.

— Bem, comprei algumas coisas para levarmos em uma mochila térmica. Que também fiz questão de comprar, pois não sabia se você tinha uma.

Revirei os olhos. Era óbvio que toda mãe de criança pequena tinha uma mochila ou bolsa térmica.

— Você não precisava ter gastado todo esse dinheiro, Adam. O que temos aqui já seria o suficiente.

— Bom, eu quis fazer isso. Também será minha primeira visita a um Zoológico.

Quando ele disse aquilo, abri minha boca em choque. Adam St. James nunca tinha ido a um Zoo na vida? Nunca tinha tido aquela experiência que toda criança deve ter?

— Você nunca foi a um Zoológico? — perguntei assombrada.

— Não. Digamos que minha educação com as babás e professores estava mais voltada a visitações em Museus e afins.

— Oh.

Adam terminou de organizar os itens na mesa e resolvi ajudá-lo a embalar algumas guloseimas. Ele havia comprado uma quantidade tão absurda que daria para alimentar todas as crianças do parque.

Depois de alguns minutos em um silêncio confortável, trabalhando lado a lado, ignorando as ondas de choque erótico que circundavam meu corpo, sempre que nossos braços ou mãos se tocavam, finalmente resolvi aprontar Ethan para o passeio.

— Eu volto logo.

Ajeitei meu garotinho com um short confortável e uma camiseta de super-herói, com um escrito assim: "Meu pai é melhor que o Batman". Um tênis surrado que ele amava, completava o visual e um boné para protegê-lo do sol.

— Vá para a sala, Ethan. O papai está lá — eu disse ao pequeno que saiu tropicando pelos corredores atrás de Adam.

Escolhi para mim uma calça *legging* preta e uma camiseta branca solta, de botões, um par de tênis e um boné, onde encaixei meu rabo de cavalo para que ficasse comportado durante todo o dia. Um batom rosado e uma leve camada de perfume, e eu estava pronta.

Encontrei Adam e Ethan rindo na sala, brincando. Ao que indicava, o pai tinha amado a camiseta do filho.

— Estou pronta.

Adam se levantou com Ethan no colo e seu olhar percorreu meu corpo de cima a baixo, trazendo um calor que esquentou de dentro para fora. Senti meu rosto ficando vermelho e me virei para buscar as bolsas na cozinha, para disfarçar.

Adam chegou ao meu lado quase que no mesmo instante, com Ethan apoiado em um lado e um braço estendido para alcançar a mochila mais pesada com o outro.

Seu olhar ainda era um pedido mudo de algo que eu me recusava a nominar. Mas eu podia sentir a fome que ardia ali naqueles olhos, porque tinha certeza de que devia estar refletindo a minha.

Lá pelas tantas do passeio, depois de mais de cinquenta espécimes de bichos visitados e surtos empolgados de Ethan, além dos momentos em que pudemos rir e nos divertir como se fôssemos uma família feliz, como tantas outras que ali estavam, resolvemos parar em uma área de descanso, para um lanche.

Ethan estava dormindo no carrinho. Acho que fora muita informação para sua cabecinha. Mas um sorriso feliz estava delineando seus lábios infantis.

Eu estava saboreando um sanduíche, quando Adam começou o assunto:

— Mila?

— Hum? — respondi distraída. Estava mais preocupada em mastigar e não morrer engasgada, tamanho o meu nervosismo.

— Meus pais gostariam muito de conhecer Ethan — falou e aguardou minha reação.

Ainda bem que eu tinha engolido, ou teria entalado com o pedaço de pão.

— O quê? Você v-você falou dele? Digo, de nós? — perguntei assombrada.

Oh, meu Deus. É claro que ele falaria de Ethan, não é? Era filho dele.

— Sim. E eles querem conhecê-lo.

Afastei a onda de pavor e tristeza com sua informação. Claro que eles queriam conhecer o neto.

— Oh... eles têm planos de vir a Houston? — sondei.

— Não. Na próxima semana haverá um feriado e eles pediram para que fosse nessa data.

Senti o sangue esvair do meu rosto. Achei que pudesse passar mal ali naquele momento. Eu não deixaria um ataque de pânico me engolfar novamente.

Na próxima semana? Adam queria levar meu bebê na próxima semana? A Nova York?

— Ahn... você quer levar Ethan a... a... Nova York, na próxima semana? Adam, eu... eu não acho que ele possa viajar assim, digo, ele é tão pequeno e... oh, meu Deus. Eu sei que você é o pai dele e... — comecei a falar atropeladamente.

— Mila... ei... o que você está falando?

— Você quer levá-lo, mas ele é tão pequeno e... nunca ficamos longe um do outro... não sei se ele vai se adaptar... e — Adam colocou a mão na minha boca, impedindo meu discurso acelerado. Arregalei os olhos.

— Eu não quero levar somente ele, Mila. Eu quero levar você junto. Meus pais querem conhecê-la, também.

— *Oqhuis??* — tentei perguntar, mas com a mão cobrindo minha boca ficava meio difícil.

— Meus planos envolvem vocês dois. O que você achou? Que eu a afastaria de Ethan?

Sacudi a cabeça, já que Adam não me liberava em momento algum. Percebi que ele acariciava meu rosto com o polegar.

— Porra, você ainda não me conhece, não é mesmo? — perguntou e seu tom era triste.

Quando por fim me liberou, Adam não afastou os olhos dos meus.

— Diga apenas que aceita ir comigo.

Pensei rapidamente nos prós e contras da proposta. Não era nada muito impossível de se fazer e nem era um pedido absurdo. Os pais dele tinham direito a fazer parte da vida do neto e se demonstraram interesse, ao invés de repúdio, era porque provavelmente valiam a pena.

É claro que eu sentia um medo irracional, bem lá no fundo, de que os pais de Adam fossem esnobes e acabassem me rechaçando, ou ao meu filho, acusando-nos de toda sorte de atos vis contra sua riqueza e imponência.

— Tudo bem, Adam. Eu aceito ir, mas você tem certeza de que agora é um bom momento?

— Tão bom quanto outro qualquer, Mila. Mais cedo ou mais tarde chegaria aos ouvidos da minha mãe a existência de Ethan e eu sei que se não fosse por mim, se eu não levar o neto até ela, o mundo vai ruir em pedaços — ele disse e deu um sorriso lindo.

— Ethan nunca andou de avião.

— Mais uma primeira vez para acrescentar em sua lista de atividades providenciadas pelo superpai — ele brincou.

Devolvi o sorriso, feliz em constatar que Adam parecia realmente satisfeito em participar de todos os momentos marcantes da vida do filho.

— E quero estar presente em muitos outros mais, Mila — falou e me lançou um sorriso enigmático.

Abaixei a cabeça envergonhada e olhei para meu filho adormecido no carrinho. Tão inocente das decisões à sua volta. Tão puro e intocado em

199

todas as suas emoções.

Eu já podia sentir a necessidade que ele tinha do pai ao redor. A conectividade com que se ligou a Adam era incrível. E o sentimento era recíproco.

Não me escaparam as olhadelas que ambos arrancaram das mulheres nas redondezas, quando Adam o colocou sentado sobre os ombros. Não deixei de prestar atenção aos suspiros embevecidos e sussurros das outras mães.

Sim. Os dois formavam uma figura linda. Digna de um quadro, uma pintura. Um a cópia do outro. O sorriso de Ethan era idêntico ao de Adam.

Em um determinado momento, quando Adam segurou minha mão, para que andássemos lado a lado, entrelaçando nossos dedos, pude ter apenas um vislumbre de como uma família verdadeiramente feliz deveria parecer.

E deixei a emoção me dominar naquela cena utópica, fingindo, por um momento apenas, que aquele hiato em nossas vidas nunca existiu e que nunca houve uma rachadura emocional em nossos sentimentos.

Eu ainda amava Adam St. James. Mas ele ainda seria capaz de me amar?

Chegamos do passeio, completamente exaustos. Ethan dormia profundamente e seria difícil até mesmo lhe dar um banho no estado em que se encontrava. Adam entrou na minha casa com nosso filho nos braços, enquanto eu colocava todas as tralhas do dia no chão, logo ao lado da porta.

— Será que você pode colocar esse porquinho na cama, por favor? — perguntei e vi quando ele disfarçou o sorriso.

— Você não vai dar um banho nele?

— Já ouviu falar de banho de gato? — questionei, retirando os calçados e massageando os pés cansados. — A gente pega o lenço umedecido, benditos sejam esses instrumentos maternais, e limpamos toda a pele poluída de germes e nojeiras do dia. E pronto... ele vai dormir até com cheiro de lavanda, que é a nova fragrância do último que comprei.

Adam riu e seguiu em direção ao quarto de Ethan.

Eu ia descalça para a cozinha, levando algumas sacolas, mas antes que conseguisse cruzar o umbral da porta, a campainha me sobressaltou. O que já me deixou quase chocada, se não fosse o pequeno grito que ia soltando de susto. Quem seria àquela hora? Vic não era, já que tinha jogo naquela noite.

Voltei e abri a porta, dando de cara com David Manchester e um buquê de rosas vermelhas nas mãos.

— Boa noite, Mila — ele disse e deu um sorriso constrangido. — Eu telefonei mais cedo, mas não obtive nenhuma resposta, então resolvi arriscar, sabendo que normalmente você coloca seu filho pra dormir cedo — completou.

Uau. Ele era observador. Tinha até mesmo se dado conta dos meus horários e de Ethan?

— Ahn, boa noite, David... eu... é... nós acabamos de chegar da rua, na verdade — falei, tentando não gaguejar torpemente. — Estávamos no zoológico.

— Bem...

Antes que ele pudesse completar, Adam voltou do quarto de Ethan e os olhos de David se fixaram exatamente atrás de mim, o que só poderia estar denotando que havia um embate visual entre os dois homens. Tentei não revirar os olhos, e senti que o esforço hercúleo em me conter me dava dor de cabeça.

— Você foi passear com o pai de Ethan? — David questionou, voltando o olhar aguçado para mim.

— Fui.

— Será que poderíamos falar a sós? — perguntou.

— Não, ela não pode falar a sós com você — Adam se intrometeu antes que eu respondesse.

— Adam! Por favor, não seja rude!

Ele parou atrás de mim, com os braços cruzados, encarando de maneira acintosa o homem à minha frente.

— Só um momento, David — falei e fechei a porta em seu nariz.

Lancei o olhar mais irritado para Adam com direito a um quase rosnado da parte dele, como resposta.

— Você não tinha o direito de ser grosso assim com um amigo! Eu vou apenas ver o que ele quer e já volto pra resolver esse assunto com você! — falei, apontando o dedo.

Marchei para fora de casa e deparei com David recostado na balaustrada da varanda.

— Eu vim me desculpar pelo meu comportamento de ontem, Mila.

— Desculpas aceitas, David — disse e aceitei as rosas que ele me oferecia. Seria falta de educação fingir que não estava vendo seus braços estendidos.

— Você e... o pai do Ethan, estão juntos? — perguntou.

— Somos amigos, David. Estamos tentando manter um relacionamento amigável pelo bem de Ethan. Éramos amigos antes, estamos tentando estabelecer alguma forma de convívio tranquilo agora — falei, mas sabia que estava mentindo para mim mesma. Eu não queria Adam apenas como amigo. Eu o queria como o meu tudo.

— Bem, Mila. Eu espero que o que aconteceu não venha a atrapalhar o relacionamento confortável que também tínhamos e que você realmente me perdoe. Eu passei os limites...

— Sim, passou. Mas vou desculpá-lo e poupá-lo de pedir mais desculpas, David. Está tudo bem.

Ele tentou me dar um beijo, mas me afastei.

— Temos um relacionamento confortável e profissional. Esse é o limite que existe e sempre haverá entre nós — falei.

Vi quando ele engoliu em seco e aceitou resignado as minhas palavras.

— Eu te vejo em uma próxima ocasião, Mila — disse e despediu-se.

— Tudo bem. Até mais, David.

Esperei que ele virasse as costas e voltei para dentro, fechando a porta em um baque. Dei de cara com Adam na cozinha, sentado confortavelmente, com as pernas esticadas à frente, tomando uma taça de vinho.

— Fique à vontade — falei com ironia.

— Eu estou à vontade. Nada como um bom vinho para encerrar um dia tão agradável. E para entorpecer um pouco os sentidos e apagar a irritação crescente do início da noite — disse e deu um sorriso enviesado.

Coloquei as rosas sobre o balcão e me recostei, não me importando em colocá-las em um recipiente adequado. Cruzei os braços à frente do corpo e o encarei.

— Qual é o problema agora, Adam?

— Qual é a desse cara, Mila?

— Não é óbvio? — perguntei, devolvendo a ironia de sua resposta.

— Sim. É bastante óbvio. É tão óbvio quanto observar que todos os homens ao seu redor são completamente rendidos a você e a arena fica cheia a cada dia — falou irritado.

— Arena? Você está fazendo alguma analogia tosca de competição pela minha mão? — perguntei rindo, mas sem achar nenhuma graça. — Espera... que todos os homens ao meu redor?

— Esse David, Victorio...

— Vic?

— Sim, Mila. Existe outro Vic na sua vida? Estou falando do mesmo, que você alega ser apenas seu amigo.

Afastei-me da bancada de uma vez, parando à sua frente em uma atitude beligerante, irritada pra caralho.

— Você está louco? Está misturando tudo agora? O vinho te fez mal por conta de todo o sol que tomou na cabeça?

Adam se levantou da cadeira e me olhou de cima, também irritado, agora passando as mãos pelos cabelos. Quando viu que estávamos muito próximos, se afastou como se tivesse levado um choque.

— Olha, eu vejo a forma como Vic cuida de você. Ele te ama. Isso é um fato incontestável. E eu sei que você também o ama e que Ethan o ama. É difícil fazer parte de um cenário onde os personagens estão tão bem definidos assim...

— Adam — eu disse lentamente —, Vic e eu nunca tivemos absolutamente nada e eu não menti pra você. Nós somos amigos. Apenas isso.

— Me explique o porquê dessa obsessão que ele tem por você, Mila! Até hoje não me desce o fato de ele ter sumido com você de Nova York, porra!

Saí da cozinha, sendo seguida por ele, e me sentei no sofá da sala, segurando as mãos nervosamente à frente. Adam sentou-se na poltrona ao lado, quase de frente a mim.

— Não é obsessão, Adam. É o contrário, na verdade. Se usar esse termo perto dele, é capaz de Vic ficar louco e partir pra cima de você — falei e observei sua reação. — Vic teve uma irmã que foi assassinada por um namorado obsessivo. Daí o repúdio total à palavra, logo, o aconselho nunca usá-la perto dele.

Adam não afastou os olhos de mim. E eu pensei se devia ou não prosseguir com uma história que não era minha. Mas achei que Adam precisava apagar aquele conflito e dúvida de sua mente.

— Quando eu fui para o mesmo lar que Vic morava, ele viu em mim o reflexo da irmã mais velha que perdeu. A partir dali, Vic me assumiu com irmã. É por isso que digo que nosso relacionamento é puramente fraternal. Nunca houve a mais remota faísca de qualquer outro sentimento além desse entre nós dois. Mas por eu ser mais nova, Vic achou que poderia refazer a história de sua vida, e cuidar de alguém que amava, ao invés de perdê-la para as circunstâncias da vida.

— E ele passou a ser extremamente cuidadoso com você.

— Sim. Ele não deixava que os outros irmãos adotivos da família me fizessem mal, mas quando teve que sair do lar, aos dezoito, quase ficou louco, porque eu ainda permaneceria ali. Vic achava que a história de sua irmã se repetiria. Que ele perderia alguém que não pôde cuidar porque não esteve atento o suficiente, não esteve perto — falei. — É por isso que ele faz questão de estar sempre ao redor, foi por isso que ele me buscou em Nova York, me arrastou de Denver até Houston, na cola dele.

— Entendo.

— Mas eu te digo, é difícil sair da sombra de Vic e provar a ele que eu posso e sei me cuidar e de Ethan também. Foi uma briga horrível conseguir que nos apartássemos depois de algum tempo aqui em Houston, porque se fosse por ele, estaríamos morando juntos, e pra ele não importava se isso interferisse, inclusive, na vida amorosa dele, entende? Perdi as contas de quantas garotas ele dispensou por não terem compreendido a extensão do nosso relacionamento. Eu nunca quis isso, nem pra ele e nem pra mim. Só preciso que você compreenda. Não existe nada entre nós dois. Na-da.

— Tudo bem. Acho que agora eu entendo.

Acenei e fiquei em silêncio. Adam apenas me encarava.

— E quanto a esse David?

— Já disse que é o dono do *Buffet* para o qual às vezes trabalho. Estou, inclusive, achando que estou tendo um *dejá vú* nesse instante, porque tenho certeza de que já falei isso pra você — informei e dei-lhe um sorriso de quebra.

Adam me devolveu outro, mesmo que constrangido.

— Por enquanto, aceito que a arena esteja menos cheia... — disse ele.

— Por enquanto? E você vai manter essa analogia ridícula? — perguntei e ergui uma sobrancelha de maneira cética.

— Você sempre será encarada como o prêmio mais valioso a ser conquistado, Mila. A mulher ideal que todo homem com juízo na cabeça possa algum dia querer desejar. Então, sim. Essa será a analogia que vou usar... Até que eu seja o gladiador vitorioso no final — disse e se levantou do sofá. — Vejo você em breve.

E simples assim, foi embora.

CAPÍTULO 37

Mila

O feriado com a família de Adam foi esperado com ansiedade por ele e pelos pais. Estavam ansiosos para conhecer o neto, eu sabia disso. Mesmo que tenham deixado claro que eu era bem-vinda, ainda assim me sentia deslocada. A casa da família, no Hamptons, exalava luxo e aquela ostentação que assombra mais do que deslumbra.

Embora a mãe de Adam, Catherine St. James fosse uma senhora elegante e atemorizante, ainda assim, ao conhecê-la pessoalmente, tirou o temor que senti no peito durante toda a viagem de Houston a Nova York. O pai de Adam, o Sr. Sebastian St. James era mais sisudo, mas bastou colocar os olhos no pequeno Ethan para disparar um sorriso de 100 megawatts, perdendo aquela pose austera e assustadora.

A meta era que eu ficasse ali por três dias. Depois me encontraria com Ayla, para matar saudades da amiga que se recusou a passar uns dias no Texas.

Adam e eu estávamos reconstruindo nosso relacionamento, como amigos. Aos poucos. De maneira confortável. Ele não tinha feito nenhum avanço em outro sentido e não podia dizer que aquilo estava me frustrando em igual medida a me deixar confortável. O máximo que tinha havido de intimidade e contato físico havia sido aquele breve – quase – beijo de despedida na porta de casa e o passeio de mãos dadas no dia do Zoo. Só.

Eu estava nervosa porque dividiríamos a mesma casa, como amigos, claro, mas ainda assim, na presença dos pais dele, mesmo que estivéssemos instalados em um chalé na propriedade imensa da família St. James.

Exigência de Adam. Eu nem entendia a razão, mas enfim. Lá estava eu, passando as mãos pelo vestido simples, porém bonito, para descer para uma pequena refeição com a família dele. Ethan estava com o pai de Adam e eu podia ouvir os risos no vasto jardim onde a mesa estava posta. O dia estava lindo e realmente propício para um momento na imensa área externa da propriedade.

Desci antes que Adam viesse me chamar e saí pela porta que levava aos fundos da mansão. A mãe de Adam me chamou imediatamente.

— Querida, venha aqui!

Caminhei sob o olhar atento de Adam, que bebericava alguma coisa, e desviei os olhos, não querendo demonstrar meu desconforto óbvio.

— Ethan está tão feliz! E nós também por conhecê-la... e ao nosso pequeno netinho — Catherine disse e passou a mão pelo meu braço de uma forma carinhosa. — Sente-se aqui e sirva-se, meu bem.

Coloquei uma porção de comida no prato, peguei a papinha que daria a Ethan e dei uma desculpa de que iria à cozinha para esquentar no micro-ondas.

Peguei Ethan do colo do avô, me desculpando rapidamente, alegando que voltaria logo.

Fugi rapidamente dali. Só fui respirar novamente quando cheguei à cozinha enorme e toda equipada da casa de hóspedes da família St. James.

Coloquei meu prato na mesa central e a papinha de Ethan no micro--ondas enquanto o sustentava na lateral do meu quadril.

— Você está gostando daqui, pequeno? É muito bonito, não é? — perguntei. — Nossa... olha que comida gostosa você vai comer agora!

Peguei a vasilha e depositei no balcão, ao lado do meu prato. Sentei-me na banqueta alta, acomodando Ethan no meu colo, e tentando coordenar as colheradas que eu pegava da minha refeição com as dele. Ainda tentando evitar que ele agarrasse meu prato e o puxasse para o chão.

— Não, Ethan. Essa comida é da mamãe. A sua é essa. Eu sei que é meio feia... mas é gostosa, eu prometo — falei rindo. — Olha... vou até comer um pouquinho... hummm... que gostoso... Meu Deus! Que delícia essa cenoura e batata amassadas!

Ethan riu e aceitou a colherada que lhe servi.

Quando eu estava colocando uma colherada da minha comida na boca, Adam entrou na cozinha, acompanhado de sua mãe.

— Mila?

Oh, droga.

Abri a boca e foi o suficiente para Ethan bater a mão na minha, derrubando o conteúdo da colher no meu colo, e no dele também, que achou engraçado, obviamente. A única parte boa é que pegou o brócolis e tentou enfiar na boca.

— A-adam... Sra. St. James...

— O que está fazendo aqui? — Adam perguntou e notei sua sobrancelha erguida, em um tom inquisitivo.

Catherine me olhava sem entender.

— Ahn... dando comida para o Ethan? — respondi um pouco sem graça.

— Mas por que não voltou para o jardim? — perguntou.

— Ahn...

Meu Deus... como eu poderia dizer que não ficava confortável comendo perto de outras pessoas? Mesmo que fossem apenas seus pais?

— Mila? — Adam insistiu.

Eu podia sentir o suor brotando às minhas costas. Quando ficava nervosa meus poros acionavam e ficavam loucos.

— Estávamos todos aguardando seu retorno, meu bem — a mãe de Adam completou. Merda. A situação só piorava.

— Eu aproveitei que já estava aqui... — A mentira brotou em minha mente no mesmo momento. Eu poderia dizer que Ethan chorou histericamente por seu alimento e para acalmá-lo resolvi me adiantar...

Ele cruzou os braços e me olhou de maneira cética.

— Sério, Adam.

— Mila, não acredito em você.

— Bom, então temos um problema. Essa é a verdade — disse, mas abaixei a cabeça. A presença de sua mãe no mesmo lugar já era motivo mais do que constrangedor para expor um trauma que eu carregava há tanto tempo e que me assombrava, mas que não fazia questão de expor a ninguém. Aquilo era meu e pronto. Aprendi a conviver com aquela faceta.

— Olhe pra mim e me diga a verdade — insistiu. — Olhando nos meus olhos.

Catherine resolveu intervir naquele instante e não sei se foi benéfico para mim ou não.

Ela se aproximou de onde eu e Ethan estávamos sentados, passou a mão suavemente em meu rosto e na cabecinha do neto.

— Posso pegar meu neto e levá-lo lá pra fora? — pediu.

Pensei seriamente em recusar. Que precisava daquele momento de segurança com meu filho. Que aquela rotina era imutável em nossas vidas há tanto tempo, mas o olhar em seu rosto me fez mudar de ideia.

— Claro.

Delicadamente, a mãe de Adam retirou Ethan do meu colo. Ainda tentei abraçá-lo, por um instante fugaz, mas o pequeno grudou na avó e me abandonou à própria sorte. Catherine saiu conversando com Ethan atracado em seu quadril, e levando junto o vasilhame com a papinha, que já devia estar fria.

Adam a seguiu, mas parou por um instante na porta, olhou para trás e disse, simplesmente:

— Me espere aqui — ordenou.

Aquilo já me irritou. Eu odiava ser mandada, mas estava na casa dos pais dele, e não poderia trancar a porta ou me recusar a falar com o filho dos donos do chalé onde estávamos hospedados.

Perdi a fome imediatamente, levantei, jogando minha comida fora no lixo acima da pia. Estava de costas, com a cabeça abaixada, quando senti sua presença às minhas costas. Seus braços ladearam meu corpo.

— Agora você poderá me dizer o que estava fazendo aqui escondida, na cozinha? — perguntou, com a boca praticamente colada no meu ouvido. Como se aquilo ajudasse alguma coisa, já que senti todos os pelos do corpo arrepiando.

Tentei sair do casulo onde ele encapsulou meu corpo, mas Adam não permitiu.

— Adam...

— Vamos, Mila. Não vai doer abrir seu coração e me dizer algo que atormenta sua alma.

— Por que você acha que algo está me atormentando? — perguntei baixinho.

— Porque quando você está incomodada com algo você nunca me olha diretamente nos olhos, você fica agitada... parece que se fecha em seus próprios sentimentos e lembranças.

Porra. Aquele cara era o quê? Uma espécie de psicólogo? Eu não gostava de falar sobre minha infância. Nunca. Mas talvez ele estivesse certo. Talvez à medida que eu falasse, acabasse me libertando das lembranças que me atormentavam.

Respirei fundo, antes de finalmente admitir:

— Eu não gosto de comer na presença de outras pessoas.

— Você já disse isso. Por quê?

— Porque quando morei em alguns lares adotivos... eu acabei adquirindo o hábito de nunca me misturar à família oficial, entende? Eu não me sentia aceita — falei e abaixei a cabeça. Deixei que meu cabelo cobrisse minha vergonha. — Na verdade, eu não era aceita. Eles me isolavam, e depois disso, passei a me isolar por conta própria, para me proteger de ser expulsa da mesa familiar.

Senti o corpo de Adam ficar tenso atrás do meu.

— Você... você era expulsa da mesa?

— Algumas vezes. Quando não era bem-vinda. Em eventos festivos. Natais, Páscoas. Quando havia a presença de outros familiares ou vizinhos. Eu era tratada como um fardo a ser escondido... — falei baixinho.

Senti raiva emanar dele.

— Porra... mas... por quê, Mila? Por que faziam isso?

— Eu não sei, Adam. Há pessoas que nasceram pra amar, outras nasceram para serem amadas. Talvez eu nunca tenha pertencido aos dois grupos de alguma forma. Fui a desafortunada que não era amada de nenhuma maneira, mesmo tendo amado alguns dos pais aos quais fui designada. Não sei... ou talvez não tenha sabido demonstrar e nunca soube amar ninguém...

— Meu Deus...

Senti seus braços ao meu redor, como se ele precisasse daquilo para garantir que eu estava ali ainda.

— Eu te amo, Mila. Meu Deus, eu te amo. Você faz parte do grupo que é amada, sim. Por mim! E quero fazer parte do grupo que é amado de volta por você.

Adam depositava beijos quentes na curva do meu pescoço quando deixei minha cabeça pender para frente, permitindo que algumas lágrimas saltassem livremente. Era libertador abrir a alma e confessar coisas que magoavam profundamente. Mas era mais libertador ainda ouvir as palavras que ele fazia questão de dizer de forma tão contundente.

— Me deixe amar você, Mila. E só me ame de volta.

CAPÍTULO 38

Mila

Adam girou meu corpo de frente para ele e afundei o rosto em seu peito, chorando copiosamente.

— Como você pode me amar? — perguntei entre os soluços.

— Porque você é o ser mais incrível em quem já pus os olhos. Somente você não se vê assim... — ele disse. Uma de suas mãos segurava minha nuca com firmeza, enquanto a outra deslizava pelas minhas costas. — A sua infância não pôde te moldar, como você acha que fez. Você venceu as adversidades e se tornou essa pessoa maravilhosa que tenho nos meus braços agora, Mila. É tão fácil amar você, gracinha. Tão fácil. Difícil é não demonstrar. Tem sido difícil pra caralho não transparecer nesses últimos dias que o que mais queria era tê-la assim.

Não conseguia levantar o rosto de onde tinha enfiado. Eu devia estar horrível. Com o nariz vermelho, pior do que a rena do Papai Noel. Meus olhos deviam estar mais vermelhos do que os de um drogado no auge do barato.

As mãos fortes de Adam apoiaram nas laterais do meu rosto e por mais que eu tenha relutado em não erguê-lo, ainda assim, ele conseguiu, ou teria deslocado minha mandíbula. Mas mantive os olhos firmemente fechados.

— Olhe pra mim, meu amor.

Abri os olhos lentamente. Eu estava tentando me lembrar se tinha passado rímel e se estaria todo borrado.

— Diga.

Eu sabia o que ele queria ouvir. Adam era tão fácil de ler.

— Eu sei que não deveria te pressionar, deixar você ter o seu tempo... — Coloquei um dedo em seus lábios, calando seu discurso.

— Eu te amo, Adam. Mesmo que não tenha sabido demonstrar da maneira correta. Eu te amo.

Ao dizer aquilo, ele simplesmente me beijou. Daquela forma áspera e doce ao mesmo tempo. Se é que existe isso. As mãos mantinham meu rosto cativo em um ângulo que facilitava um beijo profundo. Eu era um boneco de massinha nas mãos de Adam. Ele podia me manusear da forma que quisesse e eu me moveria de acordo com o seu manejo.

Senti quando o calor das mãos abandonou meu rosto e me ergueu para que me sentasse no balcão de granito. Minha mente estava meio congelada e nem ao menos registrou o fato de que era dia e os pais de Adam poderiam entrar ali, se bem que estávamos no chalé que nos era designado, então a possibilidade de eles entrarem sem se anunciar era mínima. Mas ainda assim, poderia haver uma janela impertinente. Mas meus olhos se recusaram a procurar pelo ambiente.

Eu queria apenas sentir. Queria apenas usufruir da presença marcante de Adam St. James, como há muito tempo não sentia. Como eu sentia falta de estar nos braços dele...

Meus braços ganharam vida própria e o enlaçaram pelo pescoço. Senti suas mãos ansiosas deslizarem por baixo do meu vestido, em busca de mais pele para tocar.

Eu não me fiz de rogada e busquei o mesmo, meus dedos ansiosos começaram a desabotoar os botões de sua camisa. Isso tudo sem que nossos lábios se afastassem. Nossas línguas dançavam um balé, talvez se reconhecendo depois de tanto tempo, refazendo o contato que marcava a necessidade ardente do toque. Apenas um toque. Bastava aquilo para que tudo tomasse uma proporção cósmica.

A camisa de Adam voou para longe. Acho que ele me ajudou, porque não era possível que eu tivesse conseguido arremessá-la com tanta maestria.

Meu vestido já estava praticamente fora do corpo.

— Adam... Adam — falei, tentando recobrar um pouco da sanidade perdida. — Alguém pode entrar.

— Meus pais estão cuidando de Ethan, Mila. Eu pedi que eles o levassem para dar uma volta. Venha comigo.

Adam espalmou as mãos no meu traseiro e ergueu meu corpo do balcão, arrancando um grito e uma risada ao mesmo tempo. Ainda bem que o chalé não tinha escadas, ou talvez não conseguíssemos ultrapassar a etapa dos degraus.

Caímos os dois na cama, com Adam tentando poupar esmagar meu

211

corpo, mas eu sentia tanta fome de um contato mais brusco com ele, que simplesmente o agarrei como um polvo. Era mais fácil eu deixá-lo com uma lesão do que o contrário.

— Não quero machucar você — ele disse, distribuindo beijos pelo meu pescoço, colo, ombros...

— Você não vai...

As mãos arrancaram o vestido. *Finalmente, Adam. Por favor.*

Quando eu já estava apenas de calcinha e sutiã, exalei um suspiro deliciado ao sentir suas mãos fortes englobando meus seios sensíveis. Oh, céus... há quanto tempo... desde... Adam.

Os polegares fizeram carícias peculiares que quase me deixaram revirando os olhos nas órbitas.

Quando Adam tomou um dos meus seios na boca, sugando com vontade, o gemido que saiu no quarto foi difícil de distinguir se havia sido meu ou dele.

— Mila... porra... — ele dizia em uma litania engraçada.

Minhas mãos buscavam pelo corpo de Adam. Ajudei-o a abrir o fecho da calça, deslizando o material áspero e afastando o que nos separava por completo.

Aquela sensação de pele com pele... aquilo era o que eu sentia falta. Aquela conexão inexprimível. Que fazia com que tudo ao redor perdesse o foco e somente o momento assumisse a importância de algo sublime.

Naquele instante, Adam era o ar que eu respirava.

— Eu te amo, Mila — ele dizia, na medida em que declarava com seu corpo, ao mesmo tempo em que proferia com a boca.

— Eu também te amo, Adam.

Passei as mãos pelos cabelos suados do homem que amei, abandonei, feri – mesmo que sem querer –, reencontrei e me dispus a corrigir os erros do passado.

— Eu também te amo. Muito.

— Então me deixe amar você.

— Você já está fazendo isso.

— Me deixe amar todos os dias — ele disse e sem que eu percebesse seu corpo deslizou pelo meu. Nós dois gememos simultaneamente. — Seja minha para amar todos os dias...

Fazendo o que estava fazendo e com aquela voz sedutora, era difícil compreender perfeitamente o que ele queria, mas meu cérebro estava tentando fazer as sinapses.

— Abra os olhos e olhe pra mim — comandou. Abri os meus, mesmo que estivesse meio lânguida em seus braços. Eu estava a caminho de um orgasmo que sabia seria devastador. — Eu quero que seja minha.

— Eu já não estou sendo, Adam? — perguntei, entre um gemido ou outro à medida que ele arremetia o corpo contra o meu.

— Eu quero que seja minha mulher.

Oh. Mas espera... eu já não estava sendo? Oh. Espera... mulher... mulher?

— O quê? Oh... Ada-dam... — falei e revirei os olhos. Acho que foi medonho, mas ele se mexeu de um jeito muito peculiar e intenso. — Minha nossa...

— Responda...

— Não dá... você está dificultando... oh... — ofeguei.

Ele continuava o ritmo. Ora acelerava, e quando eu achava que chegaria ao abismo prazeroso, ele diminuía. Eu sentia vontade de bater nele naquele instante.

— Adam! Não faça isso! — resmunguei.

— Responda...

— O que você quer que eu responda, no auge do que estamos fazendo? — perguntei.

— E o que estamos fazendo? — insistiu.

Suas mãos apertaram minha bunda, erguendo meu corpo de encontro ao dele, posicionando em um ângulo que tornou tudo muito mais profundo. Puta merda. Eu ia morrer.

— Estamos fazendo amor? — perguntei.

— E estamos fazendo amor, por quê?

— Puta merda, Adam... o que é isso? A Santa Inquisição para o Orgasmo? — zoei. — Aaaaaiii... — gemi quando ele quase me deu o que eu queria. — Deixa de ser mau!

— Me diga!

— O que você quer saber? — quase gritei.

— Quero que você diga!

— Tá! Eu aceito! Eu aceito o que você quiser!

Adam se mexeu mais uma vez, arremetendo seu corpo contra o meu.

— Você vai aceitar ser minha mulher? — perguntou de novo.

— Sim...

— Vai se casar comigo? — insistiu.

— Ser sua mulher significa isso? — brinquei e levei um beliscão na bunda. — Ai!

— Diga.

— Vou! Vou... mas, por favor. Por favor, Adam. Consume logo a união!

213

— Você é quem manda, gracinha.

Ao dizer aquilo ele assumiu o ritmo que marcaria o retorno daquela febre aterradora que desliza pelos poros, percorre as veias, rasteja por baixo da pele. A onda de orgasmo vibrou no baixo ventre e senti quando minhas fibras apertaram a masculinidade de Adam, arrancando dele também um gemido rouco que culminou no catalisador do nosso clímax em conjunto.

Talvez aquele tenha sido o pedido de casamento mais estranho e inusitado de todos os tempos, mas de qualquer forma, seria inesquecível.

CAPÍTULO 39

Adam

Quando a surpresa da vida impõe sua vontade...

Ouvir Mila admitir algumas de suas mágoas mais profundas, vividas quando esteve em lares adotivos, quase partiu meu coração ao meio. Quando ela sumiu do jardim com Ethan, achei que tivesse apenas ido buscar algo na cozinha, mas que retornaria em breve.

Com a demora, minha mãe sugeriu que fôssemos averiguar se ela precisava de ajuda e nos surpreendemos com os dois fazendo a refeição, sozinhos na cozinha.

Mila sempre foi expansiva e sorridente, mas eu sabia que guardava dentro de si segredos que não compartilhava com mais ninguém. Ela mantinha um lado seu fechado, trancado a sete chaves, talvez dividido apenas com Vic, motivo este que me causava ciúmes e irritação ao extremo, mas depois de entender o relacionamento dos dois, passei a aceitar melhor.

Victorio foi o único elo familiar que ela teve. O vínculo afetivo que toda criança deveria ter, ela teve apenas até os cinco anos de idade, e mesmo assim, mal e porcamente, já que os pais eram relapsos e não se davam conta de que tinham uma criança pequena para cuidar, preferindo manter o estilo de vida desregrado de antes de seu nascimento. O relatório que o detetive contratado me passou havia sido bem completo.

Quando ouvi a verdade dos lábios de Mila, em um tom resignado, com a crença pura e simples de que ela acreditava que sua infância a havia moldado para ser daquela forma. Que ela não devia ser alguém digna de amar e compartilhar uma mesa, de ser exibida como alguém fantástica como era... meu Deus. Se eu pudesse, caçaria todos os pais adotivos dos lares pelos quais ela passou, todos os "irmãos" egoístas e maus que a fizeram se sentir assim, e os faria passar um inferno.

Não havia ninguém que merecia mais amor do que aquela mulher. Ela era a expressão daquela pequena palavra de quatro letras, em toda a sua essência. Mila exalava o sentimento sem nem ao menos perceber.

E eu passaria minha vida tentando provar que ela não somente era digna de ser amada da maneira como era, como também era uma honra ser o objeto daquele amor. Eu passaria cada minuto do meu dia tentando ser o homem que ela alguma vez possa ter sonhado ter ao lado, mesmo que ache que não sonhou. Ser o pai que Ethan merecia, mesmo que tenha perdido seu primeiro ano de vida.

Eu faria de tudo para compensá-los, e usufruiria do presente que a vida me dera ao me apaixonar por aquela mulher e, tanto tempo mais tarde, mesmo com o desencontro em nossas vidas, ter tido a chance de reconquistá-la.

Sua aceitação ao meu pedido de casamento, embora eu possa dizer que agi em uma forma manipulativa, usando do momento em que ela possivelmente não conseguiria dizer não. Porém, não me arrependo. De forma alguma.

Agora tenho uma aliança para providenciar e ajustes a fazer para que nossa vida possa seguir dali adiante.

Eu havia montado uma espécie de base do escritório em Houston, desde a descoberta de Ethan, e já que Mila tinha meio que se estabelecido ali, eu não queria forçá-la a agir sem que aquele fosse realmente o seu desejo. Minha presença constante ao lado dos dois naqueles meses foi mais para provar que eu estava ali para ficar. Que faria parte da vida de Ethan, de todo jeito. Ela querendo ou não.

Talvez o que Mila não tivesse entendido, desde o início, era que minha meta não era simplesmente ter meu filho na minha vida. Eu a queria de volta. Depois de quase dois anos, meu coração ainda tinha uma dona. Somente ela conseguia fazer com que meu cérebro congelasse no momento em que nossos olhos se encontravam.

Não posso dizer que fui celibatário durante o período em que estivemos afastados, porque estaria sendo um hipócrita de merda. Mas posso afirmar, com toda a certeza, que meu lado possessivo estava cada vez mais irritado em imaginar se ela havia tido alguém durante o mesmo período.

Era machismo? Egoísmo da minha parte? Pensar que, se eu pude tentar seguir em frente, por que não ela? Mas as mulheres com as quais saí nesse tempo tenebroso de solidão recebiam apenas a casca de quem eu era com Mila. Nunca receberam o verdadeiro Adam. Nunca tiveram uma parcela do carinho ou a dedicação que fiz questão de entregar àquela mulher.

Fiz questão de ter encontros com mulheres completamente diferentes de Mila Carpenter, que não se parecessem em absolutamente nada com ela. Que não exalassem em momento algum aquela aura doce e inocente, mesclada à espontaneidade que era tão característica sua.

Ela havia me fascinado, enfeitiçado, me colocado em alguma espécie de encantamento que nunca imaginei viver, na idade em que eu estava. Minha vida sofreu uma reviravolta assim que meus olhos se conectaram aos dela e dali nunca mais fui o mesmo.

Sempre acreditei que essas máximas românticas fossem alegações piegas de um sentimento que fora feito mais para suprir uma data comemorativa do que outra coisa. Eu era um grande apreciador das ondas da paixão, do que eram capazes de gerar no corpo humano, da avalanche de endorfinas que faziam que nos sobrecarregássemos e sentíssemos aquele torpor fascinante depois de uma boa sessão de sexo.

Mas nunca, nunca mesmo, corri atrás ou sequer ansiei conhecer alguém que me arrebatasse totalmente e me deixasse sem chão.

Até Mila.

Foram meses e meses de um assédio discreto e fugaz. Uma caça tranquila, que nenhum predador que se preze participaria, porque qualquer outro macho da espécie já teria partido para cima desde o início. Mas preferi simplesmente estar por perto. Conhecê-la de longe. Apreciá-la em suas doces risadas dedicadas aos clientes. Sem distinção.

E bastou que um beijo acontecesse, para que aquilo selasse a resolução de que eu iria devagar e a cortejaria de maneira decente. Não. Não fui forte o suficiente. Eu simplesmente a levei ao meu covil e a peguei para mim.

E foi preciso apenas um toque. Um toque de nossas peles para que eu tivesse a certeza de que provavelmente estaria destruído para outras mulheres.

É difícil explicar sentimentos assim.

Eu os classifico como devastadores. São avassaladores demais para a compreensão humana. Uma semana de Mila Carpenter e me tornei quase um dependente químico. Eu precisava das endorfinas que ela fazia com que meu corpo produzisse logo depois que transávamos. Não. Transar era uma palavra seca e muito banal para definir o que sempre senti ao lado dela. Nós sempre fizemos amor.

Quando ela desapareceu, meu coração pareceu ter criado uma rachadura. O sangue que corria nas minhas veias ficou denso.

Passei a ser mais severo e sisudo no trabalho do que sempre fui. Eu não encontrava motivos para sorrir.

Cheguei a passar milhares de vezes na frente da *delicatessen*, apenas para ter um vislumbre do movimento no interior e imaginar que minha Mila pudesse estar de volta à cidade, mesmo que se aquilo, de fato, tivesse acontecido, e ela não tivesse voltado a me procurar, uma mágoa profunda no meu coração se instalaria eternamente. A dor da rejeição era foda.

Em alguns momentos acredito que perdi os sentidos em algumas garrafas de uísque, mas quando acordava com uma ressaca monstruosa no dia seguinte, me xingava de todos os nomes possíveis e inimagináveis, porque não conseguia atinar a possibilidade de me tornar um imbecil alcoolizado por conta de uma desilusão amorosa. Se outras pessoas enfrentavam perdas e saíam delas de cabeça erguida, então eu também faria aquilo.

Eu tinha um império para manter. Uma empresa para prosperar e deixar como uma marca para a posteridade. Para os meus herdeiros.

E foi naquele momento, quando pensei em herdeiros, que passou pela primeira vez na minha cabeça, a imagem de me casar e formar uma família para dar continuidade ao nome St. James. Mas vou ter que ser sincero e dizer que se aquele plano tivesse entrado em vigor, eu teria sido um crápula, porque apenas um robô estaria se casando com uma pobre infeliz. Não havia sentimentos mais no meu interior.

Esses sentimentos só saltaram à vida quando Mila entrou em foco novamente. Trazendo o sonho da família que já havia sido implantado em minha mente.

— Ei, você — Mila falou logo atrás de mim e me virei para vê-la parada com os braços cruzados, como se estivesse se aquecendo, e olhando para mim um pouco ressabiada.

— Venha aqui — pedi com suavidade e estendi os braços.

Mila se encaixou com perfeição. A cabeça recostada no meu peito, provavelmente ouvindo o som das batidas do meu coração. Som este que vibrava por ela. E agora por Ethan.

— Está pronta para voltar a Houston? — perguntei e depositei um beijo no topo da sua cabeça.

Ela apenas afirmou, sacudindo a cabeça e exalando o cheiro do *shampoo* que eu tanto amava. Aquele cheiro era tão dela.

— Ethan já saiu para tomar café da manhã com meus pais, na casa principal — informei. — Coloquei uma roupa qualquer nele e disse que ele iria conhecer um cavalo de verdade hoje.

Mila riu e ergueu o rosto para me olhar.

Deus, ela era linda.

— E por "uma roupa qualquer", eu suponho que você tenha colocado uma calça laranja, uma blusa beterraba e um tênis de cada cor, certo? — perguntou e a apertei em meus braços.

— Está duvidando do meu senso estético de moda, mulher? — perguntei brincando.

— Mais ou menos isso — ela confirmou sem o menor constrangimento.

— Eu coloquei uma blusa vermelha xadrez e um macacão *jeans*. Melhor assim? — Beijei a ponta do nariz arrebitado, espalhando os beijos por todas as adjacências.

— É um alívio saber então que meu filho está vestido como um legítimo texano.

Aquela afirmação de Mila ardeu no meu peito como uma facada traiçoeira. Eu queria que meu filho tivesse nascido perto de mim. Na verdade, queria ter sabido de sua existência desde o início, acompanhando o desenvolvimento no ventre da mãe, o momento do parto, o crescimento. O engatinhar, os primeiros passinhos trôpegos e assustados, tentando vencer a gravidade à sua volta. Queria ter-lhe comprado inúmeros brinquedos. Daquelas memórias, a que me gabaria para sempre era de ter sido eu o primeiro que o levou para ver os bichos de verdade em um Zoológico. Porra, eu o levaria à África, se preciso fosse, somente pra lhe dar a emoção de ver os bichinhos que tanto amava ao vivo e em cores, de novo. A sensação foi indescritível.

O primeiro ano de Ethan eu perdi. Não havia como voltar atrás. E eu precisava deletar todo o sentimento de angústia que muitas vezes teimava em querer surgir quando me lembrava da fuga de Mila e a razão de eu não ter podido presenciar todos esses eventos na vida do meu filho.

Talvez, aquele fosse o momento que eu precisava para testar as águas.

— É, faltou somente um chapéu *Stetson*, não é mesmo? — sondei. — Mas seria estranho vê-lo andando pelas ruas de Nova York como um pequeno cowboy...

Mila deixou o sorriso que estava brilhando em seu rosto esmorecer.

— O-o quê?

Puxei Mila para sentar no meu colo, enquanto me ajeitava no sofá do chalé da casa dos meus pais.

— Mila... meus planos de nos casarmos envolvem algumas mudanças — comecei o assunto de maneira branda. — Eu ia deixar as coisas se ajustarem quando voltássemos, mas tenho algumas pendências para resolver aqui em Manhattan, e logo que eu a levasse de volta ao Texas teria que retornar para a sede da empresa, a fim de resolver algumas fusões que já

219

estão em base de negociações há meses.

Mila me olhava atentamente. Percebi claramente quando ela parou o que ia dizer, engoliu em seco e abriu a boca.

Eu ajeitei seu corpo para que ficasse sentada de frente a mim, escarranchada no meu colo e, embora soubesse que em breve meu corpo reagiria àquela proximidade, não consegui me conter. Eu precisava tê-la o mais perto possível e precisava olhar bem dentro daqueles olhos verdes que eu tanto amava.

— Mila...

— Adam...

Nós compartilhamos um momento de riso espontâneo porque falamos juntos.

— Você primeiro — eu disse e dei um beijo delicado em sua boca para estimular seu discurso.

— Você... vo-você quer que nós nos mudemos de volta para Manhattan? — perguntou.

— Sim.

— Mas...

— Não tem "mas", Mila. É simplesmente... sim. Eu estava sendo muito sério algumas horas atrás. Eu quero formar uma família com você. Nós já somos uma, pelo amor de Deus. Eu, você e Ethan. Mas quero construir uma história, um lar. Quero colocar meu nome no meu filho. — Ela abaixou a cabeça, envergonhada, no momento em que eu disse aquilo. Provavelmente lembrou-se de nossa conversa há algum tempo, onde reafirmei que se tivesse sabido da existência de Ethan, aquela teria sido uma das minhas primeiras providências. Levantei seu rosto com a ponta do dedo. — Você não precisa ficar embaraçada pelas decisões infundadas que tomou, Mila. Nós já conversamos sobre isso e eu voto por deixarmos isso no passado. Dentro de um baú.

— Baús servem para guardar poeira e em algum momento serem abertos, Adam. E os segredos contidos ali dentro podem ser fatais para um relacionamento. Mágoas voltando à tona... — Coloquei meu dedo em seus lábios para silenciá-la.

— Então vamos jogar esse baú em algum oceano do esquecimento. Ele vai afundar e nunca mais será encontrado.

Mila me deu um sorriso doce e se inclinou para beijar meu rosto.

— Você é um homem muito sagaz, Sr. St. James. Tem respostas prontas para tudo. É impressionante essa habilidade em encontrar alternativas para as minhas argumentações.

Eu ri de sua cara, fingindo irritação.

— É isso o que me faz ser um grande empresário, meu amor. A sagacidade.

— Certo.

— Voltando ao assunto. Eu quero um casamento rápido — falei de pronto.

Mila abriu a boca em choque.

— Rápido? Rápido, quanto?

— Rápido como... em algumas semanas.

Mila tentou sair do meu colo, mas eu a impedi. Aquele singelo movimento foi o suficiente para acordar o gigante que estava semiadormecido.

Ela olhou pra baixo, voltou o olhar para mim, ergueu uma sobrancelha e deu um sorriso zombeteiro. Eu apenas dei de ombros. Não podia fazer nada, já que estava sendo estimulado com minha mulher mais do que gostosa no colo.

— É impossível organizar um casamento com essa velocidade, Adam.

— Você quer uma festa grandiosa? — perguntei e esperei sua resposta.

— Não. Claro que não. Isso não é meu estilo, mas mesmo a mais simples das cerimônias exige trâmites e burocracias a serem vencidas.

— Deixe essa parte da burocracia comigo. Você fica com a parte de ficar bonita e gostosa em um vestido branco.

Mila revirou os olhos e bufou.

— O vestido de noiva faz parte de um dos trâmites, Adam. Não dá pra conseguir um em tempo hábil.

Dei um sorriso de escárnio e a puxei contra o meu corpo, fazendo questão de esfregar exatamente onde estávamos mais do que conectados.

— Ah, Mila, Mila... você ainda não aprendeu que há certas regalias para quem mantém um nome como os dos St. James em Nova York, não é mesmo?

Ela me olhou de forma estranha, mas tratei de corrigir qualquer mal-entendido.

— Minha mãe é uma das maiores socialites de Nova York e praticamente rege todos os grandes acontecimentos de moda da cidade. As maiores estilistas do país praticamente servem água ou cafezinho quando mamãe passa ou está no mesmo ambiente.

Mila começou a rir, mas percebi que ficou preocupada.

— Tão importante assim, hein?

— Sim, mas veja que interessante. Ela simplesmente adorou você. E está mais do que encantada com a nova faceta de avó. Logo, ao menor sinal de falarmos que precisamos de um vestido de noiva lindo e digno de uma princesa como você, ela fará acontecer, tal qual uma fada madrinha — eu disse e vi o rosto de Mila corar de uma forma linda.

— Minha nossa, Adam... — Ela passou as mãos pelos cabelos emaranhados, como se estivesse tensa. Mordeu os lábios e ficou pensativa.

— Não pense muito, gracinha. Apenas aceite os fatos como eles são — falei simplesmente. — Você é minha. Eu quero oficializar isso o mais rápido possível. Quero que todos saibam que tenho uma família só minha, que tenho um filho adorável. Então... basta seguir o fluxo.

Mila começou a rir.

— Seguir o fluxo é uma coisa tão... gíria, Adam.

— Mas combinou bem com as intenções, certo?

— Sim.

— Então o que me diz?

— Sobre mudarmos pra cá?

— Quanto a isso não há dúvidas, gracinha. Nós vamos pra Houston, eu vou te ajudar a organizar o que tiver que ser organizado para sua mudança imediata pra cá.

— Mas... e... Vic?

Senti meu corpo retesar.

Eu sabia que não devia ter ciúmes da amizade e da ligação intensa que Mila tinha com o amigo. Na verdade, eu devia ser grato a ele, por tê-la protegido por todos esses anos, por ter sido realmente um esteio e apenas isso na vida dela. Se ambos tivessem tido alguma história amorosa, alguma coisa mal resolvida entre eles, seria realmente difícil competir com um passado tão emocional e cheio de laços intrincados assim.

Mas não. Vic realmente era como um irmão para ela. E eu precisava entender aquilo perfeitamente, ou correria o risco de gerar um atrito desnecessário na nossa relação recém-conquistada.

— Vic tem a vida estabelecida ali em Houston por conta do time, Mila. Ele já é crescidinho, bem de vida e você mesma vive dizendo que precisava que ele a deixasse mais livre.

Ela pareceu suspirar em desgosto.

— Eu sei.

— Então...

— Mas ele é padrinho do Ethan...

— E não vai deixar de ser. Quando quiser visitar o afilhado, eu envio o jato da empresa pra ele. E garanto que em breve ele vai estar tão atolado em grana que vai ter o próprio jato.

— Ou querer pilotar um — ela completou e sorriu.

222

M.S. FAYES

— Exatamente. O que é meio contra as regras da maioria dos times das grandes ligas de esportes de elite. Atletas de alta performance não podem se colocar em risco gratuitamente — falei e Mila arregalou os olhos.

— Nossa... eu não tinha pensado nisso.

Abracei Mila de uma maneira mais íntima, já que meu corpo doía pelo dela e o contato intenso estava dificultando um pouco as coisas se acalmarem.

— Agora... se estamos resolvidos, será que podemos selar este compromisso?

— Selar o compromisso? — ela perguntou e se fez de desentendida. — Com um aperto de mão, por exemplo? — A descarada sorriu abertamente.

Girei nossos corpos de uma vez e consegui que Mila ficasse no exato lugar onde ela pertencia. Logo abaixo do meu. Se bem que ela ficava ótima em cima também. Qualquer posição, desde que eu estivesse em seu interior estava ótimo.

Arranquei a camiseta que ela vestia, deixei que meus lábios a adorassem e explorassem cada pedaço de pele acetinada que eu encontrava pela frente. Aquela mulher era uma fornalha quando meus dedos se apossavam de seu corpo. Ela esquentava e simplesmente gemia meu nome, ou falava palavras desconexas, mas com um sentido tão óbvio que indicava que queria chegar ao paraíso. O mesmo paraíso que eu também queria adentrar e permanecer.

Puxei a última peça de roupa delicadamente pelas suas pernas, fazendo questão de passar os dedos alternando em uma suave pressão e uma mais arrojada. Mila mantinha os olhos fechados.

— Não, Mila. Quero seus olhos bem abertos. Eu quero que você veja e tenha certeza de que quem te dá esses momentos marcantes sou eu — falei em um tom de voz que não exigia outra coisa que não sua obediência. Eu não era o tipo de amante egoísta que simplesmente demandava na cama. Eu também permitia que minha mulher participasse e mostrasse o que queria de mim. Mas naquele momento, precisava que Mila visse que eu precisava dela cedendo suas vontades totalmente a mim.

Mila abriu os olhos lindos e olhou diretamente para os meus. Não havia palavras para descrever as emoções que a assombravam.

— Diga que me ama — falei enquanto me ajeitava em sua entrada quente e aveludada.

— Eu te amo, Adam...

Em um golpe único, porém ainda assim suave, possuí aquela mulher que já era tão minha que eu não conseguia vislumbrar um futuro sem tê-la ao meu lado. Ou à minha frente como ela estava naquele momento.

E os sons de entrega que ela fazia eram música para os meus ouvidos, o que me estimulava a querer possuir, marcar e deixar minha impressão em seu corpo para que se lembrasse de mim durante todos os minutos do seu dia. Parecia algo bastante neandertal de se dizer, mas era a mais pura verdade.

Mila Carpenter me fazia sentir uma fome debilitante que praticamente me colocava no chão, sem rumo.

Quando ambos chegamos ao clímax devastador, juntos, estávamos suados, exaustos e com nossas pernas e braços emaranhados no sofá do chalé. As roupas espalhadas pelo chão, se bem que eu ainda mantinha as calças de moletom, o que me tornava um bruto sem nem um pingo de cavalheirismo.

Beijei cada pedaço do seu rosto, aplicando ora beijos leves, ora intensos, demorados, com dentes associados. Mila não sabia se gemia ou ria da minha lenta exploração.

Segurei seu rosto entre as mãos e firmei um beijo possessivo na boca. Aquela boca era minha e de ninguém mais. Nunca fui muito dado a beijos longos e cheios de lascívia. Não antes de Mila. Eu beijava as mulheres que já haviam passado pela minha vida, mas era mais como uma porta de entrada, uma pequena e breve preliminar do ato maior em si.

Porém, a boca de Mila... para mim, era como um santuário. Eu poderia ficar apenas ali o dia inteiro. Poderia ficar admirando as variações na tonalidade de seus olhos, à medida que a excitação a dominava, por horas.

Mila estava lânguida em meus braços. E quando percebi que já nem tinha forças para corresponder ao beijo que eu lhe dava, ergui a cabeça e a encarei, esperando que abrisse os olhos e me olhasse de volta. Um sorriso doce estava marcado em sua boca.

— Eu não sinto mais meus músculos faciais — ela admitiu.

Comecei a rir e as partes em que estávamos ainda conectados se agitaram, trazendo à vida o que já deveria estar adormecido. Mila gemeu brevemente e aquilo fez com que a situação se complicasse um pouco mais. Olhei pra baixo e de volta para seu rosto e devolvi um sorriso que sabia, devia estar mostrando todas as minhas intenções.

— Eu acho que deveríamos tomar banho — falei rapidamente. Ela assentiu e começou a soltar os braços ao redor do meu pescoço.

— Você pode ir, enquanto vou recolhendo as coisas aqui na sala — disse ela.

Não dei nem ao menos tempo para que protestasse. Eu a ergui do sofá, acoplada ao meu corpo do jeito em que estava, com as mãos espalmando sua bunda, afoguei seu grito assustado com um beijo e marchei para o banheiro.

— Um banho juntos é muito mais econômico.

CAPÍTULO 40

Mila

Os dias seguintes passaram em um borrão vertiginoso. Parecia como se a minha vida tivesse entrado em um túnel do tempo desses que só existem em filmes *Sci-fi* loucos e tudo o que eu via estava acelerado.

Depois de nos despedirmos dos pais de Adam nos Hamptons, voltamos a Houston, com Ethan arrasado de saudade dos avós recém-adquiridos. O voo inteiro foi marcado com seu choro chamando pela "nana" e, em seu pouco vocabulário, eu só poderia deduzir que ele estava se referindo à mãe de Adam.

Acabei me desencontrando de Ayla em Nova York, antes de voltarmos, pois ela teve uma audição surpresa exatamente no dia em que marcamos de nos ver. Nossa conversa de despedida ao telefone foi marcada por reclamações, pequenos xingamentos e uma promessa velada de algum encontro em breve, agora que ela sabia que eu provavelmente voltaria à cidade com mais frequência.

Quando chegamos à minha casa, Adam fez questão de dizer que buscaria suas coisas no *flat* que tinha alugado enquanto esteve morando ali, logo depois da descoberta da existência de Ethan, alegando que precisava nos manter "em segurança". Como se nosso bairro não fosse seguro...

Liguei para Vic, que combinou de passar lá em casa depois do jogo do final de semana, e, mesmo tendo perguntado se queríamos alguns ingressos, eu ainda sentia que ele estava ressabiado com a presença de Adam por perto. Eu não tinha criado coragem de contar por telefone que Adam queria nos levar de volta a Nova York. Falei apenas do pedido do casamento e Vic disse que sempre soube que isso iria acontecer, ou ele teria que fazer Adam St. James comer sua bola de basquete. Ou as bolas de Adam. Enfim... homens eram meio nojentos, às vezes, em suas ameaças.

Ethan ficou impaciente sem a presença do "pai", mas Adam tinha que resolver as pendências do escritório improvisado que havia montado na cidade, então eu fiquei por conta de ir embalando nossos parcos pertences. Ao que tudo indicava, Adam queria partir dentro de dois dias.

— Mama... — Ethan chamou, enquanto vinha engatinhando da cozinha. O pequeno preguiçoso já sabia andar, mas preferia usar o caminho mais fácil. E menos perigoso, por sinal.

— O que foi, meu amorzinho? — Abaixei e peguei o pacote de fofura nos braços, enchendo-o de beijos. Olhei para o meu filho e suspirei. Ele era tão parecido com o pai que às vezes eu ficava assombrada.

— Mamaaaa...

Pelo leve esticar das vogais finais, só poderia significar uma coisa: fome.

Agilizei alguma coisa para que ele comesse, coloquei o pequeno esfomeado na cadeirinha e olhei ao redor.

Eu sentiria falta daquela casa que foi nosso lar por um tempo. Mas realmente, era chegada a hora de esquecer os medos e tentar fazer uma nova história, escrever novos capítulos, com um desfecho interessante pra cada um deles. Esquecer os pontos e vírgulas que deixei pendurados, segurando as decisões que precisava tomar na vida.

Peguei a papinha e comecei a árdua tarefa de tentar fazer com que ela se fixasse somente dentro da boca do meu filho e não nas redondezas, como a roupa, boca, mãozinhas, cabelo e até mesmo em mim.

Ethan tinha a mania de achar que a comida devia ser compartilhada, então ele retirava um pouco da própria boca e tentava enfiar na minha. É claro que eu ria e me deliciava com isso. Era nosso momento de interação.

Depois de alimentar Ethan, trocar sua roupa emporcalhada, acabei conseguindo colocá-lo para dormir. Liguei para David, o dono do *Buffet*, o mesmo dono que já havia insistido em me chamar para sair, diversas vezes, que me beijara sem permissão, mas que agora eu estava envergonhada em entrar em contato, porque se outro convite surgisse, precisava ser honesta e assumir que estava envolvida totalmente com o pai do meu filho. Há algum tempo ele perguntara se Adam tinha alguma coisa a ver com minha decisão em sempre recusar seus convites. Parecia que estava prevendo. Quando me pedira desculpas depois, ainda assim, apenas aleguei que eu e Adam éramos amigos, unidos em prol do bem-estar de Ethan.

Resolvi ligar a TV naquele instante, para distrair a cabeça e para parar de roer as unhas. Eu detestava aquela postura de ficar à espera, já que não era meu estilo. Eu ia à luta nas decisões que tomava, se precisava de um emprego, saía à caça. Se precisava resolver qualquer problema na rua, eu simplesmente tomava um ônibus, um *uber* e fazia a coisa acontecer. Nunca fui de ficar sentada, esperando.

E ali estava eu. Esperando.

Enquanto zapeava os canais, uma matéria me chamou a atenção. Reconheci a loira da noite no apartamento de Adam imediatamente. Aumentei o volume e prestei atenção ao que ela estava falando à repórter. Era como se fosse um programa de entrevistas, em um auditório chique, mas ainda assim, seleto.

"*— Então você realmente está prestes a se casar com o magnata da família St. James?*"

Quando a entrevistadora perguntou aquilo, meu coração quase parou, mas me recusei a morrer de um ataque cardíaco fulminante ali mesmo, sabendo inclusive que meu bebê estava dormindo no quarto anexo.

"*— Ah, na verdade, nós já nos casamos, querida. Em uma cerimônia íntima e reclusa, em St. Barts. Acabei de chegar de viagem, enquanto ele teve que ficar resolvendo algumas pendências na filial da empresa em Houston.*

— Mas isso é maravilhoso! Meus parabéns! Essa aliança já estava pra acontecer há muito tempo, não é mesmo?

— Sim! Nosso noivado durou quase dois anos, pelo amor de Deus! Que mulher aguenta isso? Eu mal consigo ficar longe de Adam quando ele tem que se ausentar em suas viagens intermináveis, por isso vocês têm me visto sempre sozinha nos eventos badalados da Alta Sociedade. Ele fica extremamente triste e enciumado... mas, temos que cumprir o protocolo social, não é mesmo?

— Então você é a nova senhora St. James?

— Sim! Isso é maravilhoso, não?".

Desliguei a TV sentindo um zumbido perturbador no ouvido, no corpo todo, pra dizer a verdade. Só depois é que percebi que era o celular que estava vibrando dentro do bolso da calça. Peguei como um autômato e atendi, sem nem olhar o visor:

— Alô?

— Mila! — Adam chamou em um tom de voz nervoso e ansioso.

Coloquei um sorriso plástico no rosto e respondi no melhor tom que consegui:

— Oi, Adam.

— Me diga que você não está com a porra da TV ligada — falou de maneira frenética. Eu podia ouvir o ruído de um carro sendo ligado ao fundo.

— Hummm... agora, neste instante, ela já não está mais ligada — admiti.

— Mila...

— Eu sei que é mentira, Adam. Só pode ser mentira... — O medo ainda ardia no peito, como uma rajada de bala, mesmo que eu nunca tivesse sido alvejada por uma. — Não é?

— Porra, é claro que é! — ele gritou do outro lado. — Acelera a merda desse carro, Simpson!

— Adam... por que você está nervoso? — perguntei sem entender.

— Porque eu estou indo pra sua casa, droga! Porque quero chegar e ter a certeza de que você ainda vai estar aí, de que não vai fugir, evaporar como da outra vez, por conta de uma merda de um mal-entendido causado pela filha da puta! — Seu tom de voz era irritado e assustado ao mesmo tempo.

— Eu não vou fugir.

— Me promete?

— Eu não vou. Eu prometo. Eu ainda estou sentada aqui, Ethan está dormindo no quarto ao lado. Embora as malas estejam prontas e pareça que uma fuga iminente esteja em curso, eu ainda estou aqui, Adam.

— Graças a Deus. Eu já estou chegando aí, meu amor.

— Você não precisava sair assim, Adam — falei e me senti culpada. Aquele sentimento de insegurança eu que havia instalado nele? Ou seria falta de confiança em mim e no amor que eu havia declarado?

— Sim, eu precisava, sim. Eu precisava ver você pra me acalmar também. E preciso disso, porque do contrário, vou matar Anne McAllister com as próprias mãos.

Adam podia ser meio assustador às vezes. O tom de ameaça em suas palavras comprovava aquilo.

— Só me espere, meu bem. Eu já estou chegando.

Adam desligou e fiquei ali, refletindo sobre o que tinha presenciado. Honestamente, eu não conseguia entender a atitude de Anne, a necessidade de mentir em rede nacional, sobre um relacionamento que não existia. Ou, talvez, o relacionamento existisse. Na mente perturbada dela.

Nem bem se passaram quinze minutos e Adam entrou como um tufão porta adentro.

— Você nem ao menos tranca a porta de casa? — perguntou em um tom irritado.

Revirei os olhos e ignorei. Eu estava deitada no sofá, lendo um livro qualquer, aproveitando que Ethan ainda mantinha seu cochilo tranquilamente.

Adam sentou-se ao meu lado no sofá, me olhando de frente. Suas mãos abarcaram meu rosto e nosso olhar ficou fixo no do outro.

— Me diga que não acreditou em absolutamente uma palavra do que aquela louca falou, Mila — ele implorou.

— Eu não acreditei. — Está bem. Por um breve instante surgiu, sim, uma pequena fagulha de dúvida, mas a afastei com uma mãozada, como fazemos quando espantamos uma mosca impertinente. Mas aquela verdade não admiti a ele. Era uma fraqueza minha, oriunda talvez de alguma parte débil em meu interior que tentava se agarrar ao passado.

— Eu já acionei meus advogados em Nova York. Também já entrei em contato com meu pai e, por conta dessa atitude impensada de Anne, estou cortando todos os laços comerciais dos St. James com os McAllisters, daqui por diante. Eu já devia ter feito isso há tempos. Fiquei apenas na ameaça e ela não acreditou que eu falava a sério.

Eu não sabia se aquilo seria o suficiente para manter a louca afastada, mas ao menos a colocaria em seu lugar. Ou mostraria que todo ato tem consequências.

— Vou fazer um anúncio hoje mesmo, na imprensa, desmentindo esse boato, e minha mãe tem um evento importante hoje no *Met*, um baile de gala, e lá ela será uma das patronesses. Ela vai fazer uma declaração pública — Adam disse, ainda mantendo meu rosto cativo.

— Você acha que isso é uma boa ideia?

— Sim, Mila. Eu não vou permitir que circule nenhuma merda na imprensa, nenhuma mentira que venha a manchar qualquer coisa que queiramos construir daqui pra frente, mas, o mais importante, eu não vou permitir que uma nota mentirosa dessa te deixe ferida, como foi a intenção óbvia de Anne. Nunca.

Meus braços ganharam vida própria e o enlaçaram, puxando-o de encontro ao meu corpo. Nossas bocas se encontraram no meio do caminho, duelando uma paixão irrefreada, que mostrava que não havia obstáculo, problema ou conflito qualquer que pudesse destruir o que estávamos dispostos a resgatar. Eu não deixaria que meus medos ganhassem proporção e sobressaíssem daquela vez. Não permitiria que as pontas de dúvidas plantassem qualquer semente que pudesse germinar em meu coração.

— Eu te amo... — falei, com o intuito de assegurá-lo e tranquilizá-lo, porque podia sentir que Adam estava nervoso. Quando ouviu minhas palavras, senti a tensão se esvair de seu corpo quase que imediatamente.

— Graças a Deus. Por um instante, visualizei chegar aqui e encontrar a casa vazia. Pensei em Vic vindo ao seu socorro e te levando daqui, te escondendo em algum lugar — ele falou e seu tom era triste. — Porra, Mila. Você me quebraria se fizesse isso.

— Você vai ter que confiar em mim também, Adam. Eu fui imbecil daquela vez. Não vou dizer que nunca serei novamente, mas prometo que fugir como fiz, numa atitude descabida e infantil... isso eu posso prometer que não farei novamente.

— Me perdoa, meu amor.

— Tudo bem. Eu também te peço desculpas por ter deixado você assim tão paranoico — brinquei.

Ele ergueu o rosto e me deu um sorriso enviesado. Aquele que eu tanto amava.

— Onde está o pequeno?

— Dormindo. Depois da bagunça que fez.

— Ótimo. Quanto tempo nós dispomos? — perguntou, já retirando a gravata e abrindo os botões da camisa social.

— Adam! — gritei e comecei a rir. Perdi um pouco o foco quando o tórax imponente entrou na minha linha de visão.

— Vamos selar nosso acordo.

— Você gosta muito de selar acordos desse jeito.

— Eu sou um empresário, todo contrato ou acerto de cláusulas pré-estabelecidas são seladas com acordos ou apertos de mãos.

— Então vamos apertar as mãos — brinquei. Naquele momento minha camiseta já estava sendo removida.

— Com a minha mulher, o acordo sempre é selado de uma maneira mais intimista e peculiar — falou enquanto distribuía beijos pela curva do meu pescoço, lóbulo da orelha, que ganhou uma mordida dolorida, mas *sexy* ao mesmo tempo. — Será o tipo de cumprimento que você nunca esquecerá e sempre vai querer celebrar.

— Você é tão sem-vergonha, Adam.

— Eu sei. Mas só com você, meu amor.

— Ainda bem, não é? Não sei se eu aguentaria outro anúncio de mais alguma noiva ou esposa perdida pelo país — falei aquilo, mas me arrependi imediatamente. Adam parou o que estava fazendo no mesmo instante.

— Mila...

— Foi uma brincadeira, Adam.

— Eu sei, mas quero deixar bem claro que não sei o que se passa na cabeça de Anne, mas não é um comportamento normal ou aceitável. Ela deveria, sim, encontrar tratamento para a mente perturbada dela, ao invés de buscar os milhares de tratamentos estéticos que tanto ama.

— Desculpa.

— Você não tem que se desculpar por nada, Mila.

— Eu sei, mas acabei deixando você com esse medo irracional de que eu poderia fazer tudo outra vez.

— E por que estamos discutindo esse assunto outra vez se podemos fazer coisa melhor? — perguntou e, daquela vez, se afundou no meu corpo.

Ah, Adam. As sensações que ele me fazia sentir eram simplesmente vertiginosas. Inigualáveis. Em uma escala de zero a dez, era onze.

Adam manteve um ritmo calmo e tranquilo, mesmo que soubesse que aquele pequeno entrevero fora de hora deveria ser realmente rápido, porque Ethan acordaria a qualquer momento.

— Adam... — sussurrei. Passei os dedos pelas costas fortes e poderosas, por dentro da camisa social aberta que ele não havia retirado por completo.

As mãos fortes seguraram meus quadris e impulsionaram para que as estocadas fossem mais profundas e alcançassem um ponto exclusivo que devia ter o carimbo de "domínio de Adam St. James", dentro de mim.

— Mila... você é tão gostosa — gemeu no meu ouvido. — Você é só minha, gracinha.

— Eu sei, Adam.

— E eu sou seu. Todo seu.

Nosso ritmo só foi abrandar depois que nossos ofegos estavam quase inaudíveis, pois as forças já tinham sido esgotadas.

Adam colapsou o corpo forte acima do meu no exato instante em que Ethan chorou no quarto.

Comecei a rir e ele apenas suspirou, como se estivesse aliviado.

— *Timing* perfeito o moleque tem, não é? — zombou.

— Sim. Agora, me deixe ir lá, antes que ele venha averiguar por conta própria a razão da demora e encontre o pai... selando um acordo com a *mamma* dele.

Adam me deu um beijo estalado e saiu de cima de mim, me ajudando a levantar do sofá.

Ajeitei minhas roupas indecentemente rearranjadas para usufruto do homem sorridente à minha frente e saí da sala, com o som do riso solto às minhas costas.

CAPÍTULO 41

Mila

Eu estava triste. Aquele era nosso último dia em Houston, Vic estava com Ethan no colo, no hangar do aeroporto, enquanto aguardávamos os procedimentos necessários para que o jato de Adam pudesse decolar.

— Boneca, eu já disse que em duas semanas tenho uma pausa dos jogos e vou te visitar — Vic disse, passando as mãos nos meus cabelos.

Eu sabia que ele tinha condições para isso. Estava ganhando bem no time e não seria dificuldade alguma fazer um voo bate e volta.

— Eu sei, Vic — funguei e ele me puxou para um abraço. Ethan resmungou porque ficou bem no meio.

Vic era meu porto seguro. Em todos os momentos mais sombrios e de angústia ele esteve ao meu lado para me ajudar. Nos primeiros dias em que eu estava de resguardo de Ethan, ele chegou a se levantar de madrugada e assumir meu posto logo depois das mamadas do bebê.

— Então... coloque um sorriso nesse rosto lindo e vá. Em algumas semanas eu estarei lá, deve coincidir com o casamento, não é?

— Acho que sim. A mãe de Adam está empenhada em fazer acontecer em tempo recorde — brinquei.

— Maravilha. Eu serei um padrinho orgulhoso.

— E você sabe que Ayla será minha madrinha, não é? — falei e esperei sua reação. Vic deu um sorriso amarelo e mudou de assunto imediatamente.

— Você vai ser a noiva mais linda de todas.

Bufei em desgosto por ver que ele realmente resolveu ignorar meu comentário, mas não tive tempo de falar mais nada, porque naquele momento Adam saiu do escritório do piloto que nos levaria ao La Guardia.

— Está tudo pronto. Tivemos um imprevisto, já que o comandante Halson sempre pilota meus jatos, mas está doente e o plano de voo constava com o nome dele. Agora com a alteração para o novo piloto, podemos seguir viagem.

Adam estendeu a mão para Vic, que o cumprimentou imediatamente e continuou com o braço estendido. Somente depois de alguns segundos foi que Vic entendeu que ele estava esperando que Ethan fosse entregue em seus braços.

Meu amigo deu um beijo e um abraço apertado em Ethan e o entregou, meio a contragosto.

Em seguida, virou-se para mim e me pegou em um abraço de urso. Tive que segurar um gemido de dor por conta das costelas quase esmigalhadas, mas não deixaria transparecer.

— Vou sentir sua falta, boneca — ele disse no meu ouvido. — Se cuida e cuide bem do meu afilhado.

— Pode deixar. Vic...

— O quê?

— Eu te amo.

— Eu também te amo, boneca. Para sempre.

Uma lágrima deslizou sem permissão, mas Vic a apanhou com um dedo.

— Sem choro.

— Vou tentar.

Olhei para o lado e vi que Adam mantinha a mandíbula cerrada, o olhar fixo em nossa interação, com Ethan deitado em seu ombro, completamente adormecido.

— Vá.

Saí, olhando para trás algumas vezes e acenando rapidamente. Vic ficou parado com as mãos nos bolsos. Estoico. Apenas observando enquanto nos afastávamos.

Adam colocou uma mão forte na parte inferior das minhas costas, me escoltando a subir as escadas à sua frente para subir na aeronave. Ele subiu logo em seguida, recusando ajuda para entregar Ethan.

Depois de nos acomodarmos nas poltronas de couro bege, que mostrava o luxo mais do que evidente da nova vida que eu levaria dali por diante, perguntei:

— Não quer me deixar segurar Ethan?

— Não, gracinha. Ele está bem acomodado aqui. O avião já vai taxiar,

233

então apenas afivele seu cinto, aprecie a paisagem pela janela e se despeça do Texas que aprendeu a amar — disse.

Suas palavras eram tão profundas e verdadeiras. Eu realmente tinha aprendido a amar aquele Estado, aprendi a amar Houston, com um clima áspero muitas vezes durante o ano.

— Vou sentir falta daqui. Menos da umidade — admiti e devolvi um sorriso.

— Bom, eu também não gostei muito da umidade, tendo que vestir os ternos de três peças no escritório.

Nós dois acabamos nos envolvendo em uma conversa fácil e tranquila, sobre amenidades e nada em especial.

Quando o avião pousou em Nova York, Ethan já estava acordado, fascinado com tudo o que encontrava ao redor. Também havia sido assim da primeira vez.

— Vamos pra casa, meu bem — Adam disse e segurou minha mão para me guiar para fora da aeronave.

— Vamos, senhor St. James — brinquei.

Chegamos ao complexo de apartamentos de Adam muito tarde naquela noite, e subimos pelo elevador privativo.

Quando entrei no *flat* que havia sido todo o grande catalisador da nossa história, senti a onda de dejà vú acometer meu corpo. A diferença era que daquela vez estávamos acompanhados com nossa criação.

— Minha mãe providenciou um pequeno arranjo. Venha ver — Adam disse, puxando-me pela mão. Ethan estava no seu colo, mas jogou os bracinhos para mim, solicitando uma mudança imediata de carregador. Eu só esperava que ele não iniciasse a brincadeira interminável de ficar mudando de braços o tempo inteiro.

Adam abriu uma porta no final do corredor e minha boca abriu em espanto. Um quarto todo decorado para Ethan estava diante dos meus olhos.

Vários cavalinhos espalhados nas paredes, aviões pendurados nos cantos, brinquedos espalhados em pontos estratégicos. Um quarto que deixaria qualquer garotinho completamente fascinado.

Ethan se agitou no meu colo, agoniado para descer imediatamente.

Coloquei meu pequeno no chão e senti os braços de Adam me enlaçando por trás, bem como um beijo quente na lateral do meu pescoço.

— A meta é ou comprarmos um apartamento maior, ou uma casa — ele disse enquanto observava a alegria de Ethan com seu novo quarto.

— Você acha necessário? — perguntei, virando a cabeça para trás para olhar em seus olhos. Nossas bocas ficaram a milímetros de distância.

— Ah, sim, gracinha... nós vamos aumentar a família. Uma casa maior vai ser muito necessária — respondeu e sorriu, fazendo com que aquelas preguinhas nas bordas de seus olhos o deixassem mais charmoso ainda.

— Mas já? — Comecei a rir.

— Sim. Quanto mais filhos eu fizer em você, mais difícil será para se livrar de mim — afirmou. Eu revirei meus olhos porque achava que ele jogaria aquele tipo de brincadeira na minha cara por um bom tempo ainda.

Paciência. Eu havia feito aquilo, não é mesmo?

— Mas tem uma coisa que vou querer que você faça, Mila — Adam disse com seriedade.

Aquilo atraiu minha atenção e acabei me virando em seus braços, olhando-o de frente.

— E o que é? — perguntei desconfiada.

— Eu sei que você amava trabalhar na *delicatessen* da Sra. Doodley, mas gostaria que você se empenhasse em tentar trabalhar na sua área de formação.

Aquilo fez com que eu me retesasse em seus braços. Senti o sangue gelar.

— Ei! Não vá colocando caraminholas na cabeça antes da hora, por favor. Eu não tenho e nunca tive vergonha de ter conhecido você trabalhando como uma garçonete adorável naquele lugar. Eu ainda podia contemplar seu trabalho com amor, com gentileza. Eu ficava maravilhado com aquilo — ele disse e senti meu rosto esquentar. — Mas é chegada a hora de você correr atrás daquilo que sempre sonhou, entende?

E era verdade. Eu nunca tinha podido fazer aquilo. Como uma assalariada, sempre tive que ficar à berlinda dos sonhos que almejei, esperando que uma oportunidade surgisse e eu pudesse usufruir.

— Eu estarei ao seu lado, Mila. Quero ser o seu provedor, aquele que estará se alegrando contigo, com as suas vitórias. Quero poder ser eu a providenciar os caminhos mais fáceis pra você trilhar. — Seus braços se apertaram ao meu redor e Adam deu um beijo na minha testa, suspirando logo em seguida. — Veja, minha riqueza é mais do que suficiente para que você nunca precise trabalhar, mas sei que você não vai se contentar em apenas desfrutar das regalias que posso te oferecer... — E aquela era uma verdade. — Então, apenas me permita facilitar as coisas pra você. Por favor. Você não precisa trabalhar ali. Você não precisa servir ninguém, você precisa ser servida.

— Mas eu trabalhei naquele *Buffet* depois que me graduei na faculdade porque não conseguia um trabalho e não poderia deixar Ethan sozinho, Adam.

— Sim, mas agora nós poderemos proporcionar o número de babás que forem necessárias para ele. Ou se você não as quiser, e simplesmente decidir que quer ficar com ele, é sua decisão. Eu quero que você seja feliz. Faça o que seu coração mandar. O que quer fazer?

Meus sonhos estavam tão definidos na minha mente antes... agora estavam meio borrados. Como se uma névoa densa estivesse à frente, obstruindo a visão perfeita.

— Eu queria dar aulas de inglês para as crianças do Fundamental.

— Então faça isso.

— Não é tão fácil quanto parece.

— Eu posso fazer acontecer.

— Eu não quero que use de sua influência para que eu consiga as coisas, Adam. Quero conquistá-la por mim mesma. Se elas tiverem que acontecer, beleza. Senão... paciência. Eu acho que vou ficar feliz em esperar o momento certo para decidir o que fazer.

— Tem certeza? — perguntou.

— Sim.

— Ótimo. Amanhã à noite teremos um jantar de gala.

Encostei a testa em seu peito e gemi em protesto.

— Mas já?

— Sim, meu amor. Já. É o momento certo para apresentá-la à Alta Sociedade.

CAPÍTULO 42

Adam

Busca-se no anseio interior o desejo de vencer as adversidades.

No dia seguinte trabalhei apenas pensando em Mila. E, para ser honesto, no vestido magnífico que lhe mandei de presente naquela manhã. Eu esperava que ela aprovasse meu gosto, bem como as joias que eu colocaria em seu pescoço e orelhas delicadas, complementando um visual de tirar o fôlego de qualquer homem. Bem, eu esperava que ela não exercesse tanta cobiça assim ao redor, ou eu teria que esfolar meus dedos e aquilo poderia ser um pouco embaraçoso no jantar chique ao qual compareceríamos.

Quando saí do trabalho, me apressei para voltar ao apartamento, sabendo que a encontraria com Ethan, então a ansiedade imperava.

O motorista me deixou à porta, e deixei ordens de retornar em duas horas. Ao passar por Faoul, cumprimentei-o rapidamente.

Entrei no apartamento e segui o cheiro de bolo assado.

Mila estava toda suja, dos pés à cabeça, de farinha, tentando tirar uma colher de Ethan, enquanto Magdalene, a cozinheira, apenas sorria de toda a situação.

— E eu achando que a encontraria pronta para o jantar...

— Adam! — ela gritou exaltada. — Meu Deus! Que horas são? — perguntou, frenética. Quando conferiu que a hora já estava adiantada, correu para me abraçar, mas parou a poucos milímetros de distância.

Eu não me fiz de rogado e a puxei para os meus braços, pouco me importando se a farinha estragaria meu terno caríssimo. Eu a beijei sem pudor algum, também não dando a mínima para a presença de Magdalene no local.

— Papa!

Apenas aquele grito me congelou no lugar. O beijo que se tornava imperioso simplesmente parou, e nossos olhos se abriram, se conectando em uma pergunta muda. Um sorriso se abriu em meus lábios.

— Ele disse o que pensei que disse? — perguntei em um sussurro.

— Sim...

— Papa! Papa!

— Mas será que ele está pedindo comida ou me chamando de "papai"? — Eu ainda não conseguia desconectar o olhar de Mila. Tinha medo de olhar para onde Ethan estava sentado na cadeirinha e perceber que ele não estava falando comigo.

— Você só vai descobrir se olhar pra ele — ela disse rindo.

Olhei por cima de sua cabeça e meu coração quase explodiu de felicidade, porque meu filho estava com seus braços melecados estendidos para mim. Seu olhar era dedicado a mim, a ninguém mais.

— Papa! — repetiu.

Deixei Mila e fui em sua direção. Os bracinhos se ergueram automaticamente e não pensei duas vezes. Retirei meu bebê dali e deixei que suas mãozinhas imundas se acoplassem ao meu rosto. O sorriso mais lindo, com apenas dois dentes, estava estampado naquele rosto.

— Papa... papa...

— Que palavra linda você aprendeu, Ethan. Merece até um diploma de honra ao mérito — brinquei e ganhei um beijo estalado no queixo. Ah, meu Deus. Como eu amava meu filho.

— Você é tão bobo, Adam — Mila disse e riu ao meu lado. Limpou uma mancha de farinha que Ethan muito provavelmente havia deixado no meu rosto.

— Eu sei. Mas só exerço esse lado bobo com você e o meu garoto.

— Certo. A babá, senhora Cambridge, já chegou e está ajeitando o banho dele.

— Veja, Ethan! Até o sobrenome da sua babá já é um prenúncio do seu sucesso! Cambridge.

Mila revirou os olhos para mim, mas deixei passar. Levei meu filho nos braços até o quarto onde um banheiro anexo estava sendo tomado por uma densa camada de vapor. A pobre senhora devia estar fazendo uma sauna ali dentro.

— Senhora Cambridge? Sua intenção é cozinhar meu filho? — perguntei zombando. Ela apareceu com a cabeça bagunçada e deu um sorriso.

238

M.S. FAYE

— Não, Sr. St. James... já vou reduzir a temperatura. É porque assim consigo deixar o pequeno brincando um pouquinho mais. E ele dorme logo em seguida. É praticamente uma terapia do sono — admitiu.

Hummm... eu devia anotar aquele detalhe para que Mila e eu usássemos quando não tivéssemos a disponibilidade de uma babá em algum momento.

Ethan estendeu os braços para ela e sumiu de vista no banheiro.

Voltei para o quarto a tempo de ver a minha futura esposa sumindo em nossa suíte.

— Adam, eu juro que vou tomar um banho rápido e me arrumar em tempo recorde. Como, eu não sei. Mas vou tentar.

— Eu deveria ter marcado um salão pra você? — perguntei enquanto me desfazia das peças do terno.

— Não! Eu mesma me viro aqui.

O ruído do chuveiro me deu ideias mirabolantes e aproveitei a deixa para me juntar a ela. Tranquei a porta do quarto, em seguida a do banheiro e entrei no boxe, surpreendendo-a quando a enlacei por trás.

— Adam! Nós não temos tempo pra isso! — ralhou.

— Claro que temos. Isso vai te deixar muito mais calma no evento. É quase como uma dose cavalar de calmante. — Beijei seu ombro e senti que o corpo ficou mais maleável. Ela era sempre acessível ao meu toque.

Bom, não preciso nem dizer que deslizei com facilidade, pois ela já estava excitada com as carícias de minhas mãos, ou as palavras sujas que eu fazia questão de sussurrar em seu ouvido.

Quando chegamos ao clímax, ambos estávamos ofegantes, nem poderia dizer suados, já que estávamos debaixo da ducha do chuveiro, mas que melhor lugar para fazer as duas coisas ao mesmo tempo, não é mesmo?

— Uau. Agora acho que estou tão relaxada que quero dormir — ela disse sonolenta.

— Não, senhora. Vá se arrumar porque temos que sair para este evento.

Deixei Mila no banheiro enquanto me arrastei de volta ao *closet* apenas com uma toalha enrolada na cintura, em busca do *smoking* necessário.

Mila saiu logo depois, vestida com um robe felpudo, e deu de cara com o vestido que eu havia colocado estendido na cama, antes de entrar no chuveiro, junto com ela.

— Minha nossa! Que vestido maravilhoso! Como você conseguiu? — perguntou e me olhou, assombrada.

— Eu tenho meus meios.

— Hummm...

239

— Vamos. O que vai fazer no cabelo? — perguntei, embora pouco me importasse, mas sabia que as mulheres se ligavam nessas futilidades.

— Vou apenas dar uma secada e fazer um coque elegante. Acho que isso eu consigo fazer. Assisti em um tutorial hoje, no youtube — admitiu e vi quando seu rosto ficou vermelho. Eu estava em processo de vestir a camisa, quando desisti e fui em sua direção.

Segurei seu rosto em minhas mãos e a olhei atentamente.

— Eu devia ter chamado uma equipe de profissionais para vir te ajudar, não é?

— Claro que não, Adam. Que bobagem.

— Mila, essa será sua vida daqui em diante. Acostume-se. Eu sei que não quer virar uma dondoca deslumbrada, mas você vai acabar deparando com um monte delas por cada lugar onde formos e não quero que se sinta inferior em momento algum — eu fiz questão de dizer. — Você é linda de qualquer jeito. Se quiser ir com os cabelos molhados, ainda assim estará linda.

— Hum-hum.

— Você é tão impertinente — falei e lhe sapequei um beijo longo e cheio de promessas.

— Eu sei! — respondeu e saiu marchando com o vestido nas mãos. Ainda teve o descaramento de olhar para trás e dar uma piscadinha.

Aproximadamente uma hora depois, quando Mila saiu do quarto e me encontrou na sala de estar, enquanto eu degustava um cálice de vinho, quase tive um pequeno acidente com o líquido, já que na hora em que ia levar o cálice à boca, ela surgiu e fiquei estupefato. Boquiaberto. Logo, o vinho não encontraria o destino que lhe era reservado. Tive tempo para impedir o desastre, pois Mila apontou com o dedo e endireitei a taça imediatamente.

— Meu Deus... você está... linda. Deslumbrante — falei e me levantei, largando o vinho que já não tinha interesse algum. Meu olhar estava focado nos lábios dela, que tinham a cor exata do líquido carmesim que eu estava degustando agora há pouco.

— Obrigada.

O vestido creme lhe acentuada as curvas perfeitas, moldando nos lugares certos, até demais, o que não previ. O decote era discreto, mas as costas estavam praticamente nuas. E sei disso porque quando a puxei para um abraço, minhas mãos não encontraram tecido algum. E posso dizer que apalpei uma boa extensão, em busca do fim do território da pele exposta.

240

M.S. FAYES

— Porra... vou ter que ficar ao seu lado a noite inteira. Não vai ter jeito. Terei que ficar plantado atrás de você — falei mais para mim mesmo do que para ela.

— Por quê?

— Porque não quero que ninguém veja a pele das suas costas e tenha ideias mirabolantes de "como seria passar as mãos por aqui"...

— Adam, deixa de ser bobo.

— É sério... o que fez com os olhos?

— Nada.

— Estão diferentes.

— Continuam na minha cara — respondeu e mostrou a língua. Ah, merda. Aquele pequeno gesto foi o suficiente para fazer sacudir meu corpo inteiro, inclusive uma parte peculiar da anatomia.

— Você também assistiu a algum tutorial de maquiagem? — perguntei e ganhei um sorriso deliciado.

— Sim! E olha! Consegui fazer um esfumado perfeito, não é?

— Não sei o que é um esfumado perfeito, meu amor, mas posso garantir que em você está fantástico. Seus olhos que já eram cativantes por si só, agora estão hipnóticos. Posso te beijar?

— Não. Este batom não é mate.

— Merda. Não faço ideia do que seja um batom mate, mas não gostei do fato deste vermelho fabuloso não ser essa droga aí que você falou.

Mila riu e enlaçou meu pescoço.

— Você também está lindo.

— Homens não são lindos.

— São, sim. Você é lindo.

— Eu posso ser *sexy*. Sedutor. Fantástico. Poderoso. Lindo, não.

— É lindo pra mim.

— Você venceu. Não vamos mais brigar por isso, que tal?

— Acho ótimo.

Meu celular tocou naquele instante, indicando que devia ser Kirk já na portaria do prédio.

— Vamos?

— Vamos.

Escoltei minha garota para fora do apartamento, sabendo que estava deixando nosso bebê em boas mãos.

Eu esperava que a festa de gala terminasse o mais rápido possível. Queria muito testar a veracidade daquele batom que não era mate...

CAPÍTULO 43

Mila

O baile era mais chique do que imaginei. Daqueles típicos que eu via em tantos filmes hollywoodianos, onde mulheres glamourosas desfilavam seus vestidos vaporosos ao lado de homens empertigados em seus *smokings*.

A mãe de Adam, Catherine, nos encontrou quase que na entrada da grande escadaria do *Met* e já tomou minha outra mão na sua, constatando que eu estava gelada de pavor.

— Querida, não precisa ficar preocupada. É apenas um jantar como outro qualquer — disse e deu uma batidinha com a outra mão no meu ombro.

Um jantar como outro qualquer? Só se fosse para ela, que era acostumada àquele luxo e suntuosidade tão ostensivos.

Adam mantinha o braço firmemente ao redor da minha cintura, nos guiando para a mesa que nos era destinada. Eu tinha medo de estar fazendo uma força contrária, como aquelas crianças que se recusam a ir para o primeiro dia de aula e acabam sendo conduzidos "à força". Como Adam não havia falado nada ainda, provavelmente fosse apenas impressão minha.

Eu tentava não olhar ao redor, para não ficar me comparando às outras beldades.

Cumprimentei o pai de Adam, que fez questão de me dar um abraço e perguntar:

— Como está nosso rapazinho?

— Está ótimo e tentando descobrir uma alternativa de como escalar as janelas enormes do apartamento — falei e ganhei um olhar assustado da mãe de Adam.

— O quê? Oh, meu Deus, Adam! Vocês têm que se mudar para uma casa!

— Calma, mãe. As janelas são blindadas e vedadas, não têm aberturas disponíveis para o projeto de Homem-Aranha sair — Adam disse e arrancou o riso de todos que estavam à mesa.

— Pessoal, essa aqui é Mila Carpenter, a adorável noiva do meu filho e sua futura esposa, consequentemente, minha nora querida — Catherine disse, arrancando suspiros, tanto dos ouvintes, quanto meu.

Recebi alguns cumprimentos, abraços, apertos de mão e aqueles beijos esvoaçantes que não chegavam a tocar os rostos.

Um garçom nos serviu taças de champanhe e fomos orientados a aguardar a abertura do grande jantar.

— Aguardem aqui — os pais de Adam nos disseram, simultaneamente.

Estávamos na mesa, com Adam segurando minha mão, nossos dedos entrelaçados, ora ele depositava beijos na palma, ora no pulso, nos nódulos dos meus dedos. Era tão intenso e terno... tudo ao mesmo tempo.

O som de um sino suave se fez ouvir.

— Queridos, queridos — a mãe de Adam anunciou da plataforma onde um púlpito estava armado. — Este jantar maravilhoso tem como intuito comemorar algo grandioso e um acontecimento há muito esperado para os St. James — ela disse e seus olhos focaram nossa direção. Oh, não. Não poderia ser possível...

— Como todos sabem, Adam, meu filho, vem comandando o império da família já há alguns anos, e fazendo um trabalho primoroso, mas faltava apenas alguma coisa para nos deixar mais satisfeitos ainda com seu desempenho excelente — Sebastian St. James completou.

Adam deu uma risada ao meu lado e pelo canto do meu olho pude notar que estava sacudindo a cabeça, divertido com as palavras do pai.

— Nosso amado filho nos presenteou com um neto! — Catherine disse, eufórica.

Coloquei as mãos espalmadas no rosto, na tentativa de refrescar e esconder a vermelhidão que devia ter assumido meu rosto.

— Veio antes do protocolo usual, mas quem liga para isso nos dias de hoje, não é mesmo? O que importa é que estamos muito felizes com o pequeno Ethan Prince St. James e, para completar este quadro familiar mais do que feliz, celebraremos o casamento de nosso herdeiro com a adorável mãe de nosso neto, a senhorita Mila Carpenter. Então, queridos... todos deem uma salva de palmas ao casal magnífico que está sentado ali naquela mesa e brindemos a essa união próspera.

As palavras da mãe de Adam encheram meus olhos de lágrimas e as palmas ao redor acabaram fazendo com que um choro incontido devastasse meu corpo. Era uma emoção desconhecida que estava tomando conta. Adam me abraçou e afundei o rosto no vão de seu pescoço, sem me preocupar se borraria a gola de seu *smoking* com minha maquiagem ou não.

— Ei, amor... desse jeito vão achar que você está triste, ao invés de feliz — ele brincou.

— Eu es-estou f-feliz...

— Então me mostre esses olhos lindos que você tem e o sorriso pelo qual me apaixonei desde a primeira vez que vi — pediu.

Fiz o que ele havia pedido, meio preocupada, agora sim, em como devia estar o estado do meu rosto, mas logo esqueci o assunto, quando vi a emoção refletida em seu olhar.

— Eu te amo, gracinha.

— Também te amo, Adam.

— Ótimo. É bom assim.

Quando os pais dele se juntaram a nós, recebi mais abraços efusivos e calorosos e posso dizer que nunca fui tão abraçada em toda a minha vida. Ou nunca tive um senso tão grande de acolhida familiar quanto essa. Ou ao menos não me lembro dos tempos idos da infância há muito perdida.

— Vamos comer, meus lindos. Este jantar parece simplesmente divino — ela disse.

O jantar passou voando, porém eu sequer senti o gosto da comida, que parecia estar, realmente, deliciosa. Em um determinado momento, senti uma presença às minhas costas e percebi que Adam havia retesado o corpo ao meu lado, chegando mais perto, como se quisesse me proteger. Seu braço imediatamente pousou possessivamente sobre o encosto da minha cadeira, com a mão recobrindo meu ombro.

— Ora, ora... dessa vez a serviçal não está fazendo o serviço para o qual parece ter nascido? — A voz anasalada de Anne McAllister se fez ouvir. Engoli em seco.

— Anne! — a mãe de Adam a recriminou imediatamente.

— Você não sabia disso, Catherine? Que a adorável namoradinha do seu filho é nada mais nada menos que uma garçonete de meia-tigela que pretende dar o golpe do baú nas empresas St. James? E pensar que sempre achamos sua família digna e tão inteligente. Não passam de ignorantes que se deixaram ludibriar pelo famoso golpe do baú — a megera continuou

244

destilando o veneno.

— Anne McAllister, pelo bem da relação que ainda restou com seus pais, acho melhor que você se retire desta confraternização para a qual nem ao menos foi convidada — Sebastian St. James disse de maneira fria.

— Oh... que grosseria. Enquanto éramos bons como parceiros comerciais, o tratamento cortês acontecia, agora que fui despachada da cama de seu filho, estou sendo tratada dessa forma vil, não é? — ela disse com escárnio.

Adam levantou-se de pronto, derrubando a cadeira no processo.

— Você é completamente louca! Nós nunca tivemos nenhum contato íntimo e você sabe bem disso, então pare de ficar propagando seus devaneios e mentiras como se fossem verdades! — gritou. — Você já passou do ponto da vergonha e está embaraçando o nome de sua família.

Segurei a mão de Adam, apertando seus dedos, numa tentativa de lhe mostrar que eu estava ali e não tinha acreditado em nenhuma palavra sequer que aquela louca estava dizendo.

Adam olhou para mim e voltou o olhar revoltado para Anne, que me encarava com ódio mortal.

— Eu vou embora. Esse ambiente me enoja. Essas pessoas de baixo calão, nenhuma classe... ah, que horror. E eu que pensava que cheguei a querer me casar com você, Adam... — ela disse e se virou, saindo como se fosse uma diva majestosa.

Depois daquilo, todos ficaram em um silêncio mórbido. Apenas os tinidos dos copos de cristal sendo ouvidos, os ruídos dos talheres sendo recostados às porcelanas finas.

— Bem, esse show foi simplesmente maravilhoso, porque a Alta Sociedade precisa do caos para se movimentar e das fofocas para vibrar! Então, brindemos! — Catherine gritou.

O som dos risos imperou no ambiente e aliviou um pouco o desconforto, mas não aplacou a angústia que tomou conta do meu peito.

Adam me abraçou, beijou minha têmpora e afagou as costas desnudas pelo meu vestido. Eu estava sentindo frio. Mas não conseguia explicar que havia um gelo dominando meu interior de uma forma muito mais assustadora do que qualquer outra.

Estávamos prontos para ir embora. A aparição intempestiva de Anne McAllister recobriu o brilho da festa com uma sombra pegajosa de podridão.

Depois que a cobra venenosa saiu, pedi licença rapidamente e fui ao toalete, disposta a tentar me recompor, ao menos um pouco, externamente, já que por dentro, podia sentir a tormenta que me assolava.

A desculpa de ir ao lavatório é sempre uma saída de mestre, e, embora muitos achem que exista uma crucial necessidade em utilizar-se dos serviços que o recinto oferece, em oitenta por cento dos casos dessas pequenas escapadelas, o objetivo era único e exclusivamente dedicado a respirar um pouco longe das pessoas ao redor. Bem, há certas controvérsias no quesito de escolha para respirar em um ambiente tão pouco saudável como um banheiro, mas, particularmente, era o local mais reservado possível para um momento em que poderíamos nos entregar a pensamentos sombrios.

E lá estava eu... olhando meu reflexo no espelho ricamente adornado em ouro, sem uma única mancha sequer e um padrão perfeito de limpeza, que me levou a pensar, momentaneamente, que produto ou pano fora usado para conseguir aquele efeito tão magnífico. Somente então, percebi que meus pensamentos estavam realmente conturbados, já que devaneei para outro assunto que não o real que me levara até ali.

Meus olhos estavam assombrados. Eu podia sentir que respirava com dificuldade. Tinha medo de ter outro ataque de pânico singular, em meio a pessoas que provavelmente nunca entenderiam o que estava se passando comigo. Seria aquele um total sinal de fraqueza? Debilidade extrema? Talvez. Eu sabia que já não vinha sentindo mais a onda tentando me engolfar há um tempo, então me achava curada para tal arroubo. Mas lá estava ela. Como um tsunami medonho, vindo em minha direção, enquanto eu permanecia impotente, parada e esperando pelo momento em que seria completamente submersa pelos sentimentos devastadores de desespero.

Era difícil aceitar que certas situações podiam funcionar como gatilhos tão intensos assim. Que algumas pessoas podiam ter tal poder sobre meus sentimentos e atitudes mais racionais. Então essa era a razão em que eu sempre buscava a presença de um espelho. Onde poderia me olhar. Olhar diretamente nos meus olhos, tentando me reconhecer na figura que me encarava, para aprender a lidar com meu próprio medo. Era o momento em que eu falava a mim mesma: "ei, Mila, veja... ali está você, está vendo? Ainda de pé, viva e respirando. Pensando e pensando... logo, o que você vai fazer com você mesma?".

Coloquei minhas mãos debaixo do jato de água gelada, ainda sem afastar os olhos de minha imagem refletida.

— Eu sou Mila Carpenter. Não vou deixar uma vadia qualquer me amedrontar — disse para o meu reflexo.

— Muito bem, querida. Eu sempre soube que meu filho encontraria uma mulher inteligente e forte o suficiente para lutar pelo direito de permanecer ao seu lado — Catherine disse e quase dei um grito histérico, porque não percebi sua presença ao meu lado, tão concentrada estava em meu mantra.

Coloquei a mão molhada no peito, olhando imediatamente para baixo ao notar que deixei uma mancha úmida no tecido do vestido. Fechei os olhos e suspirei audivelmente. Era só aquilo que eu precisava para completar minha noite. Sair do banheiro com o vestido molhado, como se eu tivesse babado sobre ele.

Catherine deu uma risadinha sorrateira e pegou minha mão, guiando-me para um canto do lugar, onde poltronas confortáveis faziam a vez de um pequeno *lounge*. Oh, céus. Era realmente muito luxo. Um *lounge* em um toalete...

— Sente-se aqui e respire profundamente — ela me orientou. Em seguida, pegou uma toalhinha e entregou para que eu tentasse secar o tecido.

Aceitei e agradeci mentalmente, pois aquilo seria uma bela distração.

— Agora vamos lá, querida — Catherine começou —, Adam mandou-me checar se você estava bem, sob o risco de vir ele mesmo conferir seu estado de espírito, pouco se importando se haveria um escândalo ou não, para o fato de ele entrar no banheiro feminino como um cavaleiro andante — ela disse. — Embora eu ache isso extremamente galante, ainda assim acredito que os falatórios não seriam muito sutis, então que bom que interferi em sua ideia original, não é mesmo?

Concordei com a cabeça, apenas acenando, sem nada responder.

— Meu filho a ama. — Aquilo fez com que eu a olhasse diretamente nos olhos. O tom com que disse foi tão cheio de amor que atraiu minha atenção. — Tão profundamente que meu coração de mãe não sabe se sente ciúmes, por tê-lo "perdido" — enfatizou com as aspas — para uma mulher adorável, ou se regozija, com a sorte e felicidade que vejo em seus olhos e por saber que ele encontrou o que eu e o pai encontramos tantos anos atrás e sempre desejamos secretamente para nosso filho.

Eu estava sem fala. Aquela era uma espécie de conversa de "sogra" para "nora"? Era isso?

— Nesses últimos anos, Adam foi apenas a sombra do que era. Ele mudou. Seu comportamento ficou inconstante, sombrio, ele nunca nos procurava e se afastou, para viver uma vida onde fazia questão de apenas trabalhar e não dar espaço para qualquer perspectiva de amor. Eu e Sebastian nunca conferimos o que realmente acontecera, lhe demos o espaço que ele requeria e observamos de longe. Como águias. Eu sou mãe, tenho instintos. Sabia que devia haver uma mulher envolvida. Tentei arranjar vários encontros ao longo desse tempo, com filhas de amigas proeminentes, que dariam uma boa aliança, que dariam uma prole fantástica, porque era basicamente o que eu e o pai procurávamos... até então.

Aquele discurso fez com que meu corpo gelasse, de dentro para fora. Será que ela estaria me dizendo que eu não era boa o suficiente para seu filho?

Catherine pegou minha mão, atraindo minha atenção para si.

— Você mudou todo e qualquer conceito que eu poderia ter a respeito de quem eu achava que deveria ser a mulher ideal para o meu filho, Mila. Você, sua doçura e coração puro. Quando Adam nos contou sobre sua infância — ao dizer aquilo tentei afastar minha mão, mas ela segurou com força —, não... não se envergonhe, por favor. Aquele episódio na cozinha de nossa casa ficou gravado em minha mente. Não quis ser intrusiva naquele momento e questionar seus motivos, mas eu sabia que devia ter alguma coisa profundamente enraizada para que você agisse daquela forma, então, mais tarde, perguntei a Adam, e, mesmo a contragosto, ele me relatou que você teve algumas adversidades em sua infância e convívio familiar.

Bem, se aquela ali não era uma frase bonita para se enquadrar... "adversidades em minha infância e convívio familiar...".

— Catherine... eu... — tentei falar, mas ela me impediu, mais uma vez.

— Não, Mila. Eu não quero que você sinta qualquer indício de vergonha ou o que seja que esteja passando aí nessa sua cabecinha. O que quero e preciso que fique muito claro para você, meu bem, é que não importa qual seja sua origem, trabalho, condição social ou o que for... nós a aceitamos do jeitinho que você é. Exatamente assim. Você não somente nos deu aquele pequeno anjinho de presente. Você, querida, nos trouxe nosso Adam de volta — ela disse e colocou a mão em meu rosto. Só então percebi que estava chorando. — Nunca permita que ninguém a desmereça. Eu não vou permitir, Adam não vai, Sebastian também não. O nome dos St. James forjará uma couraça ao seu redor, mas antes de tudo, nunca, nunca permita que ninguém a faça se sentir inferior, tudo bem?

— Tudo bem — falei baixinho.

— Então agora vamos, antes que Adam arrebente a porta deste banheiro e as manchetes amanhã no New York Times estejam focadas não na parte política, mas nos bochichos da Alta Sociedade, bem como nas notícias reportadas na Page Six — disse e levantou-se, rindo, me puxando no processo.

Saímos dali de braços dados, como duas aliadas. Eu podia até ter tomado uma bordoada, mas encontrei um anjo vingador que fez questão de acariciar meu ego e autoestima, deixando-me com mais certeza de que eu havia, sim, encontrado uma família para chamar de minha.

CAPÍTULO 44

Mila

Na semana seguinte, estávamos nos Hamptons, já nos preparando para o casamento que seria celebrado dali a dois dias. Os pais de Adam resolveram antecipar todos os planos, nos deram uma lua de mel fantástica em algum lugar paradisíaco que não fazíamos ideia do local e simplesmente montaram uma estrutura belíssima nos jardins da mansão luxuosa.

Ayla estava se preparando para vir e eu havia ficado de buscá-la no aeroporto, mesmo a teimosa afirmando que não precisava de forma alguma, mas ainda assim, eu fazia questão. Queria mostrar meu novo carro, presente de Adam, para circular com Ethan, ainda que eu praticamente não fosse a motorista constante, já que Adam havia contratado um motorista para nos levar a todo e qualquer lugar. A parte boa daquele arranjo era que, em Manhattan, realmente, era horrível dirigir, de qualquer maneira, então, ter um "*uber*" só meu era um privilégio mais do que fantástico. Aquela comodidade que o dinheiro proporcionava era bastante agradável.

Fora que Stan Kamarovic era um senhor muito agradável que amava meu filho mais do que tudo, então eu me sentia segura em deixá-lo guiar até mesmo se eu não estivesse presente no carro.

— Adam? — chamei e esperei sua resposta. Ethan já vinha tropeçando com os bracinhos estendidos. — Ei, bebê! Vamos buscar a tia Ay-ay?

— Sim, amor? — Adam respondeu de onde estava.

— Estou indo buscar Ayla no JFK, tudo bem?

— Quem vai te levar? — perguntou com desconfiança.

Revirei os olhos. Eu sabia que ele iria averiguar.

— Eu mesma? — Meu tom era uma pergunta retórica. Algo bem irônico mesmo.

— O JFK é longe pra você ir dirigindo sozinha, Mila — ele disse e colocou o rosto pra fora do banheiro adjacente ao quarto.

— Sim, sim... uma hora e meia. Mas é praticamente uma reta linda e com ótima condição de estrada. Um trânsito maravilhoso.

— Não, Mila. Stan leva você. Fora que sua amiga poderia pegar o *shuttle* ou o trem diretamente do aeroporto para a estação mais próxima.

— Eu sei, Adam. Ela ofereceu isso.

— E por que você não aceitou?

— Eu quero dirigir.

— Eu sei, mas faça isso quando eu puder estar junto, então — ele insistiu. — Você sabe que especificamente hoje, fiquei de levar meu pai a uma consulta de *check-up*.

Oh, merda. Era verdade.

— Adam, eu prometo que será tranquilo...

— Não, Mila. Ou isso, ou nada feito.

— Então posso ao menos falar para o Stan nos encontrar na Jamaica Station, e de lá ele segue guiando para o JFK? — perguntei emburrada.

— Tudo bem.

Peguei Ethan no colo e entrei no banheiro para me despedir de Adam. Ele já estava saindo e veio logo atrás de mim.

— Ainda não estou satisfeito com sua ida.

— Mas vou pegar o Stan. Então agora sossegue — ralhei.

Adam continuava amuado, vestindo uma camisa social.

Eu já estava empacotando Ethan e quase saindo pela porta da frente, quando Adam me puxou pela gola do casaco.

— Não se esqueceu de nada?

Dei um sorriso e um beijo muito bem dado naquele homem que tinha a capacidade de me tirar do sério em alguns momentos.

Passei pelo motorista de Adam, Kirk, cumprimentei-o rapidamente e segui para meu carro, com Ethan acoplado no meu quadril.

— Ei, garotão... vamos buscar o tio Stan, depois vamos pegar a tia Ay-ay no aeroporto... acho que você vai conseguir ver alguns aviões... Que tal? — eu disse enquanto terminava de afivelar seu cinto na cadeirinha.

Dei um beijo na bochecha do meu bebê e me deliciei com sua risada e, quando estava fechando a porta do carro, prestes a ir para o lado do motorista, fui rudemente empurrada, pelas costas, para a calçada. Senti as palmas das mãos esfolando na hora, o joelho ralando e quando olhei pra cima, me deparei com a loira maquiavélica e seu sorriso cruel.

— Achou que iria tomar o meu homem, não é? — ela disse e deu um chute na lateral da minha cabeça, fazendo com que minha visão ficasse borrada imediatamente. Anne ainda fez questão de dar um chute em minha barriga, fazendo com que eu me curvasse e quase vomitasse na hora, já que perdi totalmente o fôlego.

Agachou-se ao meu lado, pegou um punhado dos meus cabelos e, sem que eu pudesse reagir, bateu minha cabeça no asfalto. Oh, merda... se eu não tivesse rachado a calçada, eu tinha certeza que tinha rachado a testa.

— E também achou que ficaria com meu bebê, meu filho, não é mesmo? — a louca disse e aquilo fez com que meus instintos acordassem. Eu já estava divagando para a terra dos mortos, onde não haveria dor, quando sua frase me deu ideia de quais eram suas reais intenções.

O sangue cobria minha visão, mas ainda consegui vê-la correndo para o lado do motorista e assumindo a direção.

Quando o carro arrancou, tentei me erguer do chão, mesmo sentindo a cabeça pesada e gritei:

— Adaaaaaaaaaaaaam!!!

CAPÍTULO 45

Adam

Quando a vida sobressai à morte...

O grito de Mila foi estarrecedor. Eu estava colocando o terno e simplesmente o larguei no foyer, correndo para fora de casa a tempo de vê-la caída na calçada, e seu carro sumindo no final da rua.

— Milaaa! — Corri em sua direção, com o coração quase saltando fora do peito ao vê-la naquele estado.

— Adam! Adam! Vá! Vá! Ela levou o Ethan! Oh, meu Deus! Ela levou meu filho! — ela gritava aos prantos.

— Kirk! — gritei e ele já vinha derrapando pela garagem. — O carro. Rápido! — Ajoelhei diante de Mila, que tinha um sangramento intenso na testa e parecia desorientada. — Mila, fala comigo... meu amor...

Tomei Mila em meus braços, e ela puxou a gola da minha camisa, seus olhos estavam embaciados, mostrando todo o terror que sentia. Com meus dedos trêmulos, afastei os cabelos que começavam a ficar emplastrados com o sangue que corria da ferida.

— Meu amor...

Kirk correu para buscar a Range Rover e em menos de um minuto, preciosos sessenta segundos, ele estava parando à frente.

— Vá, Adam. Traga nosso bebê de volta, pelo amor de Deus! — ela chorou em total desespero.

Eu só poderia deduzir que Anne fora a responsável pelo furto do carro, enquanto Mila estava acomodando Ethan na cadeirinha. Oh, meu Deus. Eu esperava que ela tivesse conseguido realmente travar o fecho e meu filho estivesse seguro.

Eu não sabia o que fazer, com Mila naquele estado, olhei ao redor e vi alguns vizinhos das mansões à frente já se aproximando.

— Vá, Adam!!!

Deixei-a ali, com o coração na mão, e entrei no carro, no banco do passageiro, com Kirk acelerando na velocidade máxima, e, mesmo alguns minutos atrás do SUV de Mila, conseguimos identificá-lo em sua posição exata, por conta do GPS instalado no veículo da minha mulher. Ela estava quase pegando a I-495.

— Lá, Kirk! — Apontei para o carro, que seguia desenfreado pelo trânsito na rodovia. Meu Deus, meu filho estava lá dentro.

— Nós vamos alcançá-los, senhor. Não é melhor já acionar o 911? — perguntou.

Boa ideia. Eu sequer tinha pensado naquilo. Meu Deus. E nem tinha pensado em Mila no chão. Eu devia ter ligado imediatamente para uma ambulância.

Liguei para o 911 e relatei o ocorrido, fazendo com que eles encaminhassem viaturas em perseguição na via em que estávamos seguindo agora, bem como encaminhassem uma ambulância para checar o estado de Mila. Em seguida liguei para minha mãe.

— Mãe!

— Filho, o que houve?

— Onde a senhora está? — perguntei, tentando disfarçar ao máximo meu tom exaltado.

— Saindo da casa dos Parker, por quê?

— Mila está precisando da senhora em casa, será que quando chegar lá, a senhora poderia me ligar?

— Tudo bem, meu filho. Aconteceu alguma coisa? — perguntou preocupada.

Cocei a ruga entre as sobrancelhas, tentando aliviar a tensão na ponte do nariz.

— Não. Apenas vá para lá, por favor.

— Estou indo.

Desliguei e fixei os olhos na cena que se desenrolava à frente. O carro de Mila seguia em alta velocidade. Anne não poupava esforços e simplesmente costurava entre os veículos, causando um caos e algumas colisões por onde passava.

Estávamos em dez minutos de perseguição quando as sirenes da polícia puderam ser ouvidas. Olhei para trás e consegui identificar três viaturas

254

M.S. FAYES

logo atrás, a toda velocidade, fazendo com que os carros se afastassem como o Mar Vermelho.

Tentei suspirar aliviado, mas meu peito estava apertado. Eu só conseguiria respirar com total tranquilidade quando aquele pesadelo acabasse e eu estivesse com meu filho nos braços.

Dois carros de polícia passaram pelo meu Range Rover e aceleraram na perseguição à SUV de Mila. Anne estava sendo caçada. Literalmente caçada. O único inconveniente era que ela carregava uma carga preciosa dentro daquele veículo.

Quando estávamos próximos a uma bifurcação da pista, o inesperado aconteceu. Anne freou o carro e uma derrapada lateral tomou forma, mas o peso do carro não era projetado para aquele tipo de manobra, tão comum em carros esportivos.

Meus olhos se arregalaram em horror e choque quando vi o carro capotar uma, duas, três vezes, dando giros no ar, como um balé macabro.

Meu Deus, meu Deus! Eu achava que devia estar falando aquilo em uma litania. Orando fervorosamente. Podia sentir meus olhos derramando lágrimas dolorosas, meu rosto úmido, meus músculos se contorcendo em dor e agonia.

Não, não, não!

Quando o carro de Mila parou, Kirk freou a Range Rover e desci imediatamente, em disparada, sem sequer me preocupar com os carros que passavam ao redor, se eu seria atropelado, se um caminhão esmagaria meus ossos. Foda-se. Eu só queria chegar perto do meu filho.

O carro estava de cabeça pra baixo. Nem ao menos me dignei a olhar o banco da frente. Fui direto para as portas laterais, para o lado exato que eu sabia estar a cadeirinha de Ethan.

Quando consegui abrir a porta, ajoelhei no chão, coloquei as mãos no assoalho e apenas gritei:

— Nãããããooooo!!!

CAPÍTULO 46

Adam

Espera-se no milagre a certeza de que o amor sempre vence.

Um policial tentava me arrancar dali, mas eu estava colado no asfalto. Podia sentir minhas unhas praticamente se enterrando no cimento esfacelado, enquanto eu sentia as lágrimas quentes saltando sem sentido.

— Senhor, precisamos nos afastar do veículo! — ele gritava.

— Meu filho... meu filho...

— Já estamos providenciando, senhor...

Eu sentia que havia uma movimentação à minha volta, gritaria sem fim, sirenes, buzinas e o som de freadas bruscas de carros. O ruído era ensurdecedor.

— Vamos, vamos! Há risco de explosão! — um policial gritou.

— Não! Não! Eu não vou sair sem meu filho! — Tentei me levantar, mas não sentia meu corpo.

— Ele já está fora, senhor. Venha.

— Downey! A moça é óbito.

— Saiam! Saiam!

Senti que meu corpo era meio arrastado, meio carregado e de repente, fomos jogados na lateral na pista. Uma explosão brutal fez com que o chão praticamente tremesse e acredito que bati as costelas contra a proteção do *guard-rail*.

Sacudi a cabeça, tentando afastar a confusão, quando escutei o choro fraco.

Oh, meu Deus!

Aquele choro era do meu filho!

Ethan ainda estava vivo! Mesmo na confusão do sangue que vi em sua cabecinha assim que abri a porta, ele ainda estava vivo!

Levantei como um zumbi depois de algum apocalipse louco e fui em busca de onde ele poderia estar. Um policial o havia protegido com seu próprio corpo.

As sirenes do corpo de bombeiros ficaram mais altas, bem como as das ambulâncias que chegavam ao local.

Cheguei até onde Ethan estava e ele estendeu os bracinhos para mim.

— Senhor, é melhor não mexermos nele, para evitar qualquer problema, em caso de lesão.

Pensando que poderia ser verdade, mas também pensando que a manobra do policial de arrancá-lo do veículo de qualquer jeito já poderia ter-lhe causado uma lesão, mas fora o que lhe salvara a vida, acabei me deitando no chão, de barriga pra baixo, ficando com meu rosto logo acima do rostinho ensanguentado de Ethan.

— Ei, garotão. O papai está aqui. Está vendo? Sou eu. Você teve uma aventura? Uma montanha-russa surreal e macabra, hein? — brinquei e ganhei um olhar simpático do policial.

Alguns paramédicos chegaram onde estávamos e já preparavam todos os equipamentos.

— Senhor, precisamos que se afaste para que cuidemos do paciente.

— Para me afastar, você vai ter que me matar, dona — falei e lhe dei um olhar mortal.

Acho que meu rosto sujo de fuligem pode ter assustado a mulher, porque ela simplesmente ergueu as mãos, como se estivesse se rendendo e pediu apenas um espaço.

Ethan não desconectou os olhinhos dos meus, e estendia os bracinhos o tempo todo, mas eu me sentia o pior dos pais por não poder atender à sua demanda e pegá-lo no colo imediatamente.

— Vamos levá-lo ao hospital — um dos paramédicos disse. — Preparar para posicionar na maca.

— Nannn... papa! Papa!

— Ei... shhhh... eu estou aqui, Ethan! O papai está aqui!

Sentia as lágrimas deslizando sem rumo. Meu Deus, era simplesmente de partir o coração ver alguém que você ama sofrer e não poder fazer nada para corrigir isso. Para amenizar aquela angústia.

Entrei com ele na ambulância, mas antes que as portas de fechassem, gritei para Kirk:

— Vá buscar Mila na casa dos meus pais, Kirk. E leve-a direto ao hospital.

Mila

Angústia. Pânico. Desespero. Sentimentos tumultuados que somados se tornavam um só. Eu era uma maré confusa de dor.

E não falo da dor física dos esfolados que tinha no corpo, ou do chute abusivo que recebi de Anne McAllister. Ou da pancada horrenda que tive na calçada. A dor era interna. No peito.

Aquela angústia de não saber o que estava acontecendo. De não fazer ideia de onde estava meu filho, se estava seguro, se estava apavorado, chorando, assustado. Aquela mulher o havia colocado em risco.

Aquele pânico mortal de nunca mais ser capaz de vê-lo, de aquele beijo doce que lhe dei no rosto, quando travei o fecho da cadeirinha, ter sido o último de nossas vidas.

Aquele desespero que engolfava a alma e deixava tudo muito mais evidente, porém sem brilho. Todas as camadas da feiura da vida ganhavam contornos assustadores como nos piores pesadelos.

Quando a mãe de Adam chegou, eu ainda estava sentada na calçada, sendo consolada por duas vizinhas que não sabiam o que fazer para controlar meu choro convulsivo. Eu não sabia o que falar, o que fazer. Havia perdido o rumo, o chão. Fora que, mexer a cabeça, realmente, me dava náuseas, então, sim... eu estava imóvel. O único que se movia era o percurso constante das lágrimas que deslizavam pelo meu rosto.

— Mila, meu bem! Vamos entrar... — ela disse, tentando me ajudar a levantar do chão. Minhas pernas estavam bambas.

— Meu bebê... meu bebê...

— Querida, o que aconteceu? Venha...

Somente ali percebi que ela não sabia de absolutamente nada.

— Adam apenas me ligou e me disse para vir aqui, o que houve, meu bem? — insistiu, enquanto me guiava para o interior da casa.

Uma vizinha seguia atrás.

— Bertha, você poderia pedir à Marguerite que providencie um chá de ervas e também um antisséptico...

Antes que ela terminasse de falar, uma ambulância barulhenta freava bruscamente à frente da mansão. Dois paramédicos desceram e entraram sem nenhuma cerimônia.

— Senhora, recebemos um chamado.

— Meu bebê... — era a única coisa que eu dizia.

Um paramédico se ajoelhou à minha frente e apalpou a ferida que eu tinha na testa, resultado do encontro brusco do meu rosto com o chão, assim como também tocou a lateral da minha cabeça, o que arrancou de mim um pequeno silvo de dor, e ali, creio que deva ter sido pela constatação do enorme "galo" que se formara pelo chute de Anne e, digo uma coisa, muito provavelmente ela devia estar usando um salto agulha bem afiado, porque eu podia sentir não só meu olho meio pegajoso com o sangue que escorrera da ferida na testa, como também o cabelo emplastrado. Confirmei a versão macabra da minha ideia quando a mão enluvada do paramédico voltou ensanguentada, do ponto exato de onde tocou na minha cabeça.

Ele pegou uma lanterna e acionou a luz potente diante dos meus olhos, o que me fez fechar imediatamente.

— Abra os olhos, querida.

— Não consigo.

Com a ajuda dos dedos enluvados, o paramédico conseguiu analisar se minhas pupilas estavam reagentes. Eu sabia disso por assistir exaustivamente Plantão Médico, na época de George Clooney, como o médico bonitão.

Minha cabeça doía horrores, tanto que nem ao menos senti quando eles passaram algo nos meus joelhos e nas mãos. Minha meta era tentar conter as náuseas que teimavam em querer subir, e me concentrei em manter o conteúdo do meu estômago no local correto. Estava tão concentrada naquela tarefa Jedi que só fui perceber que tinha encerrado quando estavam já me embalando como um projeto reduzido de múmia. Minhas mãos ficariam enfaixadas. Tinha sido tão feio assim o estrago?

— Senhora, nós vamos precisar que nos acompanhe ao hospital — o outro rapaz disse enquanto guardava os equipamentos.

— O quê? O-o quê? Meu bebê?

— Não, senhora. A senhora terá que fazer uma tomografia, para afastar qualquer problema mais grave.

— Eu... eu estou bem.

— É o procedimento padrão, senhora. A pancada na cabeça pode indicar uma concussão, então precisamos levá-la.

— Mas... mas... eu preciso saber do meu bebê... — Comecei a chorar.

— Mila, querida. Nós iremos e telefonarei para Adam imediatamente para saber o que está acontecendo, tudo bem?

O paramédico me conduziu, tentando indicar que eu fosse deitada na maca, mas me recusei terminantemente.

— Eu não posso ir no meu carro? — perguntei e senti as lágrimas deslizando de novo, porque me lembrei de que meu carro havia sido levado, e meu bebê estava dentro. — Oh, meu Deus... — Coloquei a mão sobre a boca para abafar os soluços.

A mãe de Adam colocou um braço protetor sobre meus ombros e me ajudou a subir na ambulância. Eu achava embaraçoso ter que seguir ali dentro, mas os paramédicos estavam irredutíveis.

Fui sentada na maca, olhando para os equipamentos ao redor, sentindo a cabeça oca, fora do ar. Meus olhos percorriam tudo, mas nada viam. Por que Adam não ligara até agora?

A mãe dele fora seguindo em seu carro, já que como eu não estava desacordada e era uma "paciente" adulta, não necessitava de acompanhante.

Mas me sentia sozinha. Perdida.

Eu precisava de Adam. Precisava do meu filho.

Quando chegamos ao hospital, fui encaminhada a uma sala de exames, onde quase que imediatamente fizeram todo o procedimento necessário. Os St. James tinham poder ali na localidade e, naquela hora, era muito bom usar dessa influência.

Um médico chegou ao meu lado, quando eu estava sentada numa maca, aguardando alguma informação, olhando para o nada. Um curativo horroroso obstruía quase que toda a minha visão, mas ainda assim eu estava focada em encarar a porta do quarto, disposta a fugir para saber do meu filho. Catherine havia saído em busca de um café e notícias.

— Olá, senhorita Carpenter — ele disse. — Uma bela pancada a senhorita levou, não é mesmo?

Apenas sacudi a cabeça, concordando. Aquele breve movimento fez com que a dor martelasse todas as minhas vísceras.

— Bom, os relatórios dos paramédicos serão encaminhados ao departamento de polícia, porque, como a senhora foi vítima de agressão, haverá a necessidade de uma queixa formal... se tiver sido violência domés...

— O-o... quê? Não! Não... não foi violência doméstica! Eu fui abordada enquanto estava colocando meu bebê no carro! Uma louca psicopata, que não aceita que não pode ter o meu noivo simplesmente me jogou no chão e me acertou um chute na cabeça enquanto eu ainda estava caída e, depois ela... ela ainda acertou minha cabeça no chão... aí... aí, ela partiu com... com... o meu... o meu carro. Com o meu bebê dentro! — gritei e comecei a chorar. — Eu quero meu filho, doutor! Eu... não sei notícia alguma... eu só que-quero meu filho!

O médico me abraçou e passou as mãos nas minhas costas.

— Ei, agora acalme-se, por favor. Eu vou lhe administrar uma medicação...

— Não! Não! Medicação, não! Eu não quero apagar sem saber notícias do meu bebê! Eu não sei de nada! Adam não me ligou até agora... oh, meu Deus... por que ele não me ligou até agora? — perguntei histérica.

Senti somente a agulhada. Sorrateira. Quase indolor.

Então o mundo passou a nublar. Nublar. E meus olhos pesaram, e tenho a impressão de que a última lembrança que meu cérebro registrou foi do meu rosto se encontrando com o ombro do médico.

CAPÍTULO 47

Mila

Uma mão acariciava meu cabelo. Levemente. Em seguida um dedo percorria minha testa, os contornos do meu rosto, minha boca. Acho que sorri, mas não tinha certeza. Eu sentia tudo tão pesado que até mesmo abrir os olhos exigia um esforço sobre-humano.

— Mila... — a voz distante me chamou. Reconheci imediatamente, porque aquele timbre era único. Adam.

Abri os olhos e deparei com os dele me encarando, expectantes.

— Oi — disse ele.

— Oi. — Minha voz estava rouca, como se a garganta tivesse sido arranhada por garras afiadas. Lembrei que tinha gritado em desespero. A lembrança trouxe imediatamente os acontecimentos anteriores à memória. Tentei me sentar na cama, mas a mão forte de Adam me segurou. — Ethan! Ethan! Adam, onde está ele? Pelo amor de Deus!

— Mila...

— Não... não... por favor, meu Deus... não me diga... — Comecei a chorar.

— Ei, gracinha. Calma! — Adam me abraçou, erguendo meu corpo para o calor de seus braços. Eu o enlacei como se fosse um polvo possuído e nunca mais quisesse soltar. — Ele está bem, calma.

O choro durou mais alguns minutos até que sua mão forte na parte de trás da minha cabeça começou a fazer suaves massagens. E eu sabia que adormeceria novamente se ele não parasse. Tentei me afastar.

— Onde ele está? O que aconteceu?

— Nós saímos em perseguição ao seu carro e, quando ela estava entrando no desvio da rodovia, Anne tentou fazer uma manobra evasiva brusca e o carro capotou. — Coloquei uma mão em choque na boca. — Foi horrível, Mila. Assistir tudo do carro logo atrás. Saber que nosso filho estava ali dentro. Foi a pior experiência da minha vida.

— Ah, meu Deus, Adam... onde está Ethan? — perguntei e tinha medo da resposta.

— Quando o carro finalmente parou, corri até ele, mas um policial foi mais rápido e conseguiu retirá-lo da cadeirinha. E foi o que o salvou. E a agilidade e presteza do oficial também, porque em seguida, o carro explodiu por conta do vazamento de combustível.

Agarrei as lapelas de sua blusa, percebi que estavam sujas de sangue.

— Cadê meu bebê?!

— Ele está bem, Mila. Teve um corte na testa, por conta dos estilhaços. Desmaiou durante o capotamento, e o médico disse que muito provavelmente pode ter sido por conta da desaceleração no cérebro, e está um pouco irritado. No momento ele só está sendo monitorado na UTI pediátrica por conta de uma rigidez no pescoço, mas os médicos acreditam que se trata do efeito chicote, tão comum em colisões de carros, e que, no caso dele, acabou tomando proporções mais intensas.

— Eu quero vê-lo — falei, tentando me levantar. — Eu quero vê-lo, Adam.

— Eu vou te levar. Acalme-se. Ou o médico vai aplicar outra injeção em você.

— Eu quero ver esse médico também. Quero dar um murro na cara dele.

— Não parecia, meu amor. Minha mãe disse que quando entrou no quarto, você estava praticamente babando no ombro do "bom doutor". — O idiota teve o descaramento de rir.

Eu estava aliviada. Desesperada para ver meu filho, mas aliviada em saber que agora ele estava no mesmo lugar que eu, e não nas mãos daquela psicopata.

— E... e Anne?

— Bom... — Adam disse com a voz sombria. — A perícia deve atestar algo logo mais. Com o que sobrou, não sei. Mas nem me dignei a olhar na direção dela quando cheguei ao carro capotado. E os policiais retiraram Ethan. Creio ter ouvido um deles gritando que ela estava morta, não sei. De todo jeito, o carro explodiu. Há uma hipótese de que tenha quebrado o pescoço durante o capotamento.

Eu não desejava a morte da mulher. De forma alguma. O que ela fez foi horrível. Era fruto de uma loucura desmedida. Um ato insano que não tinha explicação plausível. Mas não cabia em mim o desejo mórbido de comemorar pela morte de uma mulher tão jovem.

— Venha, gracinha. Vou te levar para ver com os próprios olhos que nosso filho está bem — Adam disse e me ajudou a levantar da cama.

Saímos de mãos dadas pelos corredores do hospital e seguimos até os elevadores que nos levariam até a ala da UTI pediátrica. Minha surpresa maior foi encontrar os pais de Adam sentados na porta, como cães de guarda. Catherine se levantou imediatamente e veio me abraçar.

— Minha querida, você está melhor? O médico disse que você teve uma crise nervosa e teve que te dar um calmante...

— Eu quero ver aquele médico outra vez para dar um calmante na cabeça dele... com o meu sapato — resmunguei. — Tudo o que eu queria eram notícias do meu filho. Eu não tinha surtado. Tinha?

Ela e Adam se entreolharam e deram um sorriso conspiratório.

— Você parece ótima agora, não é mesmo, Sebastian? — Catherine perguntou ao marido.

— Sim, sim... este curativo em sua testa está bastante charmoso.

Coloquei a mão e percebi imediatamente ao que ele se referia. Pelo tamanho, parecia ter sido feito com seis mil gazes e dois mil esparadrapos, ou então o "galo" que se formara ali também devia estar do tamanho de um chifre de unicórnio. Apalpei a lateral da cabeça e gemi de dor.

— Você tem a cabeça dura — Adam disse e beijou o outro lado da minha cabeça. — Só conseguiu dois hematomas gigantes, mas nenhuma concussão grave.

Quando eu ia falar algum desaforo, a porta da UTI pediátrica abriu.

A enfermeira do setor nos deixou entrar e quando cheguei ao leito onde meu bebê dormia placidamente, meu coração quase explodiu de emoção. Agora que eu o vi com os próprios olhos, e podia constatar que estava realmente bem, eu sossegaria. Bem, não cem por cento, ainda. Eu só estaria completamente sossegada quando saíssemos dali e voltássemos para nossa nova casa, que estava sendo lindamente decorada.

Adam tinha cedido aos apelos da mãe e resolveu que o apartamento em East Side ficaria pequeno. Então, com a ajuda e poder de convencimento da matriarca dos St. James, começou a procurar por uma casa onde todos ficariam tranquilos com as habilidades de escalada e de exploração de Ethan.

Passei meu dedo suavemente na testinha ferida do meu bebê, que ostentava um curativo enorme para seu tamanho. Era a segunda vez em tão pouco tempo que ele se hospedava em um hospital e eu não estava gostando nada daquilo. Estávamos com "dodóis" quase iguais daquela vez.

— Meu amorzinho... — sussurrei e senti uma lágrima pingando na minha mão que segurava com firmeza o suporte do berço hospitalar.

Os braços de Adam me circundaram, dando um suporte que eu sabia que precisava, mas me recusava a pedir. Deixei um ou dois suspiros angustiados saltarem do meu peito e senti quando ele apertou o abraço, depositando um beijo na lateral do pescoço.

— Ele vai ficar bem, meu amor. Quando menos esperarmos, nem vai ter lembrança desse trauma — Adam falou baixinho no meu ouvido.

— Será, Adam? Eu sei que ele é pequeno, mas será que isso não vai perturbar seus sonhos?

— Não. Porque não vamos deixar, entende? Vamos encher esse garoto de tanto amor que esse episódio vai ser apenas um borrão, uma imagem que vai se confundir com alguma cena de Velozes e Furiosos, macabro, mas só. Ele vai esquecer. E nós, também — ele atestou.

— Tenho medo de nunca esquecer isso.

— Eu vou fazer com que se esqueça — ele disse.

Nem sei quanto tempo ficamos ali, apenas observando nosso filho adormecido, gratos pela vida. Gratos por um Deus maior que o protegeu. Gratos pela cadeirinha super-resistente e que serviu como um casulo protetor durante o capotamento. Gratos pela agilidade do policial que soube destravá-la a tempo para retirar meu filho de lá. Que durante esse processo não tenha havido nenhuma lesão... gratos pelo dom de existir.

Virei-me de frente a Adam, para devolver-lhe o abraço e coloquei meu rosto sobre seu peito, ouvindo as batidas de seu coração. Estavam aceleradas como as minhas. Embora agora pudéssemos sossegar nossa alma, ainda assim a adrenalina daquele dia demoraria a baixar em nossos sistemas e, meu Deus. Eu precisava do meu esteio. Do meu ombro amigo, para me mostrar que ainda tinha um chão firme sobre meus pés.

Naquele momento acabei me lembrando de Vic e Ayla. Porque o verbo lembrar me fez perceber do contrário: eu os esqueci!

— Meu Deus, Adam! Eu tinha que ter buscado Ayla no aeroporto! E Vic, preciso avisar ao Vic...

— Já providenciei tudo isso, gracinha. Stan foi buscá-la. Vic está chegando em algumas horas. Como Kirk voltou para buscá-la, mas você já

265

tinha vindo pra cá com a mamãe, ele trouxe meu pai e depois ficou de ir buscar seu amigo assim que ele chegar.

Respirei aliviada.

Em breve eu teria toda a minha família ao redor. Eu só queria que não tivesse sido naquela condição inicial, e sim na proposta anterior, pelo nosso casamento iminente.

Ethan gemeu em seu leito e nós dois nos voltamos para lhe dar atenção.

— Mama... — choramingou. — "asa"... Papa...

— Ei, meu amorzinho... nós vamos pra casa em breve... — falei baixinho. Aceitei o abraço que ele me dava, abaixando meu corpo totalmente no leito. Algumas lágrimas escaparam. Eu me sentia impotente, porque por mim, eu arrancava meu bebê dali e o levava para o local onde ele se sentia seguro.

— Ei, garotão — Adam falou do outro lado. — Nós vamos fazer um passeio muito legal depois daqui, sabia? E sabe quem está chegando pra te ver?

— Ay-ay? — perguntou. Eu e Adam suspiramos aliviados, porque aquilo mostrava que ele se lembrava de que estávamos indo buscar minha amiga no aeroporto. Mas ao mesmo tempo, me preocupava se a lembrança do acidente ficara gravada em sua memória. — Ti-ic?

— Sim... os dois estão chegando para fazermos um grande piquenique maravilhoso, que tal? — falei.

— E nana? — perguntou pela avó.

— Também — respondi, sorrindo.

Adam beijou a cabecinha de Ethan e eu me contentei em segurar sua mãozinha. Ficamos ali até que ele adormecesse e uma enfermeira viesse nos expulsar.

O médico da noite nos informou que provavelmente no final do dia seguinte, se tudo corresse bem, Ethan receberia alta, mas ficaria dolorido por mais alguns dias, o que com certeza iria garantir certa irritabilidade da parte dele.

Vou dizer uma coisa. Sair do hospital sem levar seu filho junto é um tormento. É um sentimento inexplicável. É como se você estivesse deixando uma parte sua pra trás. O que não deixa de ser verdade.

Mas outra coisa mais interessante nisso tudo? Os St. James tinham um poder tão grande que conquistar um quarto para que eu ficasse "internada" pela necessidade de cuidados peculiares foi tão fácil quanto comprar um café. Ou alugar um quarto de hotel.

E o mais interessante ainda? Adam estava hospedado junto comigo.

CAPÍTULO 48

Adam

Com a certeza de apenas um toque... com a certeza de um olhar.
Com a certeza de Você.

É indescritível a sensação de ver seu filho desacordado. Acredito que na primeira noite depois do acidente, tive um pesadelo que me deixou molhado de suor, tremendo e com náuseas. Por um instante louco, pensei que o desfecho não tivesse sido o que aconteceu na realidade e que meu filho tinha se perdido nas chamas da explosão.

Um número infinito de imagens se passa em nossa cabeça quando algo assim acontece. Mesmo a família McAllister tendo aparecido para se desculpar pelo ato indesculpável de Anne, o rancor e repúdio por todo membro que carregava aquele sobrenome ainda iria imperar.

Eu entendia o que a mãe de Anne falara. Ela dissera que a filha realmente acreditava em cada afirmativa que dava à imprensa. Ela havia criado um ideal em sua mente, um sonho fantasioso, onde cria, verdadeiramente, que eu era seu marido legítimo e ela era minha esposa amada. Nessa loucura mental toda, ela chegou a afirmar que Ethan era seu filho, que ela o tinha gerado, e foi aí que os pais dela começaram a se preocupar realmente.

Até então, estavam tratando como uma paixonite mal-curada. Mas quando começaram a ver Anne afirmar às amigas, detalhes de uma suposta gravidez, de exames inexistentes, de um parto que nunca aconteceu... Quando começaram a ouvi-la falar que deixava o filho ficar comigo em alguns finais de semana, mas sofria porque tinha que dividi-lo com uma suposta amante que eu havia arrumado... só aí os pais dela começaram a se ligar que havia um transtorno mental muito mais aprofundado e perigoso do que o que estavam observando.

Em suas desculpas, ela dizia que estávamos meio brigados, mas que eu a visitava todas as sextas-feiras, com flores e bombons. Anne era tão criativa em suas teias de mentiras que, comprava realmente todos estes itens e enchia seu apartamento, fazendo com que as pessoas acreditassem que era ao menos parte verdade.

Os pais dela estavam inconsoláveis. Talvez por não terem lhe dado o devido tratamento há tanto tempo, como deviam ter feito. Anne fora uma menina mimada que recebera tudo de mão-beijada. Uma filha da nata da sociedade, que mais se preocupava com SPAs e tratamentos estéticos, roupas da última moda e bolsas de marca do que qualquer outra coisa.

Nada daquilo justificava o ato insano que tomara. Ao menos na nossa concepção. Ainda mais se o desfecho tivesse sido fatal para Ethan.

Graças a Deus meu filho saíra ileso. Graças a Deus ela não fizera nada de pior com Mila também, quando a abordara na frente da casa dos meus pais, nos Hamptons. Golpes poderiam ser curados... Tantos cenários poderiam ser possíveis. Anne poderia ter sido uma louca muito mais psicopata e ter levado consigo uma arma. Então, sim... eu era grato pelas pequenas coisas da vida. Até mesmo nessa tragédia que nos abateu.

Ethan saiu do hospital no dia seguinte, teve problemas de sono por dois ou três dias, tanto que dormiu entre Mila e eu, talvez para que conquistasse o senso de segurança de que tanto precisava naquele instante.

E ali estava eu. Pronto para me casar. Porque nada no mundo me faria mais feliz do que ter aquela mulher ao meu lado definitivamente.

Formar minha família da maneira correta, diante da sociedade, diante de Deus, diante dos homens. Eu sabia que eram meramente papéis, e Mila fizera questão de dizer isso, mas eu queria. Eles eram meus. Meus para cuidar, amar, resguardar de todo mal. Eu sabia que não poderia evitar que as fatalidades da vida sobreviessem, mas no que dependesse de mim e da minha riqueza, eles teriam de tudo do bom e do melhor, para o resto de suas vidas.

Mila teria um lar. Um lar formado em amor. Um que ela sempre desejou ter ardentemente. E eu era o afortunado em poder lhe proporcionar aquilo.

Victorio entrou na sala onde eu estava me perdendo em pensamentos e sentou-se ao meu lado, esticando as pernas à frente.

— Então... não há a menor necessidade de uma conversa de homem pra homem, né? — perguntou.

Olhei de lado para o cara que fez sentir sentimentos contraditórios por tanto tempo. Eu muitas vezes misturava um senso de gratidão por ele ter estado a todo o momento ao lado de Mila, cuidando dela, quanto de ciúmes dolorosos. Afinal, fora ele que acompanhara todos os meses em que a barriga dela se desenvolvia. Que segurara sua mão quando Ethan nasceu. Que a acolheu quando mais precisou. Fora ele que a ajudara a cuidar do meu bebê quando ele teve sua primeira febre. Embora tenha sido ele, também, que a afastara de mim.

Aquelas lembranças e momentos eu não tive ao lado de Mila e fora ele o afortunado. Mas eu devia ser grato por ela não ter estado sozinha. Porém a cabeça latejava com o sentimento maior de ciúmes. E eu precisava muitas vezes me recordar dos relatos de Mila, quando Vic a protegera no lar em que compartilharam. Aí, eu esquecia a mágoa que sentia por aquele cara e passava a permitir que a admiração tomasse forma.

— Acredito que não, Victorio.

— Mas vou fazer a ameaça de todo jeito, porque não seria eu, se não fizesse — ele disse e se virou de lado, para me olhar firmemente. — Se você machucar minha amiga, minha irmã, porque é isso o que Mila é pra mim... uma irmã. Se você algum dia machucá-la, eu caço você, e não há fortuna nesse mundo que faça com que escape dos meus punhos. Sou capaz de enterrar minha bola de basquete pelo seu rabo para vê-la sair pela boca — ameaçou.

Comecei a rir sem controle.

— Você tem a plena noção de que essa sua ameaça final poderia ter uma conotação muito estranha para qualquer pessoa desavisada que passasse por aqui e pegasse o assunto pela metade, certo? — perguntei e arqueei a sobrancelha, esperando que ele deduzisse a merda que tinha insinuado.

Vic pensou, franziu o cenho e logo em seguida escancarou a boca.

— Uau. Porra. É mesmo. Pegou um pouco mal.

— Não um pouco, Victorio. Pegou muito mal. Aconselho a ser mais comedido com frases como essas — acenei a mão para ilustrar a situação —, enterrar bolas em buracos alheios, compreende?

Daquela vez Vic começou a rir e foi a vez de Mila e sua amiga Ayla entrarem na sala, atraídas pela algazarra.

— O que foi? — Mila perguntou e a puxei para o meu colo.

A amiga sentou-se longe, sem erguer o olhar. Mila havia me dito que ela e Vic tinham algo inacabado. Ayla era um furacão quando estava longe da presença de Vic. Quando estava no mesmo ambiente, parecia que sua

269

luz se apagava, ou ela desligava de propósito.

— Seu amigo precisa reciclar um pouco as ameaças e aprender a escolher melhores palavras na hora de ilustrar suas intenções — falei.

— Vic! Você estava ameaçando o Adam? — perguntou chocada.

— Não, boneca. Apenas dando um alerta. Mas saiu um pouco torto. Bem, onde está o pequeno príncipe? — perguntou.

— Com meus pais — respondi. — Ali é quase como uma escala de agendamento para sair com ele.

Mila riu e passou o braço pelo meu pescoço. Ela estava feliz, afinal. Eu mais ainda.

— Ótimo. E teremos uma despedida de solteiro, ou não? — Vic perguntou diretamente pra mim.

— Se você levar meu noivo para algum clube de *strip-tease*, Vic, eu vou pegar a sua bola de basquete e furar com meu canivete — Mila falou.

Eu olhei para o amigo de Mila, que me devolveu o olhar e acenou os ombros, impotente.

— Bom, pelo menos a ameaça dela foi brutal e mais ingênua — falei.

Caímos na risada em nossa piada interna e abracei minha garota. Em breve ela seria minha mulher. Oficialmente.

Seria minha senhora St. James.

Princess Mila Carpenter St. James.

Se houver um nome mais imponente na sociedade de Nova York do que esse, por favor, alguém me mostre, porque eu acho muito difícil aparecer outro igual. Assim como a mulher que o carregava.

CAPÍTULO 49

Mila

  Ayla estava me ajudando a dobrar algumas roupas que eu levaria para a lua de mel. Já havia fechado uma mala e estava em vias de preencher outra, mas já tinha tirado tudo três vezes, achando que estava exagerando.

  Ficaríamos somente nós dois sozinhos por quatro dias, enquanto os pais de Adam cuidariam de Ethan, e depois eles nos encontrariam no Four Seasons em Bora Bora. Eu insisti tanto, que Adam acabou me revelando para onde iríamos.

  O casamento seria no dia seguinte e eu estava nervosa, mas não queria demonstrar de forma alguma.

  — Por que está levando isso? Você precisa de um biquíni de duas peças, imbecil. Não essa burca que você chama de maiô. Meu Deus, por um momento pensei que fosse uma fantasia da Shamu — Ayla disse, jogando o maiô preto e branco longe.

  Revirei os olhos ante sua brincadeira.

  — Eu não voltei ao meu peso original depois da gravidez de Ethan — admiti.

  — E daí? Foda-se. Você é humana. Não uma boneca inflável. Você é de verdade, Mila. E tenho certeza que Adam gosta de você do jeito que é. Alguma vez ele queixou? — perguntou.

  — Nãooo...

  — Então? Quem está colocando os grilos na sua cabeça é você mesma, palhaça. Você é linda e aquele cara te ama até a morte, querida. Na verdade, vamos combinar. Eu tenho uma puta inveja sinistra de você, sua cadela — Ayla disse e enfiou uma peça que eu desconhecia na minha mala.

— O quê? Inveja? Por quê? Está louca? — perguntei, rindo.

— Meu Deus, você é simplesmente um ímã para os machos alfas, eles caem rendidos aos seus pés, se apaixonam e fazem tudo o que você quiser.

— Como assim, Ayla? — Agora eu estava sem entender onde ela queria chegar.

— Veja, Vic sempre foi apaixonado por você. Bastava que você estalasse os dedos e lá estava ele, disposto a matar um dragão, esfolar um entregador de pizza mais atrasado ou que lhe desse um olhar mais ousado. Meu Deus... aquela vez que ele quase socou o cara com quem você saiu, só porque ele passou a mão na sua bunda... juro... Ali foi o momento em que tive certeza de que Vic era completamente apaixonado por você — ela disse, agora sentada na cama, com os braços apoiados atrás de si e balançando as pernas.

Parei o que o estava fazendo e me sentei ao seu lado.

— Vic nunca foi apaixonado por mim, Ayla. Nunca. Em nenhum momento de nossa amizade essa linha foi cruzada.

— Como não? Pelo amor de Deus, Mila... basta olhar pra vocês... o cuidado que ele tem. Como vocês se comunicam com o olhar. Até mesmo essa atitude dele de ter te tirado de Nova York anos atrás.

— É exatamente por isso, Ayla. Você não sabe do que Vic passou. Mas não é minha história pra contar, é dele. Só posso afirmar que ele me tem como irmã. Eu substituí uma irmã que ele perdeu, entende? E o próprio comportamento dele assim, tão possessivamente cuidadoso, tem muito a ver com a forma como perdeu essa irmã — falei e Ayla arregalou os olhos. — Mas como te disse. Essa não é minha história pra contar. É dele. Eu só acho que você deveria lhe dar uma chance de talvez se aproximar e se desculpar pela merda que fez.

— Como vou deixá-lo se aproximar se não conseguimos ficar no mesmo ambiente?

— Você para de tratá-lo mal. Dê um sorriso cordial, ao invés de rosnar, todas as vezes que ele chega perto de você... daí, pode ser que as coisas comecem a acontecer. Que tal? — sugeri.

Ayla pareceu pensar.

— Hummm... vamos ficar próximos no altar, certo?

— Sim — respondi com um sorriso.

— E a nossa mesa de jantar tem lugares marcados, não é?

— Sim.

— Okay. Vou ver o que posso fazer.

Abracei minha amiga e desejei ardentemente que aqueles dois se resolvessem em algum momento.

Entrei no quarto e deparei com Adam no processo de extração de suas roupas. Fiz uma pausa e acho que um suspiro escapou, porque ele olhou por cima do ombro e deu um sorriso sem-vergonha, para logo em seguida piscar para mim, com a cara mais safada do mundo. Era quase possível ver as legendas saltando da sua mente. Legendas com faixa etária, daquelas com censura, porque o olhar aquecido com que ele me brindava estava fazendo meu corpo responder em lugares peculiares.

— Venha aqui, docinho — ele chamou e parou de abaixar a calça. Droga. Atrapalhei em um momento tão crucial...

Adam sentou-se na imensa cama do quarto de hóspedes onde estávamos, me fez sentar em seu colo e beijou a curva do meu pescoço. Distribuiu mais alguns beijos gratuitamente por toda a circunvizinhança, fazendo com que arrepios percorressem meu corpo e eu acabasse me sentindo como uma gelatina em seus braços.

— Onde está Ethan? — perguntou enquanto mordia a curva do meu ombro.

— Dormindo. Ayla resolveu que precisava treinar seu momento tia do ano e foi contar uma historinha. Antes da segunda página ele já tinha apagado.

— Ou ela é boa, ou é uma péssima contadora de histórias.

— Estou votando na última alternativa.

— Então, isso significa que vamos poder dormir mais cedo para o grande dia amanhã, afinal?

— Mas, Adam? — fingi um choque virginal. — Como assim, na noite anterior você vai querer possuir a noiva?

Ele começou a rir e em uma manobra ninja muito bem executada, conseguiu me jogar no meio da cama, aterrissando no meio das minhas pernas.

— Uau. Um belo golpe.

— Também achei — respondeu e começou a abrir os botões da minha camisa xadrez. — Mas onde estávamos? Ah, sim. Na parte de "possuir a noiva" na noite anterior... Você vai ter a coragem de dizer que isso dá azar? Essa regra não se aplica somente a "ver a noiva vestida com o traje branco"?

— Sei lá. Acho que existem regras pra tudo — respondi e comecei a rir. — Falou que o casamento é no dia seguinte, a noiva tem que ser recatada e praticamente virginal.

— Ah, meu bem... você não é virginal. Eu já estive dentro de você incontáveis vezes pra atestar. Fora o fato de que temos um filho para comprovar totalmente a teoria de que você pulou a ordem dos acontecimentos na escala social — ele disse e lhe dei um beliscão. Ganhei um de volta, só que dessa vez em um lugar que funcionou como um gatilho para um gemido dolorido.

— Ai, Adam... minha nossa... como... como você consegue fazer isso? — perguntei, mesmo me sentindo estúpida. Às vezes eu me sentia assim. Era mais forte do que eu questionar certas particularidades no ato sexual.

— Prática. E também por conta da acompanhante gostosa que tenho bem aqui na minha frente — respondeu.

Adam não se fez de rogado e em um golpe inesperado rasgou a minha calcinha. Okay. Tentou.

— Aaaai! Isso doeu! — Comecei a rir. — Nos livros é mais romântico. O tecido simplesmente evapora.

— Bom, vamos ter que comprovar que essa marca de lingerie aqui realmente é muito boa. Vou comprar somente seda ou cetim pra você de agora em diante. Daqueles que quando eu chegar perto e der um olhar mais demorado, ela já se desintegra. — Adam segurou o que restou do tecido que se recusou a rasgar por completo, e em um ato dramático, finalmente o arrancou, jogando a peça por cima do ombro.

O riso não pôde ser contido. Por mais que eu estivesse em um momento erótico, cheio de mãos e dedos salientes, com os lábios e dentes de Adam me torturando, ainda assim, eu só conseguia visualizar a cena que ele projetou na minha mente.

— Droga, Adam — falei rindo. — Agora só consigo imaginar a calcinha fazendo... pooof!

Adam estava exatamente no meio das minhas pernas agora. E perdi o foco. Fui ao céu e voltei, numa queda brusca.

— Ohhh... minha nossa.

Minhas mãos se agarraram aos lençóis e senti que mordi meus lábios com mais força do que o necessário.

— Vamos, gracinha. Agarre os meus cabelos.

O quê? Como assim? Agarrar os cabelos dele? Se eu agarrasse era capaz de eu puxar tufos e tufos.

Adam pegou uma das minhas mãos e posicionou exatamente onde ele queria.

— Adam... o quê? Ah... por...

Ceeeeerto. Ele mandou. Obedeci. E à medida que Adam gemia, degustando como se eu fosse um prato muito apetitoso, eu simplesmente conduzia o ritmo que aguentaria.

E digo que não aguentaria muito tempo. Eu já via a morte certa cavalgando lentamente em minha direção... ah, não. Espere. Aquilo era um orgasmo.

Com O maiúsculo. E com o s esticado no meio das letras. Porque foi um senhor orgassssssssssmo.

Só sei que perdi os sentidos e só os recobrei quando senti Adam acima de mim e me encarando.

— Posso?

— O quê? — perguntei meio aérea, sem entender. Meus olhos estavam pesados.

— Agora é a minha vez, então estou pedindo permissão à dama para entrar no recinto.

Comecei a rir de novo porque somente Adam poderia falar daquele jeito.

— Por favor, gentil senhor, adentre o recinto e faça o que tiver que fazer aí.

Adam me deu um sorriso enviesado e arremeteu o corpo contra o meu. Suas mãos fortes seguraram meus quadris com força, forçando um ângulo perfeito para um encaixe mais perfeito ainda.

Sua boca devastou a minha, no mesmo ritmo de suas estocadas. Eu o enlacei pelo pescoço e devolvi com a mesma fúria o beijo que recebia.

Eu amava aquele homem. Com toda a força do meu ser.

— Agora, docinho. Solte-se, agora.

Fiz o que ele mandou, com muito gosto. E nos deixamos voar, juntos. Porque essa magia de duas almas se interligando, quando seus corpos estavam encaixados como duas peças de um quebra-cabeça intrincado, só acontecia quando eu estava com ele.

Quando a onda do clímax devastador que varreu nossos corpos, abrandou, senti o beijo amenizar em igual medida.

— Eu te amo — ele disse e arrastou o nariz pela lateral do meu rosto.

— Eu também te amo. Melhor noite pré-núpcias de todos os tempos — falei, sonolenta.

Acho que adormeci com o som de seu riso.

275

EPÍLOGO

O grande dia havia chegado. Eu estava nervosa. Estava? Claro, que noiva não ficava nervosa no seu dia?

Encarava meu reflexo no grande espelho oval do quarto preparado para a espera e apenas refletia o quão afortunada eu era.

O destino tinha me dado uma segunda chance. Eu a estava agarrando com unhas e dentes.

Passei as mãos suadas pela lateral do vestido, percorrendo a curva dos meus quadris e imaginando que não faria feio para meu futuro marido.

O vestido era num tom bege, longo, com uma cauda sereia, alguns detalhes em renda francesa e milhares de botões nas costas. Adam adoraria. Para não dizer o contrário. Aquele pensamento me trouxe um sorriso ao rosto.

Minha sogra contratou uma equipe fantástica para arrumar meus cabelos, que estavam ajeitados em um coque meio solto, com algumas pequenas flores inseridas entre as mechas.

A maquiagem estava suave e discreta. Mas meus olhos brilhavam. De pura emoção. Naquele dia eu estaria selando realmente minha história com Adam St. James.

Seríamos uma família real, ele, eu e nosso pequeno Ethan.

A batida na porta me tirou dos pensamentos.

— Entre!

Ayla entrou, seguida de minha sogra e Ethan no colo. Mesmo com seu vestido elegantíssimo, ainda assim ela fazia questão de manter o pequeno ditador no colo quando ele assim queria.

— Mama! Boiiita.

— Owww... você acha, meu amor? — Beijei a ponta de seu nariz e afaguei seus cabelinhos escuros. Ele também estava lindo em um miniterno.

— Chegou a hora. O juiz já está a postos. Adam já bebeu dois litros d'água, então Vic está meio que apostando que ele vai precisar parar a cerimônia no meio para ir ao banheiro — Ayla disse e riu.

— Estou nervosa.

— Não sei porquê. Você já é a dona daquele cara lá. Isso agora é só uma oficialização da coisa toda — ela emendou.

— Tá. Preciso respirar fundo. Vic já está pronto?

— Sim. Está aí fora, te esperando.

Embora Vic fosse meu padrinho, nós faríamos diferente na celebração. Seria Ethan e ele que me levariam até o altar, para me entregar a Adam St. James. Até então, a alegação era a de que eles eram os dois homens da minha vida, e estavam aceitando me dividir. Mesmo que eu tivesse usado o argumento de que Ethan era fruto de Adam, logo, Adam também havia sido um homem da minha vida antes. Mas daí, Vic quis jogar o que estava bebendo em mim e acabei deixando o assunto morrer.

Quando abrimos a porta do quarto, ele já nos esperava.

— Meu Deus, você está linda.

— Obrigada.

— Vamos, o cara lá da frente está em tempo de vir aqui te buscar.

Nós nos posicionamos na entrada do carpete adornado de flores que nos levaria ao altar no jardim e Ethan segurou minha mão, enquanto Vic agarrou a outra e beijou meus dedos.

— Eu te amo, boneca — disse.

— Eu sei, Vic. Eu também te amo.

— Não vamos deixar nunca de ser uma família.

— Eu sei.

Caminhamos lentamente até o altar e os olhos de Adam se conectaram aos meus no exato instante em que ergui a cabeça.

Não havia palavras que pudessem exprimir os sentimentos que se agitavam no meu peito naquele momento. Adam era tudo o que nunca imaginei ou sequer sonhei que teria algum dia na vida.

Eu vivi de sonhos onde meu maior desejo era apenas ter um lar e uma cama quente para dormir e talvez um abraço e alguém que me dissesse "eu te amo". Vivi de sonhos onde a figura de uma mãe e um pai sempre flutuavam, sumindo, nunca se fazendo realmente presentes. Vivi de sonhos onde a palavra família era permeada com risos, feriados, Natais e momentos doces. Mas nunca tive aquilo.

Dentre o meu passado, Vic fora o que me fizera aprender a suportar melhor a crueza da vida. Eu pensava que não podia ter uma família completa, mas tinha um "irmão". Já era alguma coisa. Fazia daquele sentimento minha âncora para não chegar à conclusão de que era alguém completamente sozinha no mundo. À deriva.

Adam me deu o maior presente que a vida poderia dar. Além de ter me devolvido a capacidade de sentir verdadeiramente, de perceber que eu poderia amar e ser amada pelo que era, ele me deu meu filho.

E todo o amor que desejei ter, quando era uma criança, simplesmente despejei em dobro àquele pequeno ser que era minha carne, meu sangue. Eu provei ao mundo que, mesmo que tivesse vindo de lares onde nunca recebi um grama de carinho, eu era capaz de dar.

E Adam St. James também me provou que eu era digna, sim, de ter minha própria família. De construir uma. Como uma casa de legos. Muitas peças podiam se perder e nunca se encaixar, mas bastava achar a posição perfeita e ali se criava algo belo. Antes eu tendia a pensar que família era como um castelo de cartas. Bastava um vento mais forte e tudo desmoronava.

Adam parou à minha frente e pegou Ethan no colo.

— Dê um beijo na mamãe — ele disse. Ethan fez como o pai comandou e me deu um beijo, estendendo os bracinhos para mim, mas Adam o impediu, fazendo com que Vic o pegasse.

Adam me abraçou e sem pudor algum me beijou na frente dos convidados.

— Ei, essa parte do "noivo pode beijar a noiva" não é depois? — sussurrei em seus lábios.

— Eu não ligo a mínima. Eu faço do jeito que quiser. Se eu posso comandar um império de multinacionais, quem irá me impedir de beijar minha mulher assim que coloco as mãos nela? — resmungou e me beijou mais uma vez. Só parou quando os gritos dos convidados e o pigarro do juiz chamou sua atenção.

Meu coração estava eufórico. Tão frenético que não vi a cerimônia passar. Não vi nenhum dos eventos. Era como se estivesse apenas assistindo a uma cena de filme bem longínqua. Meu coração quase explodiu de emoção quando Adam leu seus votos em forma de um soneto que compôs para mim. Quando eu poderia imaginar que aquele homem tão imponente abrigava uma faceta tão romântica assim?

Quando, por fim, o juiz nos declarou casados, Adam me pegou no colo, quase arrancando um guincho meu – o que foi tremendamente ridículo –, mas que me fez rir ao final, deliciada com a reação dos presentes.

— Agora eu posso beijar minha mulher — falou exultante.

E foi isso o que fez.

E bastou apenas um toque de nossos lábios para que tudo se incendiasse.

Oh, não. Risque isso. Eram fogos de artifício que os St. James contrataram para finalizar em grande estilo.

Olhei para o nosso filho vibrando de alegria no colo dos avós e voltei o olhar para Adam, que não afastou os olhos de mim em nenhum momento.

— Eu te amo, Sr. Adam.

— Apenas Adam, gracinha. Vamos lá. Tenho certeza que consegue falar: Adam, seu homem.

Eu ri, me lembrando de como tudo começou, como um flerte sutil e aquela mesma frase impertinente. Deitei a cabeça em seu ombro e suspirei de amor.

Sim. Aquele era o meu Adam.

FIM

SONETO DE AMOR DE ADAM PARA MILA

"Quando apenas um olhar é o suficiente...
Para despertar os sentimentos mais profundos dos quais os poetas falam...
Quando o tempo é apenas uma parcela de um sonho que se deseja conquistar...
Quando apenas um toque é o suficiente para aquecer o que antes estava insensível e frio...
De todas as certezas que a vida pode trazer, apenas uma é incontestável: o toque.
Quando uma dúvida é cruel e muda o rumo dos sonhos planejados...
Não há teia mais cruel do destino do que a incerteza da presença da pessoa amada ao lado.
Quando o amor não consegue vencer as mágoas e obstáculos que a vida impõe...
Busca-se na força interior a necessidade para se seguir adiante.
Quando a surpresa da vida impõe sua vontade...
Busca-se no anseio interior o desejo de vencer as adversidades.
Quando a vida sobressai à morte...
Espera-se no milagre a certeza de que o amor sempre vence.
Com a certeza de apenas um toque... com a certeza de um olhar. Com a certeza de Você."

AGRADECIMENTOS

Este é o momento em que podemos nos entregar às palavras de profunda gratidão... e já começo com meu agradecimento Àquele que sempre me fortalece nos momentos mais difíceis e que faz com que eu continue a sonhar: Deus.

Agradeço ao meu marido, Érico, por ser meu primeiro incentivador em colocar no papel as histórias que se passam na minha cabeça, sendo aquele que também ajuda a sair dos becos onde me enfio em vários momentos... Aos meus filhos amados, Annelise e Christian, por aceitarem dividir a mamãe com seus leitores e saberem respeitar meus momentos. Amo vocês.

À minha família que sempre me apoia. Da forma que for. Mesmo em meus isolamentos forçados...

Aos meus amigos, que sempre acreditaram em mim em todos os momentos, em cada livro, em cada página escrita, cada parágrafo redigido, cada noite de autógrafo... Andrea Beatriz, Lili, Kiki e Alê: amo vocês.

À minha equipe pessoal, porque, sim... eu tenho uma equipe fiel e aliançada. Uma que posso contar todos os dias. Para desabafos e risos, para compartilhar pequenas coisas e fatos grandiosos. Cris Saavedra, obrigada por sempre estar junto na jornada. Te amo... Sammy, obrigada por cada música compartilhada para me ajudar a compor as cenas precisas, Joy-Joy, obrigada pelas palavras de apoio, incentivo, compartilhamento de sonhos e tudo mais... obrigada pela amizade. Paolete, obrigada pela amizade, por formar o sexteto, e por andar junto nesse sonho "Gift"... Nana... você foi a última por ter sido a beta. Juntamente com a Dea Gentili, vocês duas foram as únicas que realmente pegaram o Adam St. James e abraçaram a causa desde o início. Que vibraram com a construção do personagem, com a evolução da história, com cada capítulo sendo construído, como um tijolo sendo acrescido em uma construção... Amo vocês de um tanto que não cabe medida.

À minha capista linda, simplesmente fantástica... Gisely Fernandes. Minha nossa... ela fez uma magia irreverente com a capa do Adam... com

Apenas um toque, deu vida ao sonho, ao cenário, a tudo... claro que vamos agradecer também ao brilhantismo do modelo da capa, porque ele realmente vestiu a "camisa" de Adam St. James e fez com que pudéssemos sonhar com o personagem, apenas olhando para sua imagem... so, thanks Vincent Azzopardi, you looked pretty cool like Adam.

À minha amiga Lud... que foi a lâmpada brilhante para a ideia central desse livro. Era uma vez um dia, quando ela chegou e disse ter sonhado um sonho muito louco... E eu, mais louca ainda, anotei tudo e falei que ainda escreveria aquilo ali. Mais de um ano depois, eis que o resultado está aí. Adam e Mila. *Ludmila*. O nome da personagem é uma homenagem óbvia à pessoa que catapultou a fagulha do roteiro e fez com que se criasse uma comichão que ficou enraizada na minha mente. Então... Lud... pode ser que o livro não seja realmente como o seu sonho, mas há elementos reconhecíveis e, sempre lhe serei grata pela ideia brilhante.

Aos meus parceiros da esfera blogosférica... Vocês são demais. Amo cada um que surgiu na minha vida e permanece como um fiel associado de um clube Vip.

Aos meus leitores adoráveis... a cada livro, eu só tenho a agradecer a vocês. Pelo prestígio em tirarem o tempo que poderiam estar dedicando a outra obra, para simplesmente dedicarem ao meu texto, escrito de maneira despretensiosa, de forma a simplesmente trazer um pouco de entretenimento e suspiros doces e sorrisos enlevados a cada um. Amo vocês. Ao infinito e além.

Acho que nem preciso agradecer à equipe da Cristiane Saavedra Edições, não é? Bem... melhor agradecer... O que seria a vida se não fosse a união, que além de fazer o açúcar, também faz a força? Eu acredito em espírito de equipe e companheirismo. Acredito que é isso que se encontra aqui. Obrigada pelo trabalho primoroso... preparação, diagramação... não vou falar revisão, para evitar discórdia. Hahahah...

Por último, à equipe da The Gift Box, Roberta Teixeira, que sempre acreditou no meu lado "adulto", capaz de criar histórias envolventes, e abraçou este sonho comigo. Nossa... não... ela *promoveu* o sonho. E eu estou sonhando junto e curtindo a onda. Bia, pela garra e energia em simplesmente fazer as coisas acontecerem... Vocês são demais. Obrigada, obrigada e obrigada. Equipe The Gift... vocês são um verdadeiro "Gift" na vida!

Love Ya'll

CONHEÇA TAMBÉM:

Victorio Marquezi, mais conhecido como Vic, amava o que fazia e vivia para o basquete. Jogar era o que supria um imenso vazio em sua alma e coração, mesmo que nunca admitisse ou permitisse que outras pessoas vislumbrassem essa faceta de sua personalidade.

Vivendo com a culpa por algo que fizera no passado, Vic tentava encontrar em todas as mulheres a sombra da única que não pudera ter.

Ayla Marshall era um espírito livre. Vivia como uma cigana e dedicava sua energia a demonstrar com seu talento na dança a arte pelo qual era apaixonada desde criança.

Ela buscava fugir de qualquer espécie de problemas que tirassem seu foco ou jeito de ser.

O único conflito ao qual se arrependia de nunca ter tirado a limpo estava relacionado a Victorio Marquezi, amigo de Mila, sua melhor amiga. O sentimento de decepção e rancor sempre amargaria em seu peito, associado à intensa paixão que a mera lembrança dele despertava.

Duas almas torturadas que se atraíam e se repeliam em igual medida, mas que quando conectadas, criaram um elo indivisível.

Ayla acreditava que Vic vivia apenas pelo jogo que amava, mas ele mostraria que buscava por apenas um jogo. Um único: o de conquistar o coração da mulher que lhe ensinara a viver outra vez.

A The Gift Box é uma editora brasileira, com publicações de autores nacionais e estrangeiros, que surgiu no mercado em janeiro de 2018. Nossos livros estão sempre entre os mais vendidos da Amazon e já receberam diversos destaques em blogs literários e na própria Amazon.

Somos uma empresa jovem, cheia de energia e paixão pela literatura de romance e queremos incentivar cada vez mais a leitura e o crescimento de nossos autores e parceiros.

Acompanhe a The Gift Box nas redes sociais para ficar por dentro de todas as novidades.

 www.thegiftboxbr.com

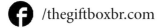 /thegiftboxbr.com

 @thegiftboxbr

 @thegiftboxbr

Impressão e acabamento